U0473697

——————阅读之前 没有真相

午夜文库

阿加莎·克里斯蒂

赫尔克里·波洛系列

阿加莎·克里斯蒂
Agatha Christie（1890—1976）

无可争议的侦探小说女王，侦探文学史上最伟大的作家之一。

阿加莎·克里斯蒂原名为阿加莎·玛丽·克拉丽莎·米勒，一八九〇年九月十五日生于英国德文郡托基的阿什菲尔德宅邸。她几乎没有接受过正规的教育，但酷爱阅读，尤其痴迷于歇洛克·福尔摩斯的故事。

第一次世界大战期间，阿加莎·克里斯蒂成了一名志愿者。战争结束后，她创作了自己的第一部侦探小说《斯泰尔斯庄园奇案》。几经周折，作品于一九二〇年正式出版，由此开启了克里斯蒂辉煌的创作生涯。一九二六年，《罗杰疑案》由哈珀柯林斯出版公司出版。这部作品一举奠定了阿加莎·克里斯蒂在侦探文学领域不可撼动的地位。之后，她又陆续出版了《东方快车谋杀案》《ABC 谋杀案》《尼罗河上的惨案》《无人生还》《阳光下的罪恶》等脍炙人口的作品。时至今日，这些作品依然是世界侦探文学宝库里最宝贵的财富。根据她的小说改编而成的舞台剧《捕鼠器》，已经成为世界上公演场次最多的剧目；而在影视改编方面，《东方快车谋杀案》为英格丽·褒曼斩获奥斯卡大奖，《尼罗河上的惨案》更是成为几代人心目中的经典。

阿加莎·克里斯蒂的创作生涯持续了五十余年，总共创作了八十余部侦探小说。她的作品畅销全世界一百多个国家和地区，累计销量已经突破二十亿册。她创造的小胡子侦探波洛和老处女侦探马普尔小姐为读者津津乐道。阿加莎·克里斯蒂是柯南·道尔之后最伟大的侦探小说作家，是侦探文学黄金时代的开创者和集大成者。一九七一年，英国女王授予克里斯蒂爵士称号，以表彰其不朽的贡献。

一九七六年一月十二日，阿加莎·克里斯蒂逝世于英国牛津郡沃灵福德家中，被安葬于牛津郡的圣玛丽教堂墓园，享年八十五岁。

阿加莎·克里斯蒂 侦探作品年表

波洛系列

1920 The Mysterious Affair at Styles《斯泰尔斯庄园奇案》
1923 Murder on the Links《高尔夫球场命案》
1924 Poirot Investigates《首相绑架案》
1926 The Murder of Roger Ackroyd《罗杰疑案》
1927 The Big Four《四魔头》
1928 The Mystery of the Blue Train《蓝色列车之谜》
1932 Peril at End House《悬崖山庄奇案》
1933 Lord Edgware Dies《人性记录》
1934 Murder on the Orient Express《东方快车谋杀案》
1935 Three-Act Tragedy《三幕悲剧》
1935 Death in the Clouds《云中命案》
1936 The ABC Murders《ABC 谋杀案》
1936 Murder in Mesopotamia《古墓之谜》
1936 Cards on the Table《底牌》
1937 Dumb Witness《沉默的证人》
1937 Death on the Nile《尼罗河上的惨案》
1937 Murder in the Mews《幽巷谋杀案》
1938 Appointment with Death《死亡约会》
1938 Hercule Poirot's Christmas《波洛圣诞探案记》
1940 Sad Cypress《H 庄园的午餐》
1940 One, Two, Buckle My Shoe《牙医谋杀案》
1941 Evil Under the Sun《阳光下的罪恶》
1943 Five Little Pigs《五只小猪》
1946 The Hollow《空幻之屋》
1947 The Labours of Hercules《赫尔克里·波洛的丰功伟绩》
1948 Taken at the Flood《顺水推舟》
1952 Mrs. McGinty's Dead《清洁女工之死》
1953 After the Funeral《葬礼之后》
1955 Hickory Dickory Dock《山核桃大街谋杀案》
1956 Dead Man's Folly《弄假成真》
1959 Cat Among the Pigeons《鸽群中的猫》
1960 The Adventure of the Christmas Pudding《雪地上的女尸》

1963 The Clocks《怪钟疑案》

1966 Third Girl《第三个女郎》

1969 Hallowe′en Party《万圣节前夜的谋杀》

1972 Elephants Can Remember《大象的证词》

1974 Poirot′s Early Stories《蒙面女人》

1975 Curtain—Poirot′s Last Case《帷幕》

马普尔小姐系列

1930 The Murder at the Vicarage《寓所谜案》

1932 The Thirteen Problems《死亡草》

1942 The Body in the Library《藏书室女尸之谜》

1943 The Moving Finger《魔手》

1950 A Murder Is Announced《谋杀启事》

1952 They Do It with Mirrors《借镜杀人》

1953 A Pocket Full of Rye《黑麦奇案》

1957 4.50 from Paddington《命案目睹记》

1962 The Mirror Crack′d from Side to side《破镜谋杀案》

1964 A Caribbean Mystery《加勒比海之谜》

1965 At Bertram′s Hotel《伯特伦旅馆》

1971 Nemesis《复仇女神》

1976 Sleeping Murder《沉睡谋杀案》

1979 Miss Marple′s Final Cases《马普尔小姐最后的案件》

其他系列及非系列

1922 The Secret Adversary《暗藏杀机》

1924 The Man in the Brown Suit《褐衣男子》

1925 The Secret of Chimneys《烟囱别墅之谜》

1929 Partners in Crime《犯罪团伙》

1929 The Seven Dials Mystery《七面钟之谜》

1930 The Mysterious Mr. Quin《神秘的奎因先生》

1931 The Sittaford Mystery《斯塔福特疑案》

1933 The Witness for the Prosecution and Other Stories《控方证人》

1934 Why Didn′t They Ask Evans?《悬崖上的谋杀》

阿加莎·克里斯蒂 侦探作品年表

1934 The Listerdale Mystery《金色的机遇》

1934 Parker Pyne Investigates《惊险的浪漫》

1939 Murder Is Easy《逆我者亡》

1939 And Then There Were None《无人生还》

1941 N or M?《桑苏西来客》

1944 Towards Zero《零点》

1945 Sparkling Cyanide《闪光的氰化物》

1945 Death Comes as the End《死亡终局》

1949 Crooked House《怪屋》

1950 Three Blind Mice and Other Stories《三只瞎老鼠》

1951 They Came to Baghdad《他们来到巴格达》

1954 Destination Unknown《地狱之旅》

1958 Ordeal by Innocence《奉命谋杀》

1961 The Pale Horse《灰马酒店》

1967 Endless Night《长夜》

1968 By the Pricking of My Thumbs《煦阳岭的疑云》

1970 Passenger to Frankfurt《天涯过客》

1973 Postern of Fate《命运之门》

1991 Problem at Pollensa Bay《神秘的第三者》

1997 While the Light Lasts《灯火阑珊》

出版前言

纵观世界侦探文学一百七十余年的历史，如果说有谁已经超脱了这一类型文学的类型化束缚，恐怕我们只能想起两个名字——一个是虚构的人物歇洛克·福尔摩斯，而另一个便是真实的作家阿加莎·克里斯蒂。

阿加莎·克里斯蒂以她个人独特的魅力创造着侦探文学史上无数的传奇：她的创作生涯长达五十余年，一生撰写了八十余部侦探小说；她开创了侦探小说史上最著名的“黄金时代”；她让阅读从贵族走入家庭，渗透到每个人的生活中；她的作品被翻译成一百多种文字，畅销全球一百五十余个国家，作品销量与《圣经》《莎士比亚戏剧集》同列世界畅销书前三名；她的《罗杰疑案》《无人生还》《东方快车谋杀案》《尼罗河上的惨案》都是侦探小说史上的经典；她是侦探小说女王，因在侦探小说领域的独特贡献而被册封为爵士；她是侦探小说的符号和象征。她本身就是传奇。沏一杯红茶，配一张躺椅，在暖暖的阳光下读阿加莎的小说是一种生活方式，是惬意的享受，也是一种态度。

午夜文库成立之初就试图引进阿加莎的作品，但几次都与版权擦肩而过。随着午夜文库的专业化和影响力日益增强，阿加莎·克里斯蒂的版权继承人和哈珀柯林斯出版公司主动要求将版权独家授予新星出版社，并将阿加莎系列侦探小说并入午夜文库。这是对我们长期以来执着于侦探小说出版的褒奖，是对我们的信任与鼓励，更是一种压力和责任。

新版阿加莎·克里斯蒂作品由专业的侦探小说翻译家以最权威的英文版本为底本，全新翻译，并加入双语作品年表和阿加莎·克里斯蒂家族独家授权的照片、手稿等资料，力求全景展现“侦探女王”的风采与魅力。使读者不仅欣赏到作家的巧妙构思、离奇桥段和睿智语言，而且能体味到浓郁的英伦风情。

阿加莎作品的出版是一项系统工程，规模庞大，我们将努力使之臻于完美。或存在疏漏之处，欢迎方家指正。

新星出版社

午夜文库编辑部

Agatha Christie

Over the next few years, we plan to celebrate two very important Agatha Christie anniversaries. In 2015, it is the 125th anniversary of her birth in Torquay, South Devon, England, and in 2020 it will be 100 years after her first book, THE MYSTERIOUS AFFAIR AT STYLES, featuring her famous detective, Hercule Poirot, was published. This is therefore a very appropriate moment to publish a new edition of her works, and I am delighted that HarperCollins has chosen to work with New Star on these new editions. New Star is China's top crime publisher, and has a strong and dedicated editorial staff and a confirmed passion for Agatha Christie, making them the ideal partner. It is the right time to make these classic books available in modern translations and so to bring Agatha Christie's books anew to her many fans in China, giving them a new reason to re-read these much-loved stories, as well as introducing them to a whole new audience. How delighted Agatha Christie would have been that her stories (as she called them) are still giving so much pleasure to so many people all over the world!

I think there are two very remarkable things about Agatha Christie's stories. The first is that they are so adaptable. It doesn't really matter which language they appear in, the stories and the plots still give the same thrill, still provide the same puzzles, and the characters still have the same attraction. Readers in China will I am sure enjoy Hercule Poirot and Miss Marple just as much as we do in England, and readers in China will still be transfixed by the surprises and horrors of AND THEN THERE WERE NONE, one of the great classics of 20th century detective fiction, as we are here.

Agatha Christie

The second is that the stories give a wonderful picture of England, particularly rural England, at the time Agatha Christie lived. She wrote books from 1920 until 1970 but it is sometimes hard to tell which part of her life each book was written in. Her characters and the life they lived were very much the same. The life we all live is changing very quickly these days but "the Agatha Christie world stays the same. Perhaps the Miss Marple stories provide the best example of this, and in some ways THE BODY IN THE LIBRARY and NEMESIS are quite similar, despite the fact that thirty years elapsed between the time they were written.

Perhaps I might end by mentioning three Agatha Christies (other than the ones mentioned above) which I think demonstrate why she is so popular, even in the twenty-first century. The first is MURDER ON THE ORIENT EXPRESS, one of the most famous with one of the most ingenious and human plots. Read this on one of your long train journeys in China! Next is A MURDER IS ANNOUNCED, a Miss Marple which was her 50th book. It has my favourite murderer in it! And last is ENDLESS NIGHT a story about evil and how it affects three young people, written at the time when I knew her best, and understood how deeply she cared and sympathised with young people and the world they lived in.

Whichever are your favourites I hope you enjoy these stories that New Star are introducing to you again. I think it is a great publishing event.

Mathew Prichard

Grandson of Agatha Christie

Chairman of Agatha Christie Ltd

致中国读者

（午夜文库版阿加莎·克里斯蒂作品集序）

在未来的几年中，我们将要筹备两个非常重要的关于阿加莎·克里斯蒂的纪念日。二〇一五年是她的一百二十五岁生日——她于一八九〇年出生于英国的托基市；二〇二〇年则是她的处女作《斯泰尔斯庄园奇案》问世一百周年的日子，她笔下最著名的侦探赫尔克里·波洛就是在这本书中首次登场。因此，新星出版社为中国读者们推出全新版本的克里斯蒂作品正是恰逢其时，而且我很高兴哈珀柯林斯选择了新星来出版这一全新版本。新星出版社是中国最好的侦探小说出版机构，拥有强大而且专业的编辑团队，并且对阿加莎·克里斯蒂的作品极有热情，这使得他们成为我们最理想的合作伙伴。如今正是一个良机，可以将这些经典作品重新翻译为更现代、更权威的版本，带给她的中国书迷，让大家有理由重温这些备受喜爱的故事，同时也可以将它们介绍给新的读者。如果阿加莎·克里斯蒂知道她的小故事们（她这样称呼自己的这些作品）仍然能给世界上这么多人带来如此巨大的阅读享受，该有多么高兴啊！

我认为阿加莎·克里斯蒂的作品有两个非常重要的特征。首先它们是非常易于理解的。无论以哪种语言呈现，故事和情节都同样惊险刺激，呈现给读者的谜团都同样精彩，而书中人物的魅力也丝毫不受影响。我完全可以肯定，中国的读者能够像我们英国人一样充分享受赫尔克里·波洛和马普尔小姐带来的乐趣；中国读者也会和我们一样，读到二十世纪最伟大的侦探经典作品——比如《无人生还》——的时候，被震惊和恐惧牢牢钉在原地。

第二个特征是这些故事给我们展开了一幅英格兰的精彩画卷，特别是阿加莎·克里斯蒂那个年代的英国乡村。她的作品写于二十世纪二十年代至七十年代间，不过有时候很难说清楚每一本书是在她人生中的哪一段日子里写下的。她笔下的人物，以及他们的生活，多多少少都有些相似。如今，我们的生活瞬息万变，但“阿加莎·克里斯蒂的世界”依旧永恒。也许马普尔小姐的故事提供了最好的范例：《藏书室女尸之谜》与《复仇女神》看起来颇为相似，但实际上它们的创作年代竟然相差了三十年。

最后，我想提三本书，在我心目中（除了上面提过的几本之外）这几本最能说明克里斯蒂为什么能够一直受到大家的喜爱。首先是《东方快车谋杀案》，最著名，也是最机智巧妙、最有人性的一本。当你在中国乘火车长途旅行时，不妨拿出来读读吧！第二本是《谋杀启事》，一个马普尔小姐系列的故事，也是克里斯蒂的第五十本著作。这本书里的诡计是我个人最喜欢的。最后是《长夜》，一个关于邪恶如何影响三个年轻人生活的故事。这本书的写作时间正是我最了解她的时候。我能体会到她对年轻人以及他们生活的世界关心至深。

现在新星出版社重新将这些故事奉献给了读者。无论你最爱的是哪一本，我都希望你能感受到这份快乐。我相信这是出版界的一件盛事。

阿加莎·克里斯蒂外孙

阿加莎·克里斯蒂有限责任公司董事长

马修·普理查德

二〇一三年二月二十日

阿加莎·克里斯蒂侦探作品集㊹

蒙面女人

Poirot's Early Cases

Agatha Christie®

[英]阿加莎·克里斯蒂 著

于婉青 译

新 星 出 版 社 NEW STAR PRESS

目录

胜利舞会奇案

我的朋友波洛曾经是比利时警官，他介入斯泰尔斯庄园一案纯属偶然。这个案件的成功使他声名大噪，他决定今后将全部精力和时间投入到侦查罪案的工作中。我那时已经因在索姆河战役中负伤退役回家，与波洛一起住在伦敦。由于和他相处时间很长，也亲身经历并参与过他调查的大部分案件，因此我对其中的推理过程了如指掌。不少人怂恿我选出比较有意思的案件，与大家共赏。从哪里着手呢？我首先想到的是一桩扑朔迷离、轰动一时的舞会奇案。嗯，没有比这个案子更适合拿来作为首次亮相的了。

也许有人觉得这个案子并不那么离奇，也不能完全展示波洛那种见微知著、让人如梦方醒式的破案风格，但这个案子波及上流社会，为了满足大众热火朝天的好奇心，大报小刊不遗余力地狂轰滥炸式报道，使它在当时非常轰动。我早就认为应该将波洛在此案中的作用和贡献公之于众。

那是个春光明媚的早晨，我们坐在波洛的房间里。我的小个子朋友一如既往地把自己收拾得整洁雅致，现在正兴致勃勃地在自己心爱的胡髭上试验一种新式润须膏，那颗蛋形头对着镜子摇来晃去。这种既可笑又可爱的虚荣心是波洛的特点之一，他的另一个特点是喜欢秩序和条理，喜欢到了偏执的程度。我想得出了神，手上正读着的《每日新闻荟萃》也不觉掉到地上。波洛看我一眼，问道："喂，老兄，你发什么呆呢？"

"告诉你吧，我正在琢磨胜利舞会那个案子。那案子真是奇怪，你看，报纸上铺天盖地全在说它。"我边说边把报纸捡起来，用手指弹了弹。

"哦，这样啊。"

"我越读越不明白这个案子是怎么回事，这些报道总让人越来越糊涂！"我愈发慷慨激昂起来，"到底是谁杀了克朗肖子爵？那位可可·考特尼也死于当晚难道纯属巧合？她是有意自杀才过量服用可卡因，还是发生了意外呢？"我停顿了一下，又故弄玄虚地加了一句，"这些问题令人深思啊。"

让人扫兴的是，我这么激动，波洛却那么漫不经心。他兀自照着镜子，嘴里嘀嘀咕咕地说："嗯，真不错，这种润须膏太适合我的胡髭了，效果多好啊！"他瞥见我正气恼地瞪着他，赶紧说道："可不是嘛，那么，你深思出什么答案了吗？"

我还没来得及说话，门开了，房东通报说贾普警督来访。这位苏格兰场的警官和我们是老朋友了，彼此见面都非常高兴。

"啊呀！我亲爱的贾普，"波洛兴冲冲地说，"什么风把你吹来了？"

"是这样的，波洛先生，"贾普舒服地坐下，向我点点头，"我正在调查一桩很棘手的案子，正是你喜欢的那种类型，所以过来看看你有没有兴趣加入。"

波洛对贾普的办案能力评价甚高，虽然也时常抱怨他考虑问题缺乏逻辑，没有条理。不过在我看来，贾普警督最出类拔萃之处，就是他每次请你帮忙，总说得好像是他在帮你的忙一样，这可不是一般人能做到的。

“就是胜利舞会那个案子，”贾普循循善诱地说，“怎么样，喜欢吧？”

波洛对我微微一笑。“不管我喜不喜欢，至少我的朋友黑斯廷斯喜欢，你进门时，他正对这个案子大发议论呢。是不是？”

“那没问题，”贾普立刻摆起架子，“黑斯廷斯先生也可以加入。你知道吗，不是什么人都可以了解案情内幕，知道警方破案手段的。好，现在咱们言归正传。我想，波洛先生，你已经了解了这个案子的基本情况，对吗？”

“只知道报纸上说的那些。报纸嘛，你也知道，那些记者云山雾罩的，只能姑且听之，不可尽信，否则会误事的。所以，你最好重新给我介绍一下案情。”

贾普舒服地跷起二郎腿，开始详细介绍。

“众所周知，上个星期二举办了一场盛大的胜利舞会，尽管现在什么毛毛虫出来办个舞会都敢自称胜利舞会，但这个舞会可是货真价实的。舞会在巨像大厅举行，全伦敦万众瞩目，跃跃欲试，包括克朗肖子爵和他的朋友。”

波洛插嘴问道：“这位克朗肖子爵是什么人？他的背景，或者用你们的话来说，他的出身如何呢？”

“克朗肖子爵是第五代子爵，二十五岁，有钱的单身贵族，和演艺圈打得火热，有传言说他和奥尔巴尼剧院的考特尼小姐订了婚。据说她的朋友都叫她‘可可’，是个风情万种的年轻女士。”

“好的，接着说。”

“克朗肖子爵和他的朋友共有六人，包括他本人，他叔叔尤斯塔斯·贝尔特尼阁下，漂亮的美国寡妇马拉比夫人，年轻演员克里斯·戴维森和他的妻子，最后是可爱的可可·考特尼小姐。如你所知，那是个化装舞会，克朗肖和他的朋友粉墨登场，准备装扮成古老的意大利喜剧人物，或是诸如此类的什么角色。”

“那是即兴喜剧，”波洛自言自语着，“我知道这个。”

“不管是什么角色，那些服装是模仿一套小瓷人制作的。那套小瓷人是尤斯塔斯·贝尔特尼的藏品。克朗肖子爵装扮成光头丑角哈利奎因；贝尔特尼装扮成滑稽矮人普奇内罗；马拉比夫人装扮成他的妻子；戴维森夫妇则是穿着小白褂、涂着白脸蛋、顶着高帽的男女丑角——皮埃罗夫妇；考特尼小姐当仁不让地装扮成光头丑角的情人科伦芭茵。一切准备就绪，但还没到晚上舞会开始，气氛就开始不对。克朗肖子爵闷闷不乐，举止也异乎寻常。他们聚在一起去男主人预定的小型私人餐厅吃晚饭时，每个人都发现他与考特尼小姐之间有什么不对劲，他们既不对视，也不交谈，显得很奇怪。而且大家都看出来她一直在暗自饮泣，情绪很不稳定，处在崩溃边缘。那顿晚饭每个人都吃得别别扭扭，勉强挨到席终，大家离开餐厅时，她转身大声请克里斯·戴维森送她回家，因为她说‘对这个舞会感到恶心’。那位年轻演员犹豫不决地看了看克朗肖子爵，克朗肖却假装没听见，他只好动手把他们拉回小餐厅。

“戴维森左说右哄想要他俩和好，两人都不配合，无奈之下，他只好叫来出租车，将哭哭啼啼的考特尼小姐送回寓所。她显然情绪非常激动，但并没有和他说什么，只是没完没了地说她要‘让老克朗肖后悔！’这句话带给我们一点点启发，也许她并非死于意外呢？当然啦，这只是蛛丝马迹而已，聊胜于无吧。戴维森把她送到家劝慰了半天，总算让她安静下来，这时再返回巨像大厅已经太晚了，他就直接回到了自己在切尔西的住所。没过多久他妻子就回来了，带回了有关克朗肖子爵的不幸消息，悲剧是在他离开后发生的。

“情形大概是这样的，舞会开场后，克朗肖子爵越来越消沉。他有意避开朋友们，他们在那个晚上几乎没有见到他的人影。凌晨一点三十分的时候，盛大的沙龙舞[①]即将开始，届时大家都要卸去化装面具，露出自己的庐山真面目。子爵的军中同僚迪格比中尉注意到他当时正站在一个包厢里俯视着舞场。中尉知道子爵戴着哈利奎因的面具，于是就朝他喊道：‘嗨，克朗肖，快下来吧，和我们一起开心开心，你闷闷不乐地在上面晃悠什么呢？赶紧下来，后面这场舞很好玩，马上就开始了。’克朗肖回应道：‘行啊，那你等着我，这么多人我可找不着你。’他边说边转身离开了包厢。

“迪格比中尉和戴维森夫人一起等着他，等了半天，他也没露面，迪格比终于不耐烦了。

“‘这家伙什么意思，难道认为我们会像呆鸟一样等他一晚上？’他气冲冲地说。

“就在这时，马拉比夫人走了过来，他们就向她抱怨了一番。

“‘哎呀，是这么回事，’这位漂亮寡妇快活地嚷嚷起来，‘这家伙今晚就像头发怒的熊，也不知道怎么了，我们去找找他，把他揪出来跳舞去。’

“他们四处找了半天也没见到他的影子，后来马拉比夫人想到他可能会在小餐厅里，因为一个多小时前他们刚在那里吃过晚饭。到那儿一看，他们全被眼前的景象惊呆了。克朗肖子爵化装成的哈利奎因确实在那里，但是，他横尸在地板上，心口处插着把餐刀。”

贾普说到这里停顿下来。波洛点点头，从专业角度评论道：

①十九世纪流行的一种不断交换舞伴、穿插各种花样的轻快交谊舞。

"干得利落！现场没有留下任何痕迹吧？是啊，怎么会留下呢？"

警督继续说："其余的事情你都知道了。这场悲剧是双重的，第二天，所有报纸都头条报道了一则简短的声明：考特尼小姐，一位当红女演员，被发现死在自己床上，死因是服用了过量可卡因。那么这是意外还是自杀呢？我们叫来了她的女仆问话，她承认考特尼小姐吸毒成瘾。据此，这个案子就被定性为意外死亡了。尽管如此，我们还是不能完全排除自杀的可能性。她死得很不是时候，因为这样一来，他们吵架的原因就石沉大海了。顺便提一下，在死去的克朗肖子爵身上发现了一个釉面小盒，盒盖上用碎钻镶着'可可'字样，里面盛着半盒可卡因。考特尼小姐的女仆指认那是女主人的物品，几乎一直随身携带，因为她早已毒根深种无法自拔，可卡因须臾不可或缺。"

"克朗肖子爵吸毒吗？"

"他对毒品避之唯恐不远，对吸毒深恶痛绝的程度超出常人。"

波洛点点头，若有所思。

"不过既然他拿到了考特尼小姐的盒子，是不是可以认为他发现了她在吸毒，你怎么看，亲爱的贾普？"

"唔。"贾普语焉不详地应了一声，听不出到底是什么意思。

我不由得一笑。

"唔，"贾普说，"案情大体如此，你有什么想法？"

"除了你告诉我的这些，就没有其他线索了吗？"

"噢，还有这个。"贾普从衣袋里掏出一个小东西递给波洛。这是个翠绿色绸子做的小丝球，上面挂着丝丝拉拉的线头，好像是从什么东西上强行扯下来的。

"这是在死者手里发现的，他抓得很紧。"警督解释道。

波洛看了看，没说什么，就还给警督，然后问他："克朗肖子爵有仇人吗？"

"没人说得出他有什么仇人，好像大家都很喜欢他。"

"谁会从他的死亡中受益？"

"他的叔父尤斯塔斯·贝尔特尼阁下，他将会继承死者的封号和地产。他身上倒有一两个疑点。好几个人都说听到在吃晚饭的小餐厅里发生过激烈争吵，争执的声音中有尤斯塔斯·贝尔特尼。你也明白，餐刀就摆在餐桌上，在双方唇枪舌剑争得不可开交时，一怒之下抄起餐刀向对方插去也是可以理解的。"

"贝尔特尼怎么解释这件事？"

"他说有一个侍者喝得烂醉如泥，很不像话，他当时正在怒斥他。从时间上看，他在小餐厅怒斥侍者时将近凌晨一点钟而不是一点半。要知道，迪格比中尉的证词已经确定了案发时间，从他和包厢里的克朗肖说话到他们发现尸体之间只有十分钟。"

"不管怎么样，我猜贝尔特尼先生要装扮成滑稽矮胖子普奇内洛，一定会套上个驼背，衣服上也有一堆褶裥花边什么的吧？"

"我也不知道参加舞会的服装具体是什么样子。"贾普很不解地看着波洛，"而且，我也不明白，研究他们穿什么服装有什么用呢。"

"没有用吗？"波洛略带讥讽地微微一笑，眼里闪动着绿莹莹的光，根据我对他的了解，这就表明波洛已经心中有数了。他心平气和地继续说："这个小餐厅里有一道帷幕吧，是不是？"

"是的，可是——"

"帷幕后面的空间很宽裕，足够藏下一个人，是不是？"

"是的——帷幕后面确实有个小凹室，咦，你怎么知道的？你又没去过那个地方，难道你去过吗，波洛先生？"

“我没去过，亲爱的贾普，我用不着去，这是我推理出来的。没有这个帷幕，这场戏就不合逻辑了，一个人办事总要合乎逻辑啊。现在告诉我，他们去叫医生了吗？”

“当然，他们立刻叫来了医生，但已无力回天，因为他已经死得透透的了。”

波洛颇不耐烦地点点头。

“是呀，是呀，我知道这个。那么这位医生是否提供了验尸证词？”

“提供了。”

“那他没有提到一些异乎寻常的现象吗？尸体的外观就没有什么让他大惑不解的地方？”

贾普用匪夷所思的眼光看着这个小个子男人。

“他确实有不解之处，波洛先生，我不知道你什么意思，但他的确提到过死者肢体的僵硬程度不大像刚刚死去的，可他无法做出合理的解释。”

“啊哈！”波洛很兴奋，“啊哈！天网恢恢啊！贾普，这让人恍然大悟，不是吗？”

显然不是，至少没让贾普恍然大悟。

“如果你想的是毒药，先生，谁会先毒死一个人再向尸体插把刀呢？”

“那么想确实很荒谬。”波洛心平气和地颔首同意。

“你还有什么想了解的，先生？如果你想检查一下尸体现场——”

波洛摆摆手。

“一点也不想，我唯一感兴趣的事情你已经告诉我了，那就是克朗肖子爵对吸毒的看法。”

“没有其他什么你想看的了？”

“只有一件。”

“什么？”

“那套小瓷人，他们出席假面舞会的服装是照着小瓷人的服饰做的。”

贾普完全摸不着头脑，他瞪着波洛说：“嗯，你真是个怪人！”

“你能替我安排一下吗？”

“如果你愿意，我们现在就去伯克利广场，贝尔特尼先生——或者，我现在得称他爵爷大人了——是不会反对的。”

我们立刻跳上一辆出租车出发了。新晋克朗肖子爵不在家，但在贾普的要求下，我们被引进“瓷器室”，那里陈列着各种瓷器珍品，贾普环顾四周，不知所措地说：“波洛先生，我不知道你怎么才能找到你想要的东西。”

但波洛已经将一把椅子拉到壁炉架前面，像鸟儿一样灵巧地跳了上去。在镜子上方的一个小架子上，摆着一溜小瓷人，共有六个。波洛仔细察看着，不时评论几句。

“果不出我所料！正是那出古老的意大利喜剧。看这三对人物！光头丑角哈利奎因和他的情人科伦芭茵；皮埃罗和他的老婆穿着白色和绿色衣服，颇为精致；普奇内罗和他的老婆穿紫色和黄色衣服。普奇内罗的服装真繁复，装饰了这么多褶裥和荷叶花边，嗯，还有驼背和高帽子。不错，正如我想的那样，非常繁复。”

他将瓷人小心地放回原处，跳下椅子。

贾普脸上讪讪的有点不高兴，但鉴于波洛无意解释什么，这位警督也只好假装不介意了。我们正准备离开时，主人回来了，贾普为双方作了简单介绍。

第六代克朗肖子爵五十岁左右，风度翩翩，一表人才，但一脸酒色过度的样子，显然是个老花花公子。他那种拿捏出来的漫不经心，让人一见就讨厌。他礼数周全地对我们表示欢迎，声称他对波洛的杰出能力早已如雷贯耳，愿意随时听候我们吩咐。

“据我所知，警方正在全力以赴破案。”波洛说。

“他们是很努力，但恐怕我侄子的死亡之谜永远也不会水落石出了，这事从头到尾都那么离奇古怪。”

波洛锐利的目光紧盯着他。“你知道有谁与你侄子为敌吗？”

“没有，绝对没有，这我敢打保票。”他停顿了一下，又说，“如果你还有什么问题要问——”

“只有一个问题。”波洛口气很严峻，“舞会用的那些服装模仿你的小瓷人模仿得一模一样吗？”

“可以说丝毫不差，连扣子都是一样的。”

“谢谢你，大人，我就想确认这一点。日安。”

“下一步是什么？”我们匆匆走到大街上，贾普说，“你知道的，我必须向苏格兰场汇报。”

“只管去，我不会耽误你的。我还有件小事要处理，然后——”

“然后怎样？”

“然后结案大吉。”

“什么？你不是在开玩笑吧！你已经知道是谁杀了克朗肖子爵？”

“毫无疑问。”

“是谁？尤斯塔斯·贝尔特尼吗？”

“嗯，我的朋友，你知道我有个小毛病，在结局揭晓之前，我总喜欢把线索留在自己手里捂着。不过你别着急，时机一到，我就会和盘托出。我不会抢你的功劳，这个案子的功劳属于你，但有个条件，就是你必须允许我用自己的方式来破案。”

“行呀，那很公平，”贾普说，“我的意思是，如果能真相大白的话！你口风可真紧啊，是不是？”波洛笑而不答。贾普说：“好啦，我这就回苏格兰场了。”

他沿着街道大步流星地走了。波洛叫住一辆路过的出租车。

“我们现在去哪儿？”我好奇地问。

“去切尔西拜访戴维森夫妇。”

他将地址告诉了司机。

“你觉得新晋克朗肖子爵怎么样？”我问道。

“你怎么看呢？”

“我本能地认为那人根本不可信。”

“你认为他是小说中描写的那种‘邪恶叔父’，是吗？”

“难道你不这样看吗？”

“我嘛，我觉得他对我们相当和蔼可亲。”波洛不置可否地说。

“因为他心怀鬼胎，不得不对我们和蔼可亲。”

波洛看着我，一副恨铁不成钢的样子，嘴里嘀咕了几句，听上去像是在说“毫无逻辑”。

戴维森夫妇住在那种“公馆式”公寓的三楼。仆人告诉我们，戴维森先生出门了，夫人在家。我们被引进一个长形房间，这里天花板低矮，墙上挂着富有东方风格的艳丽壁毯，让人觉得俗不可耐。房间里空气不流通，十分沉闷，燃香的气味更增加了不适之感。我们刚坐定，戴维森夫人就出现了。她身材小巧，皮肤白皙，若不是淡蓝色眼睛里流露出些许阴险狡诈的味道，本来还有些楚楚可怜，能让人泛起怜香惜玉之情。

波洛告诉她我们在协助警方调查此案，她一听就面露悲伤之色，痛心疾首地对我们说："克朗肖太可怜了，可可也是，我们俩都很喜欢她，听说她出了意外我们都如五雷轰顶。你想问我什么？难道让我再回顾一次那个恐怖之夜发生的事情吗？"

"哦，夫人，请相信我，若非必要，我不会让你再难过一次的。其实贾普警督已经将案情介绍得很清楚了，我得到了一切需要的信息，现在只是想看看你在那晚舞会上穿的服装。"

这位女士看起来有些不知所措，波洛给出的理由听起来合情合理、天衣无缝，"夫人，你要理解，我是比利时人，比利时人办案有自己的程序。我们在办案时很重视'重建现场'，这样才可能对当时发生的事情产生身临其境之感。你懂了吧，对于重建现场来说，在场人物穿什么服装是必不可少的一环。"

戴维森夫人还是显得有些心神不定。

她说："我知道，我听说过重建现场的做法，但我没想到你们在细节上也这么较真儿。没关系，我这就去取衣服。"

她离开房间，很快就返回来，手里拿着一件白绿色相间的缎子制成的精美戏服。波洛接过来，用心查看了一番就递回给她，同时鞠了一躬。

"谢谢，夫人！你的衣服非常漂亮，只可惜这里少了一个绿色丝球，原来缀在肩头上的那个。"

"不错，在舞会上这个丝球脱线掉在地上，我捡起来交给了身旁的克朗肖子爵，让这个可怜的人替我拿着。"

“那是在晚饭后吗？”

“是的。”

“也许，就在悲剧发生之前吧？”

戴维森夫人的浅色眼睛闪出警觉之光，她立刻答道：“噢，不，离悲剧发生还早，也就是刚吃过晚饭不久的时候。”

“是这样，我知道了，好，今天就到此为止，我不再打扰你了，夫人，再见。”

从屋里出来后我说：“这样一来，那绿丝球就没什么可疑的了。”

“不能下这样的定论。”

“嗯，你什么意思？”

“你看见我查看那件衣服了吧，黑斯廷斯？”

“是呀，你发现什么了？”

“我发现，那个绿丝球不像戴维森夫人说的那样是脱了线掉下来的，恰恰相反，它是被剪下来的，我的朋友，有人用剪刀剪掉的，线头很整齐。”

“老天在上，”我大叫道，“这不是变得越来越复杂了吗？”

“哪里哪里，”波洛轻描淡写地回答，“应该是变得越来越简单了。”

“波洛，”我吼起来，“总有一天我会忍不住杀了你！什么东西在你看来都很简单，一目了然，你这不是欺负人吗？你是在挑战我的底线！”

“可是每次你听我一解释就全明白了，你不觉得其实真的特别简单吗？”

“是呀，所以我才生气。听你说的时候，发现真相就在眼前，明明我自己也能看出来的。”

“你本来是可以看出来的，黑斯廷斯，你有这头脑。只要你看问题有逻辑性，真相就会自动浮现在你面前，但如果你没有逻辑性——”

“算了，算了，”我不容他再说，我太了解这人了，一说到什么逻辑条理什么的，他就会没完没了，“说吧，下一步怎么做？你真的要重建作案现场吗？”

“怎么会呢，我们何不宣布真相已经浮出水面？但在可以鞠躬落幕之前，我还想加上一出——丑角戏。”

波洛将这场神秘的丑角表演定在下周二演出。看着他们做准备，我越来越摸不着头脑。房间一端竖起了白色屏风，屏风两侧挂着厚厚的帷幕，之后出现了一位带着设备的灯光师，最后，一群演员鱼贯而入，消失在波洛的卧室里，那里被当作临时化妆室。

时针快指向八点时，贾普来了，不像欢天喜地来看戏的样子，我想警方这位侦探多半对波洛的计划颇不以为然。

“搞得有那么点儿戏剧性啊，他就喜欢这样。不过就像他说的，反正也没什么坏处，倒会给我们省点儿麻烦，那就这样呗。他对这案子一直就洞若观火，当然我也不差，我和他想法差不多——”想法差不多？我打心眼儿里不相信他的话。“只是，我答应过允许他按自己的方式来结案。看啊，观众们都到了。”

子爵大人首先到场，他是陪着马拉比夫人来的，在此之前，我还没有见过这位夫人。她是个千娇百媚的黑发女人，进屋后显得有点紧张。随后进来的是戴维森夫妇，我也是第一次见到克里斯·戴维森，他长得英俊潇洒，相当抢眼，个子高高的，肤色微黑，具有演员驾轻就熟的那种翩翩风度。

波洛请大家面对屏风坐好。此时有明亮的灯光打在屏风上，波洛将屋里其他灯都关了，因此除了这扇屏风，屋里其他部分都处于黑暗之中。波洛坐在黑暗中开始说话。

“女士们，先生们，我简单介绍一下表演内容，将有六个人物依次通过屏风，你们很熟悉这几个人物，就是皮埃罗和他老婆，滑稽矮人普奇内罗和他的漂亮夫人，翩翩起舞的美丽科伦芭茵，还有哈利奎因，那个隐身小精灵。”

波洛解释完毕，表演就开始了。波洛提到的每个人物依次跳到屏风前面，做个定格亮相的动作，就消失在黑暗中。灯光复明之后，在场的人都松了口气，刚才大家都有点提心吊胆，不知道自己会看到什么场面。在我看来，这么表演实在很无聊，若是罪犯就在我们中间，难道他看见一个熟悉的人物登场就会崩溃吗？如果波洛想要的结果是这样的话，显然没有达到目的——也不可能达到目的。不过波洛毫不介意，还是那么胸有成竹的样子，他向前跨了一步，笑嘻嘻地对大家说：“现在，女士们，先生们，请你们分别告诉我，刚才看到了什么。阁下，请你先说，好吗？”

这位绅士一脸诧异地说：“对不起，恐怕我没明白你的意思。”

“你只要告诉我刚才看见了什么。”

“刚才吗？嗯，应该说我们看见了六个人物从屏风前面经过，他们打扮成那出古老的意大利喜剧中的人物形象，或者，嗯，也可以说，打扮成那天晚上我们这些人的形象。”

“不用考虑那天晚上的事，阁下，”波洛打断他的话，“你前面说的那些话正是我想要达到的效果。夫人，你同意克朗肖阁下的话吗？”

他已经转身问马拉比夫人了。

“我，呃，不错，当然是这样。”

“你同意你看见了意大利喜剧中的那六个人物？”

“怎么，那还用说吗？”

“戴维森先生，你也同意吗？”

“是的。”

“夫人呢？”

“是的。”

“那么黑斯廷斯，贾普，你们怎么样？大家都同意吗？”

他四处环顾，眼睛闪烁着像猫一样绿莹莹的光。

“可是，你们全都错了！你们被自己的眼睛欺骗了——正如胜利舞会那个晚上你们被自己眼睛欺骗了一样。常言道，即使你亲眼所见，也未见得是真。要想明察秋毫，就得用心去看，开动脑筋去看！如果你们那样去看，就会知道，今晚和舞会那个晚上，你们看见的是五个人而不是六个人！你们看！”

屋里的灯光又灭了，一个人影跳到屏风前面——是皮埃罗。

“这是谁？”波洛问，“是皮埃罗吗？”

“是的。”我们齐声说。

“再看！”

那个人影略一转身，飞快地脱去皮埃罗的宽松服装，聚光灯下出现了装束闪闪发光的哈利奎因！与此同时，黑暗中发出一声惊叫，一张椅子咣当一下倒在地上。

“他妈的，”戴维森咆哮着，“你是怎么猜出来的？”

接着响起戴手铐的咔嚓声以及贾普沉着冷静的官腔。

“你被捕了，克里斯·戴维森，你涉嫌谋杀克朗肖子爵。你有权保持沉默，你所说的一切都会被用来作为呈堂证供。”

十五分钟之后，一桌精美的夜宵已经摆好，波洛满面春风，边尽地主之谊款待大家，边回答大家迫不及待的问题。

“案情其实再简单不过。在死亡现场发现的那枚绿丝球，立刻让人想到这是从凶手衣服上扯下来的。服装上有此装饰的人只有皮埃罗夫妇，皮埃罗的老婆可以排除（因为她没那么大的力量将餐刀插入人体很深），那么凶手就是皮埃罗。但谋杀发生时皮埃罗已经离开舞会将近两小时了，所以，要么是他后来回到舞会上杀了克朗肖子爵，要么就是，嗯，就是他在离开舞会之前就杀了子爵！那也不是没有可能，那天晚饭后谁见过克朗肖子爵？只有戴维森夫人。我很怀疑她的证词，她蓄意捏造晚饭后在舞场上见过克朗肖子爵的情节，不过是为了混淆时间，并解释受害人手中为什么会有那枚丝球。她从自己服装上剪下一枚丝球来掩饰她丈夫服装上被扯下的那个。而一点三十分在包厢里探头探脑的哈利奎因一定是冒名顶替的。起初，我曾考虑过贝尔特尼先生犯罪的可能性，但他穿着那么复杂精致的服装，不方便脱换，显然不可能扮演普奇内罗和哈利奎因的双重角色。而另一方面，对戴维森来说，他与死者年龄身材相仿，又是个职业演员，假扮死者对他来说是小菜一碟。

“还有一件事让我踌躇不决。显然，医生不可能没发现死了两个小时和死了十分钟的尸体之间的差别！后来我了解到，这位医生确实注意到了异常！从当时情况看，医生并不是到现场检查尸体之后做出的判断，而是到达现场之前就有人告诉他，死者十分钟之前还活着，还和人说过话。他只好在验尸时对尸体四肢非同寻常的僵硬发表了一下意见，表示这种情况匪夷所思。

“所有的情况都与我对案情的推导相吻合，证明我的思路是符合逻辑的。戴维森在晚饭之后马上杀死了克朗肖子爵，就在将他拉回小餐厅之后——正如你们都看见的。然后他送考特尼小姐回家，将她送到寓所门前就离开了（并非像他声称的那样陪她进屋安慰了半天）。随后他急忙赶回巨像大厅，但是换了装扮，打扮成哈利奎因而不是皮埃罗，这对他来说是举手之劳，只需脱去外面的小丑服装即可。”

死者的叔叔探了探身子，仍然很不解地说：“如果真是这样，难道他来参加舞会就是为了杀我侄子吗？他们俩有什么深仇大恨，为了什么呀？我实在看不出他有什么动机。”

“哦，这就涉及第二个悲剧了，就是考特尼小姐的死亡。有一个简单的事实大家可能没注意到，考特尼小姐死于可卡因过量，但她的毒品在那个釉面小盒里，已经被克朗肖子爵拿走并在他身上发现，她又是从哪里得到大量毒品导致自己殒命呢？只有一个人能够为她提供，那就是戴维森。弄清这点，所有事情就迎刃而解了。因为这种关系，她才会和戴维森夫妇往来密切，因为这种关系，她才会在那天晚上要求戴维森送她回家。克朗肖子爵坚决反对吸毒，他发现她沉溺于毒品不可自拔，同时怀疑是戴维森为她提供的毒品。戴维森当然矢口否认自己与此有关，但克朗肖子爵决心要弄清真相，打算在舞会时直接问考特尼小姐。他可以对这个可怜的女孩既往不咎，但绝不会放过靠贩毒谋生的那个演员。一旦事发，戴维森将面临灭顶之灾，因此他去参加舞会的时候，已决心不惜任何代价也要杀了克朗肖灭口。”

“那么可可的死是不是意外事故呢？”

“很有可能是戴维森处心积虑策划出来的意外事故。她当时正和克朗肖闹别扭，先是因为他责怪她吸毒，后是因为他不仅责怪，还将她的可卡因没收了。趁她正在气头上，戴维森给了她更多可卡因，多半还鼓励她多吸一些，以此向‘老克朗肖’示威。”

“还有件事，”我说，“那个小餐厅里有凹室和帷幕，你又没去过，是怎么知道的？”

“噢，这很简单，你想啊，那个小餐厅常有侍者进进出出，显然不能让尸体四仰八叉地躺在地板上，一进门就能看见，因此餐厅里肯定有个隐秘之处可以藏尸。我估计那里有个挂着帷幕的凹室，戴维森将尸体拖到那里藏起来。后来他在包厢里抛头露面地吸引别人注意，确定偷梁换柱的把戏得逞之后，他又回到餐厅将尸体拖出来，最后拍拍手离开巨像大厅。他设计得不错，妙招迭出，确实是个聪明的家伙！”

但从波洛猫一样的绿眼睛里，我准确无误地读出了这样的潜台词：“但却难逃赫尔克里·波洛的眼睛！”

克拉珀姆厨师失踪案

在我和我的朋友赫尔克里·波洛共处的日子里，每天早晨，我都会为他大声朗读早报《布莱尔日报》的标题，这已经成为习惯。

《布莱尔日报》是那种语不惊人死不休的报纸，他们施展十八般武艺，总能找出些耸人听闻的消息。类似抢劫谋杀这种报道是绝不肯默默无闻地躲在后面的版面上的，而是堂而皇之地出现在头版头条，配之以通栏标题，让你无法忽略过去。

我读道："艾伯斯康丁银行职员失踪，随之失踪的是价值五万英镑的可转让证券。

"丈夫一头扎进煤气烤箱，比烤箱更可怕的是家庭生活。

"妙龄美女打字员失联，艾德娜·菲尔德芳踪何处？

"怎么样，波洛，发生了这么多案子，有没有你感兴趣的？银行职员卷款逃走，丈夫莫名其妙自杀，美女打字员蒸发。你看上哪一起了？"

我的朋友无动于衷，只是轻轻摇摇头。

"我的朋友，哪个我都没兴趣，今天我就想无所事事地待着，别想让我离开我亲爱的椅子，除非是什么特别有意思的事情。再说，我还有一堆重要事情需要处理呢。"

“你有什么重要事情啊，说来听听？”

“嗯，很多啊，比如我衣柜里那套灰色西服，如果我没记错的话，上面溅了个油点，虽然很小，可让我很闹心。还有我那件冬季外套，早就应该好好清洗了。更重要的是，我该好好修理一下胡髭，刮一刮，抹点润须膏。”

“还不少呢，”我边说边溜达到窗口往外看，“不过你恐怕没法做这些心血来潮的事情了。你听，门铃响了，有客户找你来了。”

“除非事关国家安危，否则我是不会接受委托的。”波洛信誓旦旦地说。

很快，屋里的宁静气氛被一位身材矮胖的红脸夫人打破了。她急急忙忙走上楼来，进屋后还在气喘吁吁。

“你是波洛先生吗？”她问，二话不说就往椅子上一坐。

“是的，夫人，我是赫尔克里·波洛。”

“你完全不是我想象的那样呀！”这位夫人肆无忌惮地打量着波洛，毫不掩饰自己的失望，“报纸上说你怎么怎么能干，是位杰出的大侦探。是你出钱让他们这么说，还是他们在自说自话？”

“夫人！”波洛愤然挺直了身子。

“啊，对不起，不过我想你其实也明白那些报纸是怎么回事。比如一篇文章的标题是《新娘对未婚闺蜜的私语》，如果你看内容，无非是告诉你可以在某化妆品店买个什么破东西用来洗头，除了吹嘘一无是处。我无意冒犯，你不会介意吧？我来找你的目的是想让你寻找我的厨师。”

波洛张口结舌地瞪着她，不知该如何回答，在我的印象中，只有这么一次，他伶牙俐齿能言善辩的能力瞬间失灵。我实在忍俊不禁，只好背转身去。

“都是让政府定期发放的失业救济金闹的，”夫人继续说，“这缺德的救济金让那些仆人想入非非，不安分守己干自己的活儿，老惦记去干个打字员什么的。我认为政府应该停止发放救济金！我倒想知道我的仆人们有什么可抱怨的——他们每周可以有一个下午和晚上出门闲逛，隔周还可以在星期日休息一整天，衣物都是送出去洗，和我们主人吃一样的饭菜，像我们一样，根本不吃人造黄油，只吃最上等的黄油。”

她停下滔滔不绝，喘了口气，波洛立刻抓住这个机会站起来，以他最傲慢的口吻说：“夫人，恐怕你搞错了，家政服务不在我的调查范围之内。我是个私人侦探。”

“我知道你是私人侦探。”我们的客人说，“我不是告诉你了吗？我想让你替我寻找我的厨师。她周三出门之后就一去不复返，连个招呼都不打，也没有留下只言片语。”

“对不起，夫人，这种业务我更不会受理。你请慢走。”

我们的客人气哼哼地说：“这算什么？原来你就是这样的侦探啊，太目中无人了吧？嗯，你只管处理政府军机大事和伯爵夫人的珠宝吗？要知道，对于我这样身份地位的女人来说，凡是涉及仆人，事无巨细都很重要，不亚于任何珠宝。我们不可能全都成为出有车、食有鱼、满身珠光宝气的贵妇人，厨师再好也不过是个厨师，但如果我们失去一位好厨师，所受的损失和难过的心情，和那些丢了珠宝的贵妇人没什么两样。”

有片刻时间，波洛似乎在个人尊严和幽默感之间有点举棋不定，最后，他大笑一声重新落座。

“夫人，你说得对，我错了。你那番话很有道理，富有生活智慧。这种案子对我来说是个新鲜经验，过去我还从未查找过失踪家仆呢。在你到来之前，我的确一心想要天上掉下来个举世瞩目的案件。不过随它去吧，让我们看看你这件事。你说这位宝贝厨师周三离开，一去不复返，那么这就是前天发生的事。”

“不错，那天该她出门闲逛。”

“那她也许是碰上了什么意外，夫人，你没有到医院找过吗？”

“我昨天还在这么想呢，但是今天早晨，她竟然叫人来取她的箱子，连句解释的话都没有！要是我当时在家，决不会把箱子交给来人，我岂能让她就这么一走了之。可惜我当时去肉铺了。”

“你能描述一下她的样子吗？”

“可以，她人到中年，胖乎乎的，黑头发已经开始花白，是个品行端正的体面人。她来我家之前的那份工作干了十年。她的名字叫伊莱扎·邓恩。”

“你有没有，嗯，在周三那天和她发生过什么不愉快？”

“没有任何不愉快的事情，所以她的出走才显得这么奇怪。”

“你家里有几名仆人？”

“两位，还有个客厅女仆，名叫安妮，是位很好的女孩。她有点爱忘事，整天想的都是年轻小伙子，不过如果你监督有方，她还是干得不错的。”

“她和厨师两人的关系好吗？”

“就是一会儿好一会儿吵的那种，基本上算是很好的。”

“女孩对厨师的出走能提供点线索吗？”

“她声称一无所知，不过你也知道仆人们的做派，他们都是狼狈为奸的。”

“是的，是的，我们一定会调查这件事。夫人，请问你家在哪里？”

“在克拉珀姆，艾伯特王子大街八十八号。”

“知道了，夫人，我们就此道别，我今天一定会去你家。”

托德夫人——这是我们新朋友的名字——走了。波洛无可奈何地望着我。

“唉，黑斯廷斯，我们还从未有过这种案子呢。克拉珀姆的厨师不见了，没影了，找不到了！这种鬼事，我们的朋友贾普警督做梦也想不到会成为案子！”

抱怨归抱怨，他还是继续烧热熨斗，用吸墨纸小心翼翼地清洗掉灰西服上的油点，但是他心爱的胡髭只能遗憾地改日再修饰了。之后，我们动身前往克拉珀姆。

艾伯特王子大街上的小房子像是按同一张图纸建造的，窗户上都挂着饰有雅致花边的窗帘，门上装着亮晶晶的铜门环。

我们按了八十八号的门铃，一个衣着整洁的漂亮女仆为我们开了门。托德太太在客厅迎接我们的到来。

“别走，安妮，”她命令道，“这位先生是侦探，他需要向你问话。”

安妮神色变幻不定，又是惊疑，又是兴奋。

“谢谢夫人，”波洛一鞠躬，“我想现在就开始询问你的女仆，如果可以的话，我要单独向她问话。”

我们被带进一间小画室。当托德夫人老大不乐意地勉强离开房间后，波洛开始盘问女仆。

“安妮小姐，你要知道，你即将告诉我们的那些事情很重要，只有你才知道那些有助于调查的情况，如果没有你的帮助，我不知道从何着手。”

女孩听了他的话，不再惊疑不定，马上表现出跃跃欲试的样子。

“你放心吧，先生，”她说，“不管我知道什么，都会一五一十地告诉你。”

“那就好，”波洛露出赞许的笑容，“那么，你先告诉我你是怎么看待这件事的。你聪明过人，我一看就知道，在你看来，伊莱扎的失踪到底是怎么回事？”

赞美的力量是无穷的，在波洛的鼓励下，安妮展开丰富的想象力，进行了如下猜测。

“准是人贩子干的，先生，我从一开始就明白了！厨师老爱警告我要提防人贩子，她对我说，‘无论那家伙多么道貌岸然，你都不要听信那些甜言蜜语’。我敢肯定，现在他们抓住她了！很可能她已经被装上船运到土耳其或其他什么东方国家了。我听说那里的人喜欢胖子。”

波洛仍然一本正经地听她说话，没露出半点笑意，真让我钦佩。

“如果她是被人贩子抓去的——嗯，这个想法有一定道理——但是在那种情况下她怎么派人来取箱子呀？”

“嗯，那我就不知道了，先生。她总还是需要自己的箱子吧，即使被弄到国外去了。”

“是什么人来取的箱子，是个男人吗？”

“是卡特·佩特森，先生。”

“是你把她的东西打包装箱的吗？”

“不是的，先生，箱子早就打包好了，用绳子捆得结结实实的。”

“这样啊！很有意思，这说明她周三出门时就已经决定不再回来。你说是不是？”

“啊，是的，先生，”安妮看上去有些困惑，“我倒没从这方面想过。不过仍然有可能是人贩子干的，对吗，先生？”她心有不甘地补充道。

“确实如此！”波洛正色道，“你们俩睡在同一间卧室吗？”

“不，先生，我们住不同的房间。”

“那么伊莱扎有没有对你抱怨过目前的工作？你们俩在这里干得开心吗？”

“她从未说过不想干了。这地方还行……”女孩有点欲说还休。

“说吧，不用有什么顾虑，”波洛温和地鼓励她，“我不会告诉你家主人的。”

“嗯，是这样，我们都很怕夫人，在她手下工作提心吊胆的。不过这里吃的不错，而且量很多，爱吃多少吃多少，晚餐也有热菜，用油也没有限制，而且每周都有出门闲逛的时间。反正，即使伊莱扎真的想要离开，她肯定不会这样不辞而别，没有这样做的道理，至少她会做完这个月，要不她别想从夫人手里拿到本月工资。”

“那么，是不是工作太辛苦了？”

“嗯，夫人是个有洁癖的人，总在东抹西扫的，生怕什么犄角旮旯弄不干净。至于做饭，除了我们，家里还有个房客，就是那种付费的客人，不过他只在家里用早餐和晚餐。男主人也是如此。他们早餐过后就进城上班去了。”

“你喜欢男主人吗？”

“他人不错，但不太爱讲话，有点儿小气。”

“你记得伊莱扎出门之前还说过什么吗？”

“我当然记得。她说‘我去那家餐厅看看还有没有炖桃子，如果有的话，我就买回来晚餐时吃，再加点儿熏肉和炸土豆就够了’。她特别喜欢吃炖桃子，除非她是被人贩子强行带走的，否则不会不回来。”

“她通常都是周三休息吗？”

“是的，她周三休息，我周四休息。”

波洛又问了一些其他事情，对安妮的回答表示很满意。安妮刚一离开房间，托德太太就迫不及待地冲了进来，好奇之心溢于言表。显然，刚才不让她旁听我们与安妮的谈话，令她颇为不满。不过波洛心平气和的几句话就抚平了她心灵上受到的伤害。

他是这样解释的：“不让你在场旁听，是因为我知道，像你这样聪明过人的女士，受不了我们问话时那种拐弯抹角的方式，而我们由于职责所在，只得用那种旁敲侧击的办法。不是每个聪明人都有耐心与傻瓜周旋，与傻瓜对话的。”

他三言两语打消了托德太太的抵触情绪，将话题转向她的丈夫，了解到他在城里一家公司工作，每天回家都在六点钟以后。

“他肯定被这件莫名其妙的事弄得很烦吧，是不是也很担心她出了什么问题？”

“他才不担心呢，”托德太太说，“就会说，‘行了行了，再雇一个就是了’。他居然这么轻描淡写看待此事！啊，他这种无动于衷的态度真是气死我了！他还说，‘不过是个不知好歹的女人，走了正好’。”

“那么房子里住的其他人是什么态度，夫人？”

“你说的是我们的房客辛普森先生吗？他呀，只要不影响他吃早餐和晚饭，他才不操心其他事呢。”

“他是做什么工作的，夫人？”

“他在一家银行工作。”她说了个银行名字。我微微一惊，想起《布莱尔日报》上那条银行职员失踪的消息。

“是个年轻人？”

“我估计他有二十八岁，是个挺不错的年轻人，不太爱说话。”

“我想和他谈谈，如果可以的话，也想和你丈夫谈谈。晚上我会专门再来一趟。我冒昧地建议你小睡一下，你看起来有点累。”

“可不是嘛，我也觉得非得休息一下不可了。你看，先是伊莱扎让我心烦意乱，然后又碰上昨天是减价日，我抢购了一整天。波洛先生，你可以想象，我是多么手忙脚乱，各种事情纷至沓来，还有这么多家务要处理，当然不能全指望安妮去做啦，如果老这样下去，她可能就该抱怨了。唉，在这种情况下，我怎么可能不累坏呢！”

波洛嘟囔了几句安慰之词，我们就告辞了。

“这可太巧了，”我说，“那个失踪的银行职员戴维斯和辛普森在同一家银行工作，你觉得这里面有什么蹊跷吗？”

波洛莞尔一笑。

“哎呀，一个是失踪的银行职员，一个是失踪的家厨。还真看不出这两人之间有什么关系，除非戴维斯可能在拜访辛普森时见到厨师，从此坠入情网，劝说她和自己一块儿远走高飞。”

我不由得笑了起来，但波洛毫无笑意。

“弄不好他不是劝她，而是胁迫她呢！”波洛对我的笑声很不以为然，“别忘了，黑斯廷斯，假如你打算过逃亡生活，身边带着个好厨师比带着个美女更实惠！”他稍停片刻继续说：“这案子相当离奇，很多事情都解释不通，这可勾起我的好奇心了，不错，还真有点意思！”

那天晚上我们返回艾伯特王子大街八十八号，见到了托德和辛普森两位先生。托德四十多岁，瘦长脸，一副闷闷不乐的样子。

“哦，是呀，你说的是伊莱扎，”他心不在焉地说，“不错，我觉得她是个好厨师，而且很节俭，我很重视节俭这种品质。”

“你觉得她为什么这么突然地不辞而别？”

“噢，嗯，”托德先生更加茫然地说，“仆人的事嘛，难说得很。我妻子有些小题大做了，她焦虑过度才搞得自己这么累。其实这事很简单，再找一个就是了。我就是这么和她说的，不过就是个仆人走了，走了就走了呗，再找一个嘛，还有什么可说的？”

辛普森先生是个不太起眼的年轻人，戴副眼镜，寡言少语。

“我觉得我是见过她的，”辛普森说，“是个岁数比较大的女士，对不对？当然啦，我比较常见的是另一位，叫安妮，心地善良的女孩，喜欢帮助人。”

“这两个仆人彼此关系好吗？”

辛普森先生说他不是很确定，只能说觉得她俩还不错。

“你看，我们几乎一无所获，没得到多少有用的线索。”我们告辞出门后波洛说。本来我们早就可以走了，但托德太太又叽里呱啦地说了半天，无非还是早上说过的那些，只是更加啰唆而已，害得我们很晚才离开。

“你大失所望吧？”我问波洛，“本来以为能不虚此行呢。”

波洛摇摇头。

“我当然得到了一些线索，可以继续追查下去，”他说，“不过我也不抱什么希望。”

出乎意料的是，波洛第二天早晨收到一封信。他读了信，气得满脸通红，把信递给我看。

简而言之，托德太太在信中表示抱歉，不劳波洛先生再为她的事情费心。她说与丈夫讨论之后她已经明白，这件事纯属家事，把侦探拉进来调查是不智之举。托德太太随信还寄来一畿尼的咨询费。

“啊哈！”波洛气势汹汹地说，“他们以为这样就能摆脱掉赫尔克里·波洛啦？我答应调查这件鸡毛蒜皮的破事纯粹是出于好心，嗯，这是多大的面子啊，他们居然这么对待我，一个畿尼就打发我走人！这完全是托德先生的手笔，我不会弄错的。但是他们休想，一千一万个休想！我要自己花钱来调查，需要多少花多少，即使三千六百个畿尼也在所不惜！非把这件事查个水落石出不可！”

“是的，”我说，“但是从何着手呢？”

波洛平复了一下情绪。

“首先，”他说，“我们要在报纸上登广告，我想想，嗯，就写‘如果伊莱扎·邓恩与该地址联系，将会得到莫大的好处’。黑斯廷斯，你去把这个广告登在尽可能多的报纸上。我自己也要做些小调查。快去，快去，赶紧动手，越快越好。”

直到晚上我才又见到波洛，他一反往常故作神秘的做派，一五一十地告诉我他做了什么。

“我对托德先生的公司做了调查，他周三没有缺勤，在公司的口碑很不错，他的情况就是这样。然后是辛普森，他周四请了病假，没有去银行，但是周三他在银行。他和戴维斯的关系不冷不热，没什么特别的。看来这边查不出什么名堂，确实没有可疑之处。我们现在的希望就寄托在广告上了。”

广告如我们所愿在所有主要日报上刊登出来。按照波洛的指示，要每天都登，连登一周。他一反常态，全心全意地盯住这宗无聊的厨师失踪案，我觉得他把这看作一场尊严保卫战，大有不成功便成仁之感。在此期间有几件非常合他心意的案子提交给他，都被他挥之一旁。每天早晨他都会扑向刚到的邮件，如饥似渴地查阅一番，然后叹口气放下它们。

但我们的耐心终于得到了回报。在托德太太到访后的那个周三，房东太太通报说一位叫伊莱扎的人来访。

“谢天谢地！”波洛叫道，“让她上来，立刻，马上！”

看到波洛如此着急，房东太太匆匆出去，一会儿就回来，领进了邓恩小姐。我们千方百计找出来的这个人正如人家描述的那样，个子高高的，身材胖胖的，是位极其体面的女士。

“我是看到广告才来的，”她解释说，“我想一定是有些事搞混了或是误会了，可能你们还不知道我已经得到了遗产。”

波洛凝神看着她，然后拉过一把椅子，示意她坐下。

“是这么一回事，”他解释说，“你以前的女主人托德太太十分挂念你，不知道你为什么不辞而别，她怕你是遇到了不测。”

伊莱扎·邓恩大吃一惊。

“难道她那天没有收到我的信？”

“她没有收到你一个字。”波洛停顿了一下，循循善诱地说，“告诉我到底是怎么回事，好吗？”

伊莱扎·邓恩不需要诱导，她立刻像竹筒倒豆子，开始了滔滔不绝的讲述。

“周三晚上我正要回家，快走到家门口时，一位先生叫住我。他个子很高，留着胡子，戴一顶宽大的帽子。他问：‘是伊莱扎·邓恩小姐吗？’我说：‘是的。’他又说：‘我刚才到八十八号找你，他们说我会在这儿遇到你。邓恩小姐，我是专程从澳大利亚来找你的。你是否碰巧知道你外祖母的闺名？’我说：‘是简·埃莫特。’‘完全正确。’他说，‘现在请你听我说，邓恩小姐，我要告诉你一件事，虽然你以前对此事闻所未闻，听我一说你就明白了。你的外祖母有个亲密朋友叫伊莱扎·利奇。她去了澳大利亚，嫁给那里的一个阔佬。她生过两个孩子都夭折了，所以她丈夫的遗产全部由她继承。她在几个月前去世了。在她的遗嘱里，留给你一幢在英国的房子和一大笔钱。'”

邓恩小姐说：“他这几句话把我弄蒙了，刚开始时，我不相信这是真的。他肯定看出了我的怀疑，就笑着说：‘邓恩小姐，你不相信我这很正常，你看，这是我的证明材料。’他递给我一封墨尔本的律师赫斯特和克罗特切特写的信以及他的证件，证明他就是其中那个叫克罗特切特的律师。‘不过要继承遗产还有一两个条件，’他说，‘我们的委托人有点古怪，她要求你必须在明天十二点以前住进那幢房子（房子位于坎伯兰郡），还有一个不足挂齿的条件，只是个规定而已，就是你不能再干家政服务这种工作。’我的脸一沉，‘噢，克罗特切特先生，’我说，‘我是个厨师，你去主家找我时他们没告诉你吗？’‘好啦，亲爱的。我没想到你是厨师，我以为你是女伴或是家庭教师呢。这可太遗憾了，唉，真是太遗憾了。’

“‘这样我就不能得到那些遗产了吧？’我一定显得很着急。他想了一会儿，最后说：‘要拐弯抹角绕过法律规定总是有办法的，邓恩小姐。我们是律师，知道怎么变通处理这类情况。现在有个办法，你今天下午就放弃这份厨师工作。’‘可我这个月还没干完呢。’他微微一笑。‘亲爱的邓恩小姐，只要你不要当月工资，分分钟就可以放弃工作离开雇主。你的女主人知道了这些情况是会理解你的。现在时间已经刻不容缓，你必须马上动身，赶去国王十字街站，搭乘十一点零五分开往北方的火车。车票大约十英镑左右，我先替你垫上。你在车站给你的雇主写个便条，我会亲自交到她手里，并告诉她事情的来龙去脉。’这么安排我当然会同意。于是，一个小时之后，我已经坐在火车上奔向北方，但仍然惶恐不安，感觉头昏眼花的。火车到达郡首府卡莱尔市时，我对此事还是半信半疑，心里七上八下，觉得自己可能碰上了传说中的骗局。没想到，我按照他提供的地址找到那地方时，律师已经在那里恭候，一切事情正如他告诉我的那样，有幢漂亮的小房子，每年另有三百英镑收入。迎接我的律师也提供不了更多的情况，他们只是收到伦敦一位先生寄来的信，指示他们把房子和头半年的生活费一百五十英镑交给我。克罗特切特先生把我留在原来住处的东西送了过来，但并没有女主人的只言片语。我估计她很生气，而且眼红我的好运气。她还扣下了我的箱子，只是用纸打包了我的衣服。不过，如果像你所说，她根本就没收到我的信，肯定会觉得我很不够意思。”

她滔滔不绝的讲述过程中，波洛一直聚精会神地听着，听完后，他点点头，显得很满意。

“谢谢你，小姐。正如你所说，这件事确实透着点诡异。劳你专程前来，请收下我的谢意。”他递给她一个信封，“你马上就回坎伯兰吗？请记住一个小小的忠告：无论如何，不要放下厨艺。如果情势发生变化，有一技傍身，就什么都不用担心了。”

“这么容易就上当受骗，”客人离去后，波洛嘀咕着，“也许她这个阶层很多人都是这样。”波洛的神情严肃起来，“快，黑斯廷斯，现在时间很紧迫，你快去叫出租车，我给贾普写个便条。”

我叫来出租车时，波洛已经急不可耐地站在门口台阶上等我了。

“我们去哪儿？”我也开始心急火燎。

“我们先找个专递送这个便条。”

便条送走后，我们回到出租车上，波洛把地址告诉司机。

“克拉珀姆，艾伯特王子大街八十八号。”

“我们现在去那儿吗？”

“不错，不过说句实话，恐怕我们会晚到一步，那只小鸟已经鸿飞渺渺了。”

“那只小鸟是谁？”

波洛笑了笑。

“是那位不起眼的辛普森先生。”

“什么？”我大吃一惊。

“不要这样嘛，黑斯廷斯，千万别告诉我你到现在还懵然无知，毫无察觉。”

“厨师被人哄骗走，是免得她在场碍事，我想到过这点。”我有点不好意思地说，“不过出于什么原因呢？为什么辛普森想把厨师远远支开呢？是不是她了解他不为人知的一些事呢？”

“厨师什么都不知道。”

“噢，那他——”

“他想把她支走，好得到她的某样东西！”

“什么东西？钱，还是那份澳大利亚遗产？”

“哎呀不是的，我的朋友，根本是两码事。”他稍停片刻，很郑重地说，“是个有磨损的旧箱子。”

我白了他一眼，他的话听起来太离谱，我疑心他故意逗我，不过他似乎没这意思，面部表情非常严肃。

“如果他需要箱子，肯定会去买一个！”我顶撞道。

“他并不想要新箱子。他想要有人用过可以说清楚来源的箱子，一个很体面不会被随便打开的箱子。”

“波洛，”我更生气了，“你太过分了，你是在戏弄我吧？”

他看着我的眼睛。

“你没有辛普森那样的头脑和想象力，黑斯廷斯，所以看不出是怎么回事。事情是这样的：周三晚上，辛普森哄骗厨师离开。他很容易就可以弄到打印好的证件和律师函，还愿意支付一百五十英镑生活费和一年的房租以确保自己的计划万无一失。邓恩小姐没有认出他，因为他用胡子和大帽子装扮成了另一副模样，说话略带澳大利亚殖民地口音，完全瞒过了她的眼睛。这都是周三发生的事情。除此之外，那天他还顺手牵羊将价值五万英镑的可转让证券纳入了自己囊中。”

“辛普森偷的？不是戴维斯偷的吗？”

“别急，请允许我说下去，黑斯廷斯。辛普森知道盗款的事周四下午就会暴露。他周四没有去银行，却藏在戴维斯通常吃午饭的地方守株待兔。也许见面时辛普森向他承认了盗款之事，承诺将把证券还给戴维斯。反正不管怎么样，他总算哄骗着戴维斯随自己回到克拉珀姆。那天女仆应该外出闲逛，托德太太照例去抢购减价商品，房子里没有人。按照他的如意算盘，盗款被发现时，戴维斯正好失踪，那还用说吗？不是戴维斯偷的还能是谁？而他辛普森先生则安然无恙，第二天规规矩矩地回去上班，在大家眼里仍是那个老实不起眼的职员。”

“那么戴维斯呢？”

波洛做了个杀人的手势，缓缓地摇摇头。

“这么处心积虑的冷血谋杀确实令人难以置信，但恐怕事实就是这样。对于谋杀者来说，如何妥善处理尸体是个难题，不过辛普森早已做好准备。安妮提到邓恩出门时显然打算当晚回来做晚饭（记得她说晚上吃炖桃子吗？），尽管如此，有人来取她箱子时，发现她的箱子早已打包捆好。这件事立刻引起我的注意。是辛普森带口信给卡特·帕特森叫他周五来取箱子，又是辛普森周四下午捆绑好箱子。那口箱子岂不是太可疑了吗？一个女仆不辞而别，派人来取自己的箱子，箱子已经以她的名义贴好标签，写好寄送地点——多半是伦敦附近的一个火车站。周六下午，辛普森假扮成澳大利亚人，领取了箱子，重新贴上新标签，写上新地址，把箱子托运到别处，仍然注明‘留局待领’。当箱子里的尸体开始发臭让人不得不强行打开时，已经时过境迁，只能追查到这样的结果：是个留胡子的澳大利亚人在伦敦附近的火车站托运这个箱子。没有任何蛛丝马迹会牵扯到艾伯特大街八十八号，八竿子也打不着。啊，我们到了。”

波洛果然没有料错，辛普森几天前已经离开了。但是天网恢恢疏而不漏，通缉令随着无线电波迅速布下天罗地网。警方在“奥林匹亚号”轮船上逮住了辛普森，当时他正准备前往美国。

在格拉斯哥车站，工作人员注意到有个寄给亨利·温特格林先生的铁箱子很可疑，他们打开箱子，发现里面装着不幸的戴维斯的尸体。

波洛没有兑现托德太太的一畿尼支票，而是镶在镜框里挂在起居室墙上。

“这是个小小的警示，黑斯廷斯。提醒我永远不要轻视那些鸡毛蒜皮的事情，还有不懂礼数的人。你看，一个失踪的厨师，就牵扯出一个冷酷的杀人犯。哎呀，这是我处理过的最有意思的案子之一。”

康沃尔谜案

“彭杰利夫人来访。”房东太太向我们通报后，知趣地退开了。

经常有人上门来找波洛咨询，其中有些人看起来很难相信会与侦探这种职业产生什么交集，与这些人相比，现在进来的这位女人更像是走错了门。她心神不定地站在那里，不知所措地用手摸着自己的羽毛围巾。她真是再普通不过了，身材消瘦，面容憔悴，五十岁上下，穿着滚边衣裙，佩戴金项链，古怪的帽子下面露出灰白头发。如果你住在小镇上，时时刻刻都会在路边碰上这样一位太太。

看见她进退两难的样子，波洛走过去，温和地向她打了个招呼。

“夫人，请坐，请坐。这是我的同事，黑斯廷斯中尉。”

那位女士坐下来，犹疑不决地轻声问：“你就是波洛先生吗，那位大侦探？”

“乐意为您效劳，夫人。”

客人期期艾艾了半天，还是说不出一句整话。她唉声叹气地揉着手指，脸涨得通红。

“我可以为你做点什么吗，夫人？”

“嗯，是的，是那样——你知道——”

“没关系的，夫人，想让我做什么，请说出来吧。”

在波洛温言细语的鼓励下，彭杰利夫人不那么紧张了。

“事情是这样的，波洛先生，我……嗯……我不想和警察打交道，无论发生什么事我都不愿意找警察。尽管如此，我身边发生的一些事情很……嗯……很不对劲，我非常烦恼，不知道怎么办才好，是不是应该——”她找不到合适的词，就停了下来。

“我是侦探，我的工作与警察完全不同，对个人隐私是绝对保密的。”

彭杰利夫人立刻抓住这个词。“保密——对，对，我就是想要这样。我不想惹出什么流言蜚语，不想让别人大惊小怪，更不想让报纸拿来大做文章。报纸很可怕，他们唯恐天下不乱，非把人家弄得鸡犬不宁名声扫地才满意。况且，我想说的这件事也是自己猜测，我相信纯粹是出于胡思乱想，但这猜测让我心烦意乱，想不当回事都不行。”她停下来喘了口气，“我总觉得是冤枉了可怜的爱德华，当妻子的怎么能这么胡乱猜疑，那不是很可怕吗？可是现实生活中也确实发生过这种可怕的事情，报纸上登过。”

“对不起，你提到的爱德华是你丈夫吗？”

“是的。”

“你猜疑他？猜疑他什么？”

“唉，我真是难以启齿，波洛先生。我想你也曾经在报纸上看到过这样的故事，当事人都被蒙在鼓里，毫不起疑。”

她到底要说什么呀？我的耐性都快被她的言不及意耗尽了，不过波洛还算是有涵养，没有露出任何不耐烦的样子。

“你只管说出来，不用紧张，夫人，没什么大不了的。想想看，如果我们能证明你的猜测确实是胡思乱想，那你不就如释重负了吗？你该多高兴呀。”

“我明白，不管是不是胡思乱想，搞清楚之后，总比现在这样疑神疑鬼要好。好吧，波洛先生，是这样的，恐怕有人在给我下毒，这感觉真是可怕。”

“你为什么会这样想？”

这下彭杰利夫人抛开了拘谨，打开话匣子，开始滔滔不绝地详述她的各种症状，似乎她正面对自己的家庭医生。

“嗯，吃完饭后觉得腹痛和恶心？”波洛用心听着她倾诉，“你有家庭医生吧？他怎么说？”

“他说是急性胃炎，波洛先生，不过我看他也不是很确定，也有些不安，所以每次都换一种药给我吃，都不起什么作用，还是那么难受。”

“你告诉过他心里的疑惑吗？”

“没有，我说不出口，会传得沸沸扬扬的。也没准真是胃炎呢。可是怪得很，只要爱德华周末出门不在家，我的胃就挺好，没什么不适。连弗里达都觉得很奇怪，她是我丈夫的外甥女，波洛先生。嗯，让我起疑的还有除草剂，花匠说那瓶除草剂买来之后从来没用过，不知为什么就剩下半瓶了。”

她用恳求的眼光望着波洛，似乎要从他脸上看出答案。波洛对她安抚地笑笑，伸手取过纸笔。

“我们做个正式的笔录吧，夫人。你和你丈夫住在哪里？”

“波尔加威瑟，康沃尔郡的一个小镇。”

“你们在那儿住了很久吗？”

“十四年了。”

“家里除了你和你丈夫，还有孩子吗？”

“没有。”

"但有个外甥女，你刚才提起过，是不是？"

"噢，是弗里达·斯坦顿，她是我丈夫唯一的妹妹的孩子。她已经和我们住了八年了，一周前才搬出去。"

"为什么？一周前发生什么事情了吗？"

"我们之间关系不好已经有一段时间了；不知怎的，弗里达像变了个人，变得很粗鲁，没那么有教养，有时还大发脾气。一周前她就是发了顿脾气后离家出走的，自己在镇上租房子住。她走后我就没见过她。拉德纳先生说，不用管她，她自己会好的。"

"拉德纳先生是谁？"

彭杰利夫人看上去有点不自在，又像刚才那样开始期期艾艾，"噢，他是，嗯，一个朋友，就是个朋友，很不错的年轻人。"

"他和你外甥女之间有什么吗？"

"没有，绝对没有。"彭杰利夫人斩钉截铁地说。

波洛换了个话题。

"我想，你和你丈夫日子过得很舒服吧？"

"不错，我们相当富足。"

"钱是你的，还是你丈夫的？"

"噢，都是爱德华的，我自己没有钱。"

"你明白，夫人，我们要找出真相，就要弄清事实，不管事实多么令人厌恶，都要正视，因为只有这样我们才能找出作案动机。你丈夫不会因为闲得发慌就给你下毒，你知道他有什么理由想除掉你吗？"

"哼，他有理由，就是他手下那个黄头发的荡妇。"彭杰利夫人突然憋不住了，"我丈夫是个牙医，波洛先生，他雇了个漂亮女孩，一头清爽短发，穿件白大褂，帮他预约病人、配制补牙材料什么的，他说这是工作需要。我听到一些流言蜚语，说他们关系暧昧。他当然矢口否认，赌咒发誓说他们之间很清白。”

“那瓶除草剂是谁买的？”

“我丈夫买的，差不多买了一年了。”

“你的外甥女自己有没有钱？”

“一年大约有五十英镑收入吧。如果我离开爱德华，她一定欢天喜地回来替他料理家务。”

“你的意思是你打算离开他？”

“我受够了他的所作所为，不想再忍下去，现在是新时代，女人不再是忍气吞声的丫鬟。”

“你有这种独立精神很让人钦佩，不过我们最好还是现实一点。你今天回波尔加威瑟吗？”

“是的，我出门散散心，乘早上六点的火车出来，乘下午五点的火车回去。”

“那就好，现在我没有什么不得了的事情要处理，正好可以关注你这件小事。我打算明天就去波尔加威瑟。我们可以假称这位黑斯廷斯是你的远房亲戚，就算是你二表妹的儿子吧；至于我，是他的朋友，外国人。你回家之后，不要吃不是你亲手做的，或亲眼看着做的东西。你有比较贴心的女仆吗？”

“有的，杰西是个好女孩，不会有问题。”

“那么明天见，夫人，振作起来。”

波洛鞠了一躬，送这位女士出门。回到桌边时显然还在想着她的话，这并不妨碍他注意到地上有几丝她心神不定时从围巾上揪下来的小羽毛，他小心翼翼地捡起来放进废纸篓。

“黑斯廷斯，你对这个案子有什么想法？”

“我觉得比较棘手。”

“不错，如果她的疑心并非无稽之谈，那就不太好找证据。

反过来说，难道凡是丈夫买除草剂就有下毒的嫌疑？如果妻子确实有胃病，或者性情多疑神经质，岂不是无事生非吗？”

“你觉得会是哪种情况？”

“说不好，黑斯廷斯，不过我觉得很有意思，非常有意思。这种疑神疑鬼的事情很常见，所以有可能是女人神经质造成的。但彭杰利夫人给我的印象并不是那种神经兮兮的女人。嗯，如果我猜得不错，我们面临的是一幕错综复杂的人性悲剧。说说你的看法，黑斯廷斯，你认为彭杰利夫人对她丈夫的感情怎样？”

“又爱又怕吧。”我推测。

“通常在这种情况下，无论指控什么人，她都不会指控自己的丈夫。不管怎样，她都不会相信丈夫要谋害自己。”

“不是出现了别的女人吗？那就是另一回事了。”

“不错，妒忌是因爱生恨的催化剂。不过如果只是怨恨她可以去找警察，用不着来找我。这又不需要保密，嚷嚷出去也没什么，不过就是个丑闻罢了。没有这么简单，让我们动用脑子里的灰色小细胞好好想想。她干吗要来找我？为了神不知鬼不觉地证实自己的疑心正确，或是不正确？嗯，这其中必有蹊跷，还有一些我们尚未知晓的因素。我们这位彭杰利夫人如果是在表演，那简直太神乎其技了。但我想不是，她是真心实意的，我敢打保票她很真诚。这让我很好奇，我要搞清楚是怎么回事。现在，黑斯廷斯，请你查查去波尔加威瑟的火车班次。”

我们当天下午上了火车，一点五十分从帕丁顿出发，七点刚过就到了波尔加威瑟。一路无事，我好好地睡了一觉，直到火车抵达那个偏僻小站。我们拖着行李入住当地的公爵饭店，简单吃了几口饭，就出发去拜访那个名义上的表亲。

彭杰利家离大路并不太远，我们走过去，看见屋前有个传统的乡村花园，繁花似锦，暗香浮动，在这样充满古典美的环境里，怎么会发生谋财害命的事情呢？波洛按按门铃，又在门上敲了几下，等了一会儿，再次按按门铃。这次很快就有人来开门了，是个衣冠不整的女仆。她眼泪汪汪的，还使劲抽动着鼻子。

"我们来见彭杰利夫人，"波洛说，"可以进去吗？"

女仆瞪大眼睛，直截了当地说："怎么，你们还不知道吗？她死了。就在刚才，半小时之前吧。"

我们目瞪口呆，半天才说出话来。"怎么死的？"我总算问出一句。

"你问他们去吧！"她飞快地回头看了一眼，"要不是需要留下来陪夫人，我今晚就收拾东西离开这里了，可我没法让她孤零零地躺在那里没人管。这里没我说话的份儿，我也不打算说什么，反正我不说大家心里也明白，全镇的人都知道怎么回事。即使拉德纳先生不写信举报，也会有别人写。医生可以想怎么说就怎么说，可我更相信自己的眼睛。哼，就是今天晚上，我亲眼看见主人从架子上拿下除草剂瓶子，他转身见到我在旁边看着时还吓了一跳呢，夫人的粥已经准备好了，就放在桌上。只要我还在这个屋子里，就不敢再吃什么东西，我可不想送命。"

"给你女主人看病的医生住在哪里？"

"你说的是亚当斯大夫吧？他住在海伊街，转过街角第二幢屋子就是。"

波洛脸色发白，转身就走。

"对于一个声称不打算说什么的女孩来说，她说得可够多的。"我只好不咸不淡地说点什么。

波洛用拳头击打着自己的掌心，说："愚昧，不可饶恕的愚昧，我就是这么愚昧，黑斯廷斯。我一直以自己脑子里的灰色小细胞为荣，沾沾自喜，觉得一切尽在掌握之中，你看看，有人为此丢了性命。她已经找上门来求救，谁知道这么快就出事了。我的老天，这太出乎我意料了，我怎么也想不到她的故事并不是无稽之谈的幻觉。这就是医生家，看看他能告诉我们一些什么。"

亚当斯医生是小说中常会出现的那种态度友善、面色红润的乡村医生，他礼数周全地请我们进屋，但听到我们来拜访他的目的时，红润的脸登时气得发紫。"胡说八道，胡言乱语。是他们看的病还是我看的病？胃炎就是胃炎，简单明了，没什么好说的。这里的人就喜欢无事生非，散布流言蜚语。那些闲得发慌的老女人聚在一起没别的，就是交换一些道听途说的八卦，然后借题发挥。报纸上登了个下毒案，她们就恨不得自己镇上也出现一个。如果被她们看到架子上有瓶除草剂，那还不是如获至宝，更加想入非非。我了解爱德华·彭杰利，这个人连奄奄一息的垂死老狗都不忍心毒死，为什么要毒死他的妻子？简直岂有此理！"

"大夫，你先别急，有一件事你也许还不知道。"波洛简明扼要地告诉他彭杰利夫人上门拜访的事。亚当斯医生吃惊得眼珠子都要掉下来了。

"我的老天，"他高声说，"这可怜的女人疯了吧？她怎么不来和我说呢，她最应该告诉的是我呀。"

"他怕你对她的担忧嗤之以鼻。"

"怎么会呢？怎么会呢？我是很通情达理的，能听得进不同意见。"

波洛看着他一笑。我们都看出来，医生虽然还嘴硬，但心里已经开始动摇。走到街上后，波洛哈哈一笑。

“这位先生固执得像头牛，他说了是胃炎，就不容置疑，非胃炎莫属！尽管不承认，其实他心里已经是七上八下了。”

“那我们现在要做什么？”

“回饭店，在那张英国乡下的床铺上度过一个不眠之夜。床铺虽然不算舒服，可是相当便宜，所以还能凑合。”

“那明天呢？”

“什么也不做，我们回到镇上，静观事态发展。”

听说没什么可做的，我很失望：“那多无聊呀，要是没有什么新进展呢？”

“会有的，我向你保证。医生老先生坚持说是胃炎也没关系，他堵不住泱泱众口吧，镇上有几百张嘴呢。你就等着瞧，这些沸沸扬扬的议论会有影响的。”

我们打算搭乘第二天上午十一点的火车离开小镇。去车站之前，波洛想去看看弗里达·斯坦顿小姐，死者曾向我们提起过她，就是那位丈夫的外甥女。我们很快找到她租住的屋子，有位肤色浅黑的高个年轻人正和她在一起，她略显慌乱地向我们介绍说这是雅各布·拉德纳先生。

在传统的康沃尔郡人看来，弗里达·斯坦顿小姐算是美女了，黑发，黑睛，玫瑰色的面颊。不过那双黑眼睛流露出的眼神咄咄逼人，让人心生戒惧，不想招惹。

波洛做了自我介绍并说明来意后，她说：“我可怜的舅妈死得真惨。我一早上都在后悔没有对她更好一些，更耐心一些。”

“你已经承受了很多，弗里达。”拉德纳打断她。

“是的，雅各布，可我还是对她大发雷霆了，毕竟那只是舅妈的一时糊涂，我本应一笑了之，不放在心上，不应该和她生气，拂袖而去。不过，说到舅舅要毒死她，那确实太天方夜谭了。只要舅舅给她吃东西，她就难受，这绝对出于心理幻觉。她一心认为食物有毒，当然会觉得难受。”

“你们为什么争吵？你为什么拂袖而去？”

斯坦顿小姐犹豫地看着拉德纳，那位年轻人立刻心领神会。

“我得走了，弗里达，晚上见。再见，先生们。你们一会儿还要去火车站？”

波洛回答说是的，拉德纳就走了。

“你们订婚了，是吗？”波洛问，嘴角挂着意味深长的笑容。

弗里达·斯坦顿脸一红，爽快地承认了。

“和舅妈不和就是因为这个原因。”她补充说。

“她不赞成这门婚事？”

“唉，这事一言难尽，你知道，她已经——”女孩欲言又止。

“说吧，没关系。”波洛温和地鼓励她。

“嗯，这事说起来很丢人，我真不想这样说她，她现在已经死了。可如果我不说，你恐怕根本搞不清楚是怎么回事。舅妈对雅各布很着迷。”

“有这种事？”

“是的，这不是很荒唐吗？她都五十多岁了，他还不到三十岁。但不知为何，她对他特别痴迷。我没办法，只好告诉她，他追求的对象是我。她置若罔闻，根本不信，从此对我百般挑剔，总找碴儿骂我。我忍无可忍才发了脾气。我和雅各布商量过，都觉得还是我搬出来住一段时间，等到她神志清醒明白事理了再说。唉，舅妈也是可怜，一直就执迷不悟，不能正常地想问题。”

“确实像你说的这样。谢谢你，小姐，你把事情的来龙去脉讲得很清楚。”

我们出门后发现雅各布还在街上等着我们，让人颇为意外。

“我能猜到弗里达跟你们讲了什么，”他说，“事情发展到这个地步我们都很痛心。你可以想象，我夹在中间是多么尴尬。我也不好说这事不是我造成的，与我无关。说实话，刚开始老夫人喜欢我时我还挺高兴，觉得这样她就会赞成我和弗里达的事。没想到事情弄得这么不堪，让人心烦意乱。”

“你和斯坦顿小姐什么时候结婚？”

“我希望尽快。波洛先生，坦率地说，我比弗里达了解的情况更多一点。她认为舅舅决不会下毒，我并不这么肯定。不过我可以告诉你，就算知道什么我也决不会多嘴多舌，自找麻烦，也不想看我妻子的舅舅在法庭上被判谋杀上绞架。”

“那你为什么跟我说？”

“因为我听说过你的大名，知道你很有智慧，也许你会把案子搞个水落石出。听我一言，那样做有什么好处呢？事已至此，反正可怜的舅妈也不会复活了。而且她最怕闹出家庭丑闻，惹人笑话，不要让她死不瞑目吧。”

“也许你说的有道理，你的意思是希望我不管查出什么都不要声张，是吗？”

“我是这么想的，那当然是个很自私的想法。我正在创业，在经营服装生意，刚有点起色，也不希望自己妻子家里出现丑闻。”

“自私之心人皆有之，拉德纳先生，只不过我们都不会承认得这么潇洒。我可以采纳你的建议，不过说句实话，要想让这件事就此偃旗息鼓恐怕很难。”

“为什么？”

波洛竖起一个手指让我们注意听。今天是赶集日，我们正路过一个集市，里面熙熙攘攘，人声鼎沸。

“听见没有，众声喧哗——那就是为什么，拉德纳先生。哎呀，我们得赶紧走，要误火车了。”

“有意思吧，黑斯廷斯？”火车徐徐驶出车站，波洛对我说。

他从衣袋里掏出小梳子和小镜子，认真整理他的漂亮胡髭，刚才跑得太快，胡髭微微有点乱。

“你还觉得有意思？”我不耐烦地说，“在我看来，这些乱七八糟的事情很无聊，很无趣，半点意思也没有，而且毫无神秘可言。”

“你说的对，毫无神秘可言。”

“我觉得那女孩说她舅妈被弄得神魂颠倒的话不太靠谱，那是我唯一觉得有问题的说法。我们见过那位舅妈，她是个传统的好女人，很体面的女人。”

“没什么不靠谱的，那也是司空见惯的事。如果你仔细读报，就会看到经常有很传统很体面的五十多岁女人离开共同生活二十年的丈夫，有时候还抛家弃子，奔向某个比她年轻许多的男人怀抱。黑斯廷斯，你尊敬女性，而且会被所有美貌并朝你抛媚眼的女人倾倒，但实际上你并不了解女人。女人到了自己生命的秋天，会有一段容易感情冲动的时间，她们渴望浪漫，愿意冒险，甚至不惜发疯，怕再不抓住青春的尾巴她们就真的老了。像彭杰利夫人这样的小镇牙医的妻子，一辈子因为自己受人尊敬的身份而循规蹈矩，不越雷池一步，肯定会有失去理智的时刻。”

“那你的意思是——”

“一个别有用心的聪明男人利用了这样的时刻。”

“彭杰利很聪明吗？我不这么想，”我说，“他越小心掩饰，镇上的人就越起劲议论。不过我觉得你分析得对，你看，两个唯一可能了解丑闻的人，拉德纳和那个医生，都三缄其口不愿声张。不管怎么样，谋杀者如愿以偿了，可惜不知道他是怎么做到的。”

“你就驰骋你丰富的想象力吧。我们还可以假装牙疼乘下一趟火车回去。”

我盯着他。“我很想知道你为什么认为这个案子有意思，你对什么感兴趣呢？”

“我的兴趣是被你的一句话勾起来的。你还记得吧，我们和那个女仆谈完话，你评论说，有的人声称不会多嘴多舌，其实说的比谁都多。岂不是很有意思吗？”

“噢，”我依旧摸不着头脑，只好回到老问题上，“我不明白，你为什么不去见见彭杰利？”

“我的朋友，我最多给他三个月时间，三个月之后，只要我想见就可以见到他——在被告席上。”

三个月见分晓？我怀疑波洛过于自信了。时光流逝，这个康沃尔疑案没有新情况出现，我们关注的事情很多，早已把彭杰利夫人的案子置于脑后。没想到报纸上一则短讯，又让我的注意力重回此案。报上说内务大臣下令掘出彭杰利夫人的尸体。

几天之后，各家报纸开始铺天盖地报道“康沃尔谜案”。从报纸上看，自从夫人去世，关于她死因的各种猜测就没有停歇过，特别是那位鳏夫与秘书马克斯小姐宣布订婚之后，流言蜚语更是此起彼伏，与日俱增。终于有人向内务大臣请愿掘墓验尸。果不出所料，在尸体里发现了大量的砷。彭杰利先生为此被捕，受到谋杀妻子的指控。

波洛和我旁听了早期庭审。证据也还是以前传闻的那些。亚当斯医生承认砷中毒的症状很容易被误诊为胃炎，内务部专家出示了验尸结果，女仆杰西一上证人席就开始滔滔不绝地指控，其中大部分属于捕风捉影，被当庭否决，但显然已对嫌疑犯造成负面影响。弗里达·斯坦顿小姐的证词说舅妈每次吃过舅舅准备的食物都很难受。雅各布·拉德纳讲了彭杰利夫人被害那天，他如何偶然碰见彭杰利正将除草剂瓶子放回餐具室的架子，当时彭杰利夫人的粥碗就放在旁边的桌上。再后来，金发秘书马克斯小姐被传唤到庭，她泪流满面，濒临崩溃，承认和老板之间有暧昧，他承诺若是妻子出了什么问题就娶她。面对这汹涌而来的指控，彭杰利保留抗辩权利，于是法庭开始进入审判程序。

雅各布·拉德纳随着我们回到下榻的饭店。

“你看，拉德纳先生，”波洛对他说，“我早就对你说过，你无法堵住悠悠之口，既然这么多人都认为很可疑，这个案子就没法不了了之。”

“你说得对，”拉德纳唉声叹气地说，“尽管如此，你看他还有机会逃脱罪名吗？”

“嗯，目前他还未作抗辩，所以，如你们英国人所说，也许还有什么撒手锏藏着吧。进来和我们喝一杯吧。”

拉德纳接受邀请随我们进了饭店酒吧。我要了两杯威士忌苏打水和一杯巧克力。那位侍者听见巧克力这个词显得很惊奇，恐怕这家店里根本没有这种甜腻腻的饮料。

“撒手锏总是有的，”波洛继续说，“我见过不少，堪称经验丰富。在我看来，那位丈夫想要逃命只有一个机会。”

“是什么呢？”

“就是你在这张纸上签上自己的名字。”

他动作夸张地从衣袋里掏出了一张字迹满满的纸。

“这是什么？”

“你谋杀彭杰利夫人的自白书。”

一阵冷场之后，拉德纳笑起来。“你疯了吧？”

“不，我没有疯。你来这个地方做点小生意，资金周转上有困难。大家都知道彭杰利先生很有钱。你认识了他的外甥女，她很喜欢你，虽然和她结婚会从她舅舅那里得到一笔钱，但满足不了你对金钱的需求。除非把她的舅舅和舅妈都除掉，由她这位唯一继承人来继承财产，钱才会到你的手里。你设计得很巧妙，做得也不露痕迹。你向那位容貌平平的中年妇女展开爱情攻势，直到她落入你的情网，对你深信不疑。之后你处心积虑地将她引入陷阱，将矛头对准她丈夫。先让她发现丈夫不忠，继而发现丈夫不轨，企图在食物中下毒。这都是你设计好的。你经常出入那所房子，有大把的机会把毒药放进她的食物，但只要她丈夫不在家，你就收手。你很了解女人，女人不会把疑心藏在自己心里，她是一定要说出来的。她和自己的外甥女说过，肯定也和别的女友说过。比较麻烦的是你怎么分别欺哄这两个女人，不要露出破绽。对你来说这并不太难。你对舅妈解释说，为了不让她丈夫起疑心，你要假装追求外甥女。对外甥女连解释都不用，她认为舅妈只是一厢情愿的单相思而已，与你无关。

“后来彭杰利夫人想要有个了断，就背着你来找我咨询。如果我的调查结果确认她丈夫企图毒死她，她就可以理直气壮地离开他，投入你的怀抱——她以为这也是你的期待。但这完全不符合你的剧本，你可不乐意让侦探插手。正在此时你看到了可乘之机，彭杰利先生在给妻子弄饭，你趁他不注意，在碗里放入致命的剂量。后来的事情就顺理成章了，你假装为了自己的利益要息事宁人，暗地里却煽风点火让别人闹事。可惜，聪明的年轻人，你忽略了我赫尔克里·波洛就在你身边冷眼旁观呢。”

拉德纳脸色惨白，但他如困兽犹斗，不甘束手就擒。“就算你说得不错吧，但为什么要和我说这些？”

“我有自己的理由，先生，我并不代表法律，我代表的是彭杰利夫人，因为她的缘故，我可以放你一马。你只要在这张纸上签名，就可以获得二十四小时的时间，想去哪儿就去哪儿。二十四小时后，我会将它交给警察。”

拉德纳有点举棋不定。“可是你并没有什么证据呀。”

“你这么想吗？别忘了我是赫尔克里·波洛。看看窗外，先生，看见那两个人了吗？他们已经在奉命监视你。”

拉德纳走到窗边，拉开百叶窗往外一看，咒骂着缩了回来。

“看见了吧，先生？签吧，签了好赶紧逃命去，机不可失，时不再来啊。”

“我怎么知道签字后你会放我走？”

“我赫尔克里·波洛一言既出，驷马难追。你打算签名了，是吗？那么，黑斯廷斯，请将左手的百叶窗拉上一半，那是通知他们可以放走拉德纳先生的信号。”

拉德纳急急忙忙地跑了，他脸色煞白，出门前还骂骂咧咧的。波洛不以为意地说：“我早就知道他是个懦夫。”

“可是，你这样做就是在纵容罪犯。”我很气愤，“你总是自诩很理智很冷静，现在呢，就这么放跑一个危险的罪犯，也太感情用事了吧？”

“这不是感情用事，是办案手法。”波洛说，“你还没看出来吗？我们手里根本就没有证据，如果我在法庭上这么空口白牙地对那十二位挑剔的康沃尔陪审员推理一番，那我赫尔克里·波洛岂不成了笑柄？我唯一能做的就是吓唬住他，在他惊慌失措的时候趁热打铁让他签字。外面街上那两个游手好闲的人正好派上用场。现在把百叶窗拉下来吧，黑斯廷斯，本来就用不着拉上去，我只是急中生智罢了。

“现在，我们要按承诺办事，给他二十四小时逃命，我是这么答应的吧？让彭杰利先生多关二十四小时吧，他肯定觉得这段时间很漫长，那也是他活该。别忘了，他确实对妻子不忠。哼，在家庭关系上面，还是要讲讲伦理道德的。不过就只有二十四小时，之后呢？就看苏格兰场的了。他们是什么人？怎么可能逮不到他呢？我的朋友，你就等着看好戏吧。”

约翰尼·韦弗利历险记

“一个母亲的心情你能理解吧？”韦弗利太太再三再四，甚至没完没了地强调着自己目前的心情。

望着她恳求的目光，我这位一贯不能忍受母亲们痛哭流涕的小个子朋友肯定心软。他做了个安抚的手势，说：“我完全理解你的心情，你就放心吧，要相信波洛老爹。”

“警察——”韦弗利先生刚开口就被妻子毫不客气地打断，她不屑一顾地摆摆手，“让警察一边凉快去吧，我不会再搭理他们，当时我们那么相信他们，结果呢？哼！波洛先生和他们不一样，大家都说波洛先生是个大神探，身手不凡，我相信波洛先生可以帮助我们。一个母亲的心情——”

波洛赶紧做了个住口的手势，韦弗利太太立刻收住话头。她是个精明强干的人，虽然现在有些六神无主，但并没有到惊慌失措的程度。我听说她是某个钢铁大王的女儿，那位大名鼎鼎的富豪出身草莽，当初不过是一介办公室小职员，能如此出人头地必有过人之处，看得出来，女儿从父亲那里遗传到很多秉性。

韦弗利先生身材高大，面色红润，长相和蔼可亲，看上去很会享受生活，他站立时双腿分得很开，像那种传统的乡村绅士。他接着说：“波洛先生，我想你已经知道这个案子的情形了吧？”真是多此一问！这几天报纸上狂轰滥炸都是小约翰尼绑架案，已经无人不知无人不晓了。三岁的小约翰尼是马库斯·韦弗利的儿子及财产继承人。韦弗利先生住在萨里的韦弗利庄园，他的家族是英格兰最古老的家族之一。

“不错，我已经知道了主要经过。不过请你再当我面把来龙去脉讲一遍，越详尽越好。”

“好的。最开始是我收到一封匿名信，那是在十天前。真是岂有此理，居然会发生这种事。写信的人狮子大张口，命令我支付两万五千英镑给他。两万五千英镑，他还真敢要，波洛先生！他吓唬我说，如果我不支付这笔钱，他就要绑架小约翰尼。气得我当时就把信扔进了废纸篓，我才不信这套把戏呢，别想让我掏一个子儿。在我看来，那就是个恶作剧。五天后我又收到一封信，信上说，‘如果你不付钱，你的儿子会在二十九日被绑架。’那天是二十七号。艾达很担心，我还真没当回事，什么狗东西想敲诈我们！这是在英格兰，不是什么荒蛮野地，我还从未听说过有人会绑架儿童索要赎金。”

“不错，一般来说不会发生。”波洛说，“之后呢，先生？”

“嗯，艾达心烦意乱，非让我采取点什么措施。所以，我就——说来惭愧，我就报警了，让苏格兰场来解决吧。我看他们也不太当回事，和我一样觉得不过是个恶作剧而已。到了二十八号，信又来了，上面说，‘你还没付钱，就等着看你儿子明天十二点被带走吧。明天之后，你要支付五万英镑才能赎回他。’我又开车去了苏格兰场。这次警方重视起来，他们认为写信的可能是个疯子，没准真的会做出这种疯疯癫癫的事情。他们拍着胸脯向我保证将采取一切必要措施进行防范。二十九日那天，警督麦克尼尔会带领足够警力来为我看家护院。

“得到警方的保证，我很轻松地打道回府了。话虽然这么说，其实我们还是很紧张的，这件事实在令人困扰。我吩咐说不许让陌生人进门，也不许家里人出去。这天晚上风平浪静，没有什么异常情况。可是第二天一早我妻子感觉严重不适，这让我非常紧张，我找来戴克斯大夫给她看病，大夫也有些疑虑，欲言又止地说像是中毒的症状。我明白他脑袋里在转什么念头。大夫说她没有危险，只是需要卧床一两天。我回到自己的房间，发现枕头上用大头针别了张便条，笔迹和之前那几封一样，上面只有三个字：'十二点'。在我的卧室里！我的枕头上！这太让人吃惊了。我敢说，这时我眼角瞥到有个红色影子一闪而过，那人就在屋子里，肯定是仆人中的哪个。我把仆人们叫来乱骂了一顿。他们这些人总是互相包庇。后来我妻子的女伴柯林斯小姐告诉我，她看到约翰尼的看护清早鬼鬼祟祟地溜出门去。我把看护叫来责问此事，她实在抵赖不过，只好承认她把孩子留给保姆照顾，自己偷偷出去和一个男性朋友约会。真是太不像话了！但她不承认枕头上的便条与她有关，也许有，也许没有，我怎么知道？反正我不能再让她带孩子了，而且我觉得仆人中肯定有人参与此事。我一怒之下，让他们全给我卷铺盖走人，包括看护，还有其他人。我给他们一个小时收拾东西，之后就不许在这里逗留了。"

韦弗利先生说到这里，对他这么惩罚仆人还是觉得有些难为情，脸都红了，尽管他有理由这么处置。

"先生，把他们立刻都轰走有点太情绪化了吧？"波洛提出异议，"那不是适得其反，给你的对手可乘之机吗？"

韦弗利先生瞪他一眼，"有什么可乘之机？我就是要让这些可疑之人滚得远远的。我已经给伦敦发了电报，让他们今晚送过来一批新人。他们也不是全都走了，留下来的只有我信任的人：我妻子的秘书柯林斯小姐，男管家特雷德韦尔——我还是个孩子的时候他就和我在一起了。”

“这位柯林斯小姐，她陪伴你有多长时间了？”

“只有一年，”韦弗利太太说，“不过我对她非常满意，她不仅是善解人意的秘书和陪伴，还是做事井井有条的管家。”

“那位看护呢？”

“她来了有六个月了，前任雇主的推荐书对她评价很高，不过我不太喜欢她，孩子倒是和她很亲。”

“不管怎样，孩子被绑架时，她已经被辞退了。现在，韦弗利先生，请你接着说，好吗？”

于是韦弗利先生继续说道：

“警督麦克尼尔上午十点半就到了，他来的时候仆人们已经被遣散，他对此很满意，认为这样一来房子里面就没有问题了，他们主要防范外面即可。他让手下埋伏在外面花园里，可以进屋的通道都在他们眼皮底下。他向我保证，除非这是个恶作剧，根本没有人来，只要那个写信的人胆敢出现，就会插翅难逃。”

“我把小约翰尼带在身边，我和他，还有警督，三个人都待在我们当作会议室的房间里，警督还特意锁上门。会议室有一架古老的大钟，当看着时针慢慢指向十二点时，我承认我还是很紧张的。眼看到了时间，大钟开始报时。我紧紧拉着小约翰尼，不知道会不会此时有人从天而降抢走他。大钟刚敲完最后一响，外面就传来一片嘈杂的声音，有人在打斗。我们听到有人跑过来，警督猛地打开窗户，发现是警察，他气喘吁吁地报告说，‘我们逮住他了，先生。他鬼鬼祟祟地从灌木丛里钻进来，看着就不像个正经人。’

“我们赶紧走到露台上，看见两位警官手里正抓着一个衣衫褴褛、面目凶恶的家伙，他还在竭力挣扎着企图逃走。一个警官给我们看从这位俘虏身上缴获的小包，里面是棉絮包裹着的一瓶三氯甲烷。还真有人打算绑架我儿子，我气坏了。小包里还有张便条，是写给我的，我展开一看，上面写着，‘你本应付清款项。现在，为了赎回你的儿子，准备五万英镑吧。无论你们多么小心，他还是在二十九号被带走了，勿谓言之不预。’

“我哈哈大笑起来，感到如释重负，还没等我笑完，就听到伴随着一声喊叫，有汽车急速开走。我转过头，见一辆扁长的灰色汽车正沿大路向南面的小屋加速驶去，是车上的司机在喊叫。谁在喊不重要，重要的是我看到他身边小约翰尼那头淡黄色卷发，这让我大惊失色，孩子在车里！

“警督恶狠狠地咒骂了一句，他也难以置信，‘那孩子不到一分钟前还在这儿呢。’他挨个看看我们，我们都在现场，我，特雷德韦尔，还有柯林斯小姐。警督问我，‘你什么时候离开他的，韦弗利先生？’

“我努力回想当时的场景。警察在外面捉人的时候，我和警督一起出去的，完全没想到留在屋里的小约翰尼会出事。

“更让我们大吃一惊的是，村里教堂的钟开始报时，警督惊叫着拿出手表，时针正指向十二点钟。我们不约而同地跑回会议室，发现那架大钟已经指向十二点过十分，显然被人动了手脚。因为这么多年来，这架钟准时无比，既不会快一秒也不会慢一秒，走时非常精确。”韦弗利先生的叙述到此为止。

波洛脸上浮现出笑容，他整理了一下被那位心神不定的父亲扯歪的垫子，低声说：“这个小案子倒挺吸引人的，颇有些令人费解之处，但也很有趣。好吧，我愿意为你调查此事。说句老实话，这个计划称得上天衣无缝。”

韦弗利太太生气地望着他。“可是我的儿子……”她说不下去，终于哭了起来。

波洛赶紧收敛笑容，露出此时此地该有的表情，用关怀的语气说："你放心，女士，孩子会平安无事的，不会有人伤害他，那些劫走他的坏人对他会待若上宾。你想呀，现在孩子在他们手里不是像会下金蛋的鸡吗？"

"不管怎么说，波洛先生，我现在无路可走，只有一个办法，就是付钱。原来我还反对这样做，可是现在，一位母亲的心情——"

"韦弗利先生，你刚才还没说完呢。"波洛立刻转向那位丈夫。

"后来的事情报纸上都登得详尽无遗，想必你已经看到，我没什么可补充的了。"韦弗利先生说，"就像他们说的那样，麦克尼尔警督立刻用电话发布了警报，详细描述了那辆车的外观和司机的外貌，各地警察都接到了命令。总之，很快就采取了措施，也很快就有了结果。一辆与描述相符的车，车上有个男人和一个小孩，在众目睽睽之下穿过很多村子，显然是朝伦敦方向开去。他们还在一个地方逗留过，据目击者说，听到孩子哭叫，明显是害怕同车的大人。接着，麦克尼尔警督宣布说，警方已经截住了那辆车，扣留了车上的人。听到消息我紧绷的神经总算松弛下来，一点劲都没有了。可惜没高兴多久，你也知道后来发生了什么。车上的男孩不是小约翰尼，那个男人是个开车的观光客，他喜欢孩子，就在大街上让一个正在玩耍的孩子上了车，那地方离我们有十五英里，是个叫作伊登斯韦尔的村子，他不过是好心带那孩子兜兜风。那些警察笨手笨脚也就算了，还那么自以为是，你看，现在什么线索都没了，要不是他们稀里糊涂抓错了车，现在可能已经找到小约翰尼了。"

“好了，少安毋躁，要知道，我们的警察队伍既勇敢又有头脑，如果碰到对手很聪明，他们出点差池也在所难免。他们在庄园不是当场逮到一个人吗？我想那人肯定矢口否认自己参与了绑架，他会说有人找上他，让他把一个小包送到韦弗利庄园，为此那人给了他一张十先令的钞票并允诺如果他在十二点差十分准时把东西送到还会再给一张；那人吩咐他要悄悄进去，最好不被人发现，要从旁门进去。”

“我才不相信他说的话呢，半点都不信，”韦弗利太太激动地说，“一派胡言，谎话连篇。”

“是啊，听起来确实不可信。”波洛不置可否地说，“不过警方并不这么认为，而且我还知道，他们已经锁定了给钱的人，警督已经提出指控。”

波洛质疑的目光锁定在韦弗利先生脸上，弄得他又是一番面红耳赤，不得不应答，“那人居然指认特雷德韦尔是给他包裹的人，还说：‘只不过现在那家伙把胡子剃掉了。’这太荒谬，太可笑了。特雷德韦尔就是在这里出生的，一辈子在这儿，他怎么可能干这种事？”

看到这位乡村绅士如此生气，波洛含笑指出，“可是你自己也曾经怀疑屋子里的仆人中有人是绑架案的同谋呀。”

“不错，我是怀疑过，但不是特雷德韦尔。”

“那么你怎么想呢，夫人？”波洛突然转向她问道。

“我也认为不可能是特雷德韦尔把包裹交给了那个流浪汉，当然，我也不相信有别人这么做。他说对方是十点钟交给他的，但十点钟时特雷德韦尔和我丈夫通常都在吸烟室。”

“那么先生，你看清车里那个人的脸没有？他长得与特雷德韦尔像不像？”

“距离太远，我看不清他的脸。”

“据你所知，特雷德韦尔有没有兄弟？”

“他曾经有几个兄弟，但都死了，最后一个是在战争中阵亡的。”

“我还不太清楚韦弗利庄园的地形。你说汽车朝南边的屋子开去，那边还有另一个出口吗？”

“不错，我们称为东屋，从房子的另一边可以看见。”

“那就奇怪了，怎么没有人看到汽车开进来？”

“那边有条捷径穿过这里通往小教堂，常有车来来往往。那人肯定把车停在某个方便之处，趁这边流浪汉搅局引起混乱分散我们注意力时跑进屋子。”

“要么就是他本来就在房子里。”波洛若有所思地说，“房子里有没有什么可供藏身之处？”

“嗯，应该有吧，我们事先没有仔细检查过，根本没往这方面想。也许他先藏在了什么地方，那是谁放他进来的呢？”

“这点以后再谈，我们一次就谈一点，这样梳理起来才有条理。这房子里有什么可供藏身之处吗？韦弗利庄园是个古老的家族宅院，这种老宅有时候是会有传说中司铎的秘密藏身处的。”

“哎呀，我想起来了，这里确实有个司铎的秘密藏身处，客厅里有扇壁板与它相通。”

“离会议室近吗？”

“就在会议室门外。”

“这么近！”

“这个地方只有我和我妻子知道，别人都不知道。”

“特雷德韦尔知道吗？”

“他……嗯……他可能以前听说过吧。”

"柯林斯小姐知道吗？"

"我从未与她提起过。"

波洛想了一分钟。

"那好，先生，下一步我要去韦弗利庄园。如果我今天下午到，你方便吗？"

"方便，请你尽量快来，波洛先生！"韦弗利太太大声说，"请你再看看这封信。"

她把那天早晨对方送到韦弗利夫妇手中的最后一封信塞到波洛手中。就是看了这封信，她才迫不及待地来找波洛。信中简明扼要地对如何付钱做出指示，信尾还威胁说，不许轻举妄动，否则孩子的小命就没了。看得出来，韦弗利太太的吝啬本性与天然母爱发生了冲突，最后母爱占了上风。

波洛在韦弗利先生离开之后请韦弗利太太暂时留步。

"夫人，如果你愿意的话，请你直言相告，你丈夫对管家特雷德韦尔深信不疑，你也是这样吗？"

"我对他说不上有什么成见，波洛先生，我也看不出他与此事有什么牵连。嗯，干脆点说吧，我不喜欢他，从来没喜欢过！"

"还有一件事，夫人，你能把孩子看护的地址告诉我吗？"

"在哈墨史密斯，内瑟瑞尔大街一四九号。你是不是推测——"

"我从不推测，我只是——推理，使用我那小小的灰色脑细胞。有的时候，只是有的时候，我会有点小主意。"

门关上之后，波洛向我走来："你听见没有，夫人从未喜欢过那个管家，是不是很耐人寻味啊，黑斯廷斯？"

我不打算寻味这个问题，波洛总是说些模棱两可的话来误导我，我才不会上钩呢，谁知道他话里话外有什么机关？

我们休整了一下，就动身去内瑟瑞尔大街找孩子的看护。运气不错，杰西·威瑟小姐正好在家。她三十五岁，长得眉清目秀，很有亲和力，是位干练的女子，很难相信她会是此案的同谋。她对遭到解雇一事非常生气，但也承认自己有过失。她和一位油漆彩绘师订了婚，不久将会举行婚礼，正好他工作路过庄园附近，她就溜出去见他一面。这事听上去没什么大不了的，人之常情嘛。我不明白波洛有什么可问来问去的，我觉得他问的都是些与本案无关的鸡毛蒜皮，比如她在庄园里的日常起居，平时怎么带孩子之类的，搞得我在一边抓耳挠腮很不耐烦，总算听到波洛开始告别了，才振作起来。

"告诉你吧，绑架并非想象的那么难。"他说着，一边招手叫住经过哈墨史密斯大街的出租车，让司机开到滑铁卢火车站，"要想绑架那个孩子，此前这三年的任何一天都可以轻而易举地做到。"

"那又怎么样，这有助于我们破案吗？"我冷冷地说。

"那还用说，太有助于了，而且帮助非常大！黑斯廷斯，如果你想戴领带夹，拜托请戴在领带的正当中，你看看，现在它至少偏离右边十六分之一英寸了。"

韦弗利庄园是个古老的宅院，本身设计建筑水平很高，最近又被修复了一下，主人显然在修复工作上花了不少心血，展现出高雅的品位。

韦弗利先生带着我们到会议室、露台以及其他与此案有关的地方走了走。之后，在波洛的请求下，他按了墙上一个按钮，面前的壁板徐徐开启，露出暗道，我们来到古老家族宅院传说中的秘密藏身地。

"你们进去随便看吧，"韦弗利说，"这儿没什么东西。"

小房间空空如也，没有灰尘，地上连个脚印也没有。波洛在一个角落里停下来，弯下腰仔细察看，我也走了过去，发现那角落的地上有个微小的痕迹。

“你认得出这是什么吗？”

那是个四瓣相连的印记。

“狗爪子！”我叫道。

“不错，是一只非常小的狗，黑斯廷斯。”

“我想是波美拉尼亚狗。”

“比那种还要小一些。”

“那么是布鲁塞尔小种犬？”我拿不准了。

“甚至比布鲁塞尔小种犬还小，这个品种你就是去问养犬俱乐部都不会知道。”

他脸上浮现出心满意足的笑容，低声说：“好极了，正如我料想的那样，我就知道是这么回事。咱们出去吧，黑斯廷斯。”

我们走出暗道回到客厅，壁板在我们背后徐徐合上。一位年轻女子从过道那头的房间里向我们走过来，韦弗利先生介绍了她。“这位是柯林斯小姐。”柯林斯小姐大约三十多岁，步履轻快，思维敏捷，一头美发略显枯干，戴着一副夹鼻眼镜，举止训练有素。

应波洛的要求，她随我们来到一间小晨室。波洛请她详细介绍了仆人，特别是特雷德韦尔的情况，她承认自己很讨厌那个管家。

“他喜欢摆架子，装腔作势的。”她解释说。

接着他们又聊了聊二十八号晚上韦弗利太太吃的东西，柯林斯小姐说她在楼上起居室里吃的是同样的食物，毫无不适之感。

她起身要离开的时候，我轻轻地碰了碰波洛，“问问小狗的事。”我低声说。

“啊，对了，小狗！”他一副笑逐颜开的样子，“小姐，这里是不是碰巧养着狗？”

“是的，外边的狗房里有两条猎犬。”

“哦，我说的不是那个，我说的是小狗，当作玩具的狗。”

“没有，没有这种狗。”

波洛表示她可以走了，他按铃叫管家来。他对我说：“那位柯林斯小姐没说实话，不过设身处地地想想，我可能也会这样。现在我们问管家吧。”

特雷德韦尔具有老式管家的那种尊严。他不动声色地叙述了自己的故事，与韦弗利先生的故事大体相同。他不否认自己知道客厅里的秘密藏身处。在我们的谈话过程中，他自始至终保持着庄重的神情。

他离开后，波洛探询地看着我，“黑斯廷斯，听了他们的话，你有什么想法？”

“先说说你的想法吧。”我反守为攻。

“哎呀，你何必这么前瞻后顾的，怎么想就怎么说呗，说错了有什么关系，只有肯动脑子，脑子里的小灰色细胞才会越来越灵。好吧，你不是怕我戏弄你吗，那就一起来推理吧。让我们想想，整个过程中有哪些事情很可疑，不合逻辑，没法解释呢？”

“有一点让我百思不解，”我说，“为什么绑匪要从南面出去呢？如果从东面出去根本不会有人看到。”

“说得好，这一疑点很重要，黑斯廷斯，你注意到了很不简单。我的疑点与它相似，就是绑匪为什么要事先警告韦弗利夫妇？绑了孩子就走，然后索要赎金不是更简单吗？”

“如果父母肯付钱他们就不用绑走孩子了，可能他们也不想动粗。”

“可是，谁会被吓唬吓唬就乖乖付钱呢？”

“那么，他们是想用十二点这个时间锁定人们的注意力，这样那流浪汉出来搅局被逮住时，绑匪从藏身地出来，浑水摸鱼，神不知鬼不觉地带走孩子。”

“他们有必要把绑架孩子这件事搞得这么复杂吗，这不是多此一举吗？假如他们不提出具体的时间，只是守株待兔，伺机而动，那事情就简单多了。他们只要在合适的时间和场合，比如孩子和看护在外边散步时，上来夺过孩子用汽车带走就是。”

“那倒是。”对此矛盾之处我也无法解释。

“这么看来，是有人蓄意弄成这样的局面。我们换个角度来分析，发生的每件事都表明绑匪在这幢房子里有同谋。首先，韦弗利太太莫名其妙地中了点毒；第二，几次在枕头上放信；第三点，把精准的大钟拨快了十分钟，这些都发生在房子里面。还有一个事实你可能忽略了，藏身处没有灰尘，是打扫过的。现在，我们来分析一下房子里的四个人，不包括那个看护，因为虽然她有可能干前面的三件事，却不可能去打扫藏身处。这四个人是韦弗利夫妇，管家特雷德韦尔和柯林斯小姐。先说柯林斯小姐吧，目前并没有什么指向她的线索，只是我们对她不大了解，她这人很聪明，而且到这里只有一年。”

“你不是说在小狗的问题上她没说实话吗？”我提醒他。

“噢，不错，小狗的事。”波洛诡异地笑了笑，“现在我们接着分析特雷德韦尔，有好几个疑点指向他。首先，那流浪汉指认他就是在村里把包裹交给他的人。”

“可是那个指认站不住脚，特雷德韦尔有不在现场的证据。”

“就算他有不在现场证明，也不排除他会给韦弗利太太下毒，会把便条别在枕头上，会拨快时针，会打扫藏身处。可是换个角度想，他是在这幢老宅里出生并长大的，一直为韦弗利家族服务，再怎么说他也不可能参与绑架主人儿子的密谋，所以不会是这种情况。”

“那么，就剩下他们夫妇两人了。”

“别着急，我们要有条不紊地梳理线索，要符合逻辑地推理，虽然推理出来的事情似乎很荒诞。就说韦弗利太太吧，她很富有，钱都是她的，就是她出钱修复了这幢破旧的老宅。她为什么要绑架自己的儿子，然后再拿出自己的钱付赎金给自己？没这个道理嘛。于是就要说到她丈夫，他的处境截然不同，虽然有个富有的妻子，但并不意味着他就是个富人，钱不是他的，不能想怎么花就怎么花。说句实话，我觉得那位太太很在意自己的钱，或者说比较抠门，想让她拿出钱来，非得有个好借口才行。而且，你能看出来吧，韦弗利先生是个花花公子，喜欢吃喝玩乐这些事。”

“这不可能。”我简直难以置信。

“怎么不可能？是谁把仆人们打发走的？是韦弗利先生。此外，他可以写便条放在自己枕头上，可以很方便地给妻子下毒，可以把大钟指针拨快，可以替他的忠实老仆特雷德韦尔提供不在现场证明，堵住所有人的嘴。特雷德韦尔根本就不喜欢韦弗利太太，他只把韦弗利先生当作主人，忠心耿耿地为他服务，听他吩咐。本案涉及三个人，韦弗利、特雷德韦尔和韦弗利的某个朋友。警察就是在这点上失误了，他们本来已经逮住那个驾驶灰色轿车的人，一看他车上的孩子不是小约翰尼，就抬手放过了他，没有进一步盘问，而这个司机就是那第三个人。他在附近大街上找了个孩子去兜风，特意找有淡黄色卷发的男孩。他依照约定时间将车从东边开进来并从南边开出去，还唯恐没人发现地挥手喊叫。因为距离较远，别人看不到他的脸和车牌号，显然也看不到孩子的脸。之后，他故意驶往伦敦方向，招摇过市，留下让警方入套的踪迹。与此同时，特雷德韦尔也按照吩咐完成自己那份任务，他找了个流浪汉去送包裹和便条。他用假胡子化了妆，那流浪汉很难认出他的本相，即使认出来也不要紧，主人会为他提供不在现场证明。韦弗利先生自己干了什么呢？外边的喧闹声一起，警督就开始往外冲，他趁机快速将孩子藏到秘密藏身处，也跟在警督身后出去了。那天晚些时候，警督离开了，柯林斯小姐去陪伴太太了，他就不慌不忙、从容不迫地开车把孩子送到了某个安全稳妥的地方。”

“那小狗是怎么回事？”我问，“柯林斯小姐不是没说实话吗？”

“噢，那只是开个小玩笑而已。我先问她房子里有没有养狗，跟着问有没有当作玩具的狗，她认为指的还是养的狗，所以说没有——怎么会没有呢？儿童房里一定有——你看，韦弗利先生在秘密藏身处放了些玩具是为了哄小约翰尼高兴，让他安安静静地玩。”

“波洛先生，”韦弗利先生走进房间，“有进展没有？孩子到底被带到哪里去了？”

波洛递给他一张纸，“带到这里去了，这是地址。”

“这上面什么都没写啊。”

“是没写，因为我在等你为我写下地址。”

“什么——”韦弗利先生的脸顿时红得发紫。

“我已经搞清楚事情的来龙去脉了，现在，先生，我给你二十四小时把孩子送回来。至于怎么解释孩子的失而复得，相信以你的智商和口才，糊弄过去绰绰有余。如果你不同意，韦弗利太太就会得知所有的真相。”

韦弗利先生腿一软，跌坐在最近的椅子里，双手掩面。“他正和我的老保姆在一起，离这里有十英里左右。他过得很开心，受到很好的照顾。”

“我相信你是不会委屈儿子的，要是我觉得你为达目的不择手段的话，就不会放你一马了，我相信你还是个好父亲。”

“唉，真是颜面扫地，我怎么——”

“是呀，你出身这么古老的家族，名誉不容损害，好自为之吧。晚安，韦弗利先生。哦，顺便劝你一句：打扫时不要放过小角落。”

双重线索

“最关键的是——要保密。”这差不多是马库斯·哈德曼先生第十四次重复这点了。在这次谈话中“保密”这个词就像主题曲一样在他的话里盘旋缭绕。

哈德曼先生个子不高，微微发胖，双手保养得很好，用一种哀怨的男高音讲话。他在某种程度上也算是个名流，过着一种非常时尚的生活。他很有钱，却不事张扬，在追赶流行风尚方面舍得花银子。他嗜好收藏，颇有收藏家风度，趣味也很高雅，藏品都是些年头久远的东西，旧手镯，旧扇子，古老的珠宝——对马库斯·哈德曼来说，那些不够精致或不够古老的东西是入不了他的法眼的。

波洛和我是被紧急召唤到这里来的。这个小个子男人像热锅上的蚂蚁，正急得团团转，不知如何是好。情况很微妙，他讨厌警方介入，但不报警，又找不回丢失的藏品，他也绝不肯就这么善罢甘休。进退两难中，他想出个折中之法，请来了波洛。

“我的红宝石，波洛先生，还有翡翠项链，据说是属于凯瑟琳·德·美第奇[①]的。噢，我的翡翠项链！”

“你能不能说明一下它们是怎么丢失的？”波洛温和地说。

①法国瓦卢瓦王朝国王亨利二世的王后，娘家是意大利佛罗伦萨著名的美第奇家族。

“我正在尽力这样做。昨天下午，我举办了一次小茶会——很随意的那种，只有六七个客人。这个社交季我举办过一两次这种小茶会，不太谦虚地说吧，反响很不错。我请大家欣赏高雅的音乐，请了纳科拉来弹钢琴，还请了凯瑟琳·伯德，那位澳大利亚女低音歌唱家。茶会就在大工作室里举行。嗯，茶会开始不久，我给客人们展示了我收藏的中世纪珠宝，这些珠宝就放在那边墙上的小保险柜里。为了便于展示，保险柜内部设计得像个陈列柜，衬着彩色天鹅绒，上面放着宝石。之后，我们又欣赏了扇子，扇子就在那面墙上的柜子里。再之后，大家一起去工作室听音乐。直到茶会结束人们都走了我才发现保险柜被盗！一定是我没锁好门，有人趁机下手将它洗劫一空。波洛先生，红宝石，还有翡翠项链——都是我毕生收藏的精华。如果能找回来，我愿付出任何代价！但是要保密！你对此心领神会，是不是，波洛先生？他们都是我请来的客人，是我的私人朋友，传出去真令人无地自容！”

“你们去工作室听音乐时，谁是最后一个离开这个房间的？”

“约翰斯顿先生。你也许知道他？他是南非的百万富翁，刚刚租下帕克街上的艾博特伯里大厦。我记得他在后面逗留了一会儿。不过，不可能是他，噢，肯定不会是他！”

“茶会期间客人当中有人找任何借口回到这个房间吗？”

“我已经想过这个问题了，波洛先生。有三个人回去过，分别是薇拉·罗萨科娃女伯爵，伯纳德·帕克先生，以及朗科恩女勋爵。”

“请介绍一下他们的情况。”

“罗萨科娃女伯爵是位迷人的俄国女士，旧政权被推翻后流亡出来的，不久前才来到这个国家。她已经跟我道过别，可是过后我却发现她在这个房间里，正入神地端详着收藏扇子的橱柜。你明白吗，我越想越觉得可疑。你觉得呢？”

“确实很可疑。再说说别的人。”

“嗯，帕克只是来取一个装微型画的盒子，我很想让朗科思女勋爵鉴赏一下。”

“那朗科思女勋爵本人呢？”

“你一定听说过她，朗科恩女勋爵已入中年，很有魄力，她大部分时间都在参加形形色色的慈善委员会工作。她回来是为了找她落在什么地方的手提包。”

“这么说，先生，我们有四个可能的嫌疑犯。一位俄国伯爵夫人，一位英国贵妇，一位南非百万富翁，还有伯纳德·帕克。顺便问一下，这位帕克先生是什么人？”

这问题显然让哈德曼有些困窘。

“他是……呃……是个年轻人。嗯，实际上，就是我认识的一个年轻人。”

“这不用你说，”波洛严肃地回答说，“这个帕克先生，他是干什么的？”

“他是个四处走动的年轻人，嗯，也不能这么说，在我看来，他是个很赶时髦的年轻人。”

“可以问问吗，他怎么成了你的朋友？”

“嗯……呃……他替我办过几件小事。”

“接着说，先生。”波洛说。

哈德曼勉为其难地看着波洛，期期艾艾了半天，显然不想再多说什么。但波洛无动于衷地等着他，他只得开口。

“你知道，波洛先生——大家都知道我喜爱年代久远的珠宝。某种情况下，有人需要卖掉祖传宝物——请记住，这些祖传宝物是不会公开出售的，也不会直接卖给商人。不过要是由我私下收购那就是另一回事了。帕克居中安排交易细节，负责买卖双方的沟通，这样就不会出现麻烦和尴尬。只要有符合我的收藏品位的东西，他都会来告诉我，比如，罗萨科娃女伯爵从俄国带来了一些祖传珠宝，她急于出手。这个交易就由伯纳德·帕克一手安排。”

“我明白了，”波洛思索着说，“那你很信任他吗？”

“我没有理由不信任他。”

“哈德曼先生，这四个人当中，你自己怀疑谁呢？”

“噢，波洛先生，你怎么这么问我！我告诉你，他们都是我的私人朋友。我要么谁都不怀疑——要么就怀疑他们所有人，那取决于你愿意怎么看。”

“我想你说得不对，其实你有自己的怀疑对象。不是罗萨科娃女伯爵，也不是帕克先生。那么就是朗科恩女勋爵或者约翰斯顿先生啦？”

“你给我出难题了，波洛先生，这真让我左右为难。我最担心的是发生丑闻。朗科恩女勋爵来自英格兰最古老的家族之一，不过有个情况也很确实，虽然难以启齿，但确凿无疑。她的姑妈凯瑟琳女勋爵有一个令人恼火的毛病——她所有朋友都心知肚明。总之，她的女佣会将茶匙，或者其他什么东西，尽快给失主送回去。现在你明白我为什么为难了吧！”

“这就是说朗科恩女勋爵有个偷盗成性的姑妈？很有意思。请允许我检查一下保险柜，好吗？”

在哈德曼先生的首肯下，波洛打开保险柜门，查看内部情况，现在里面只有铺着天鹅绒的空架子。

“就是现在关这门也很费劲，”他推拉几下柜门，自言自语地说，“真奇怪，到底怎么啦？哦，这儿有什么东西？是只手套，合页里夹了只手套，是只男人的手套。”

他拉出那手套让哈德曼看。

“不是我的。”后者宣称。

“啊哈，还有别的东西！”波洛敏捷地弯下腰，从保险箱底部捡起一个小东西。这是个黑色云纹绸做的扁香烟盒。

“这是我的香烟盒！”哈德曼先生喊道。

“你的？肯定不是，先生。这不是你名字的首字母。”

他指着交织在一起的两个银灰色字母。

哈德曼拿过来看看。

“你说得没错，”他说道，“虽然很像我的，但首字母不同。‘B’和‘P’。哎呀我的天，那是帕克！”

“看上去像是帕克，”波洛说，“如果那副手套也是他的，那这年轻人可够粗心大意的。我们一下子就有了双重线索，不是吗？”

“伯纳德·帕克！”哈德曼自言自语道，“这倒让我松了口气！嗯，波洛先生，追回珠宝这件事我就交给你了。如果你觉得合适的话，把这件事交给警察也行——我的意思是，如果你确信他就是罪犯的话。”

“看到了吗，我的朋友。”我们一起离开屋子后，波洛对我说，“这个哈德曼先生，他对有爵位的人采用一套规则，对平民百姓另有一套规则。至于我，还没有贵族封号，自然会站在平民百姓这边。我同情这位年轻人。这个案子有点扑朔迷离，你觉得呢？哈德曼的怀疑对象是朗科恩女勋爵，我疑心那位伯爵夫人和约翰斯顿，可无名小卒帕克先生却成了嫌疑犯。”

“你为什么疑心那两个人？”

“那还用说吗，扮演俄国流亡者或是南非百万富翁并不难。随便哪个女人都可以称自己是俄国伯爵夫人，随便谁都可以在帕克街买幢大厦然后自称南非百万富翁。谁会说他们不是呢？你看，我们现在正在伯里街上，那位粗心的年轻朋友就住在这里。像你常说的，打铁要趁热，我们赶紧去找他。”

伯纳德·帕克先生在家。他倚在靠垫上，穿着色彩搭配令人称奇的黄紫色晨袍。那张小白脸女里女气，说起话来矫揉造作，含含糊糊，真让我从心里讨厌。

“早上好，先生，”波洛语调轻快地说，“我从哈德曼先生那儿来。昨天茶会上有人偷了他的珠宝。请问，先生，这是你的手套吗？”

帕克先生好像有点反应迟钝，他瞧着手套，似乎在努力辨认。

“你在什么地方发现的？”他终于问。

“这是不是你的手套，先生？”

帕克先生仿佛下定决心似的说：“不，不是我的。”

“还有这只香烟盒，是你的吗？”

“当然不是，我常用的是银色。”

“那么好吧，先生。那我就把这事交给警察去办了。”

“噢，听我说，如果我是你，就不这么做。”帕克先生忧心忡忡地说，“交给警察，那帮人可是冷漠无情的。嗯，我待会儿要去看看老哈德曼。哎，别走啊。”

但波洛没理睬他，径自走出门去。

“我们告诉他点儿情况让他琢磨去吧，怎么样？”他咯咯笑道，“看看明天会发生什么事情。”

用不着等到明天，当天下午就有人把我们拉回哈德曼案件中了。此人连个招呼都没打，就破门而入，旋风一般卷了进来，搅扰了我们清静的午后时光。来者是薇拉·罗萨科娃女伯爵，她一身黑貂皮（只有英国六月的天气才那样寒冷），帽子上插满羽毛，一副兴师问罪的样子。

“你是波洛先生吗？你都做了什么？你居然指控那个可怜的男孩？这真无耻，太不体面了。我了解他，他是个胆小鬼，是个傻瓜蛋，但他绝不会偷东西。他帮了我很大忙，我能袖手旁观看他被人欺负吗？”

“夫人，请告诉我，这烟盒是他的吗？”波洛举起那个黑色云纹绸烟盒。

伯爵夫人停下来仔细看了一眼。

“对呀，是他的，我太知道了。那又怎么样？你是在房间里找到的吗？我们都在那儿。我想就是那时候他落在那里的。哼，你们这些警察比苏联人还坏……”

“那么这是他的手套吗？”

“我怎么会知道？手套都是一样的。你们拦不住我——你们必须放过他，还要替他恢复名誉。那是你们应该做的。我会卖了我的珠宝，给你很多钱。”

“夫人——”

“就这么说定了？好了好了，不要再争了。这男孩可怜兮兮地来找我，一把鼻涕一把泪地。‘我会救你，’我告诉他，‘我会去找这个人的——这个魔鬼，这个凶神。这事你就交给薇拉吧。’好吧，咱们一言为定，我走了。”

她闯入时非常无礼，离开时同样嚣张，就那么旋风般卷出房间，留下一股刺鼻的外国香水味道。

“这是什么女人啊！”我大声说，“她穿的什么毛皮啊！”

“哦，可不是吗，女人和毛皮都是俄国的，如假包换，假伯爵夫人会有真毛皮吗？说个笑话而已，黑斯廷斯……不，据我看，她倒的确是俄国人。嗯，嗯，看来伯纳德少爷去找她诉苦了。”

“那个烟盒是他的，我想知道那只手套是否也是他的。”

波洛笑着从衣兜里掏出另一只手套，放在第一只手套旁边。毫无疑问，两只是一副。

“你从哪儿弄到第二只的，波洛？”“就在伯里街那个大厅里的桌子上，和手杖放在一起。帕克先生的确是个粗心大意的年轻人。好吧，我的朋友——我们要把事情做得周全一些，哪怕是意思一下，我们也要去公园街拜访一下。”

我义不容辞地陪着我的朋友去了。约翰斯顿不在家，但我们见到了他的私人秘书，并得知约翰斯顿不久前从南非来，以前从未踏足英国。

“他对宝石很有兴趣，对吗？”波洛斗胆问了一句。

“不如对开采金矿的兴趣大。”秘书笑道。

会面结束后，波洛离开他家时似乎有了什么想法。那天深夜，我吃惊地看到，波洛在认真钻研一本俄语语法书。

“天哪，波洛！”我叫道，“你学俄语是为了用伯爵夫人的语言和她交谈吗？”

“她肯定不想听我说英语，我的朋友！”

“但众所周知，波洛，贵族出身的俄国人肯定都会说法语，不是吗？”

“你真是博学啊，黑斯廷斯！好吧，那我就不费脑筋去研究这些稀奇古怪的俄语字母了。”

他动作夸张地将书扔在一旁，这并没有让我满意，因为我看到他两眼放光，那是一种我很熟悉的得意表情，显然他已经有了某种收获。

我灵机一动，“你怀疑她不是真的俄国人，想要考考她？”

“啊，不不不，她的确是俄国人没错。”

“嗯，那就是——”

“如果你真想在这个案子上有什么领悟的话，黑斯廷斯，建议你读读这本《俄语入门》，非常有用。”

说完他就笑了，不肯再多说。我从地上捡起那本书，好奇地翻阅着，但仍然一头雾水，不知道波洛说的有用之处在哪里。

第二天早晨，没有任何新情况发生，但我的小个子朋友似乎并不在意。早饭时，他宣布自己打算饭后就动身去拜访哈德曼先生。在他家里，我们见到这个交际场上长袖善舞的老狐狸，显得比前一天平静多了。

“噢，波洛先生，有什么消息吗？”他急切地问。

波洛递给他一张纸。

“这就是偷珠宝的人，先生。要我把这些事交给警方吗？还是你更希望由我来追回珠宝而不要警方介入？”

哈德曼先生目瞪口呆地盯着那张纸，好不容易才恢复了说话能力。

“太出乎意料了。我当然不愿意弄出丑闻，那就全权委托你处理了，波洛先生。我相信你一定会谨慎的。”

我们招来出租车，波洛让出租车开到卡尔顿饭店，到了那里，我们要求见罗萨科娃女伯爵。很快我们就被领到楼上伯爵夫人的套房。她穿着一件俗不可耐的长袍，张开手臂迎接我们。

“波洛先生，”她喊道，“你做到了，是吗？你为那个可怜的孩子洗脱了罪名，是不是？”

“伯爵夫人，你的朋友帕克先生绝不会被逮捕的。”

“啊，你这小个子能力过人，真是棒极了！而且办得这么利索。”

“另一方面，我答应哈德曼先生今天就会送还他的珠宝。”

“是这样吗？”

“因此，夫人，如果你能立刻把它们交给我，我将不胜感激。很不好意思这么催促你，但我让出租车在下面等着呢——万一需要我去苏格兰场跑一趟呢。我们比利时人可是很节俭的，夫人。”

伯爵夫人已经点燃了一根烟，有那么片刻时间，她一动不动地坐着，吐着烟圈，同时目不转睛地盯着波洛。然后她哈哈一笑，起身走到写字台前，打开抽屉拿出一个黑色丝质手包。她轻轻地将它扔给波洛，轻描淡写地说：“与你相反，我们俄国人可是挥霍无度的。可惜的是，要挥霍就得有钱。你不用看了，都在里面。”

波洛站起身。

“恭贺你，夫人，你一点即通，而且当机立断。”

“啊！那是因为你的出租车在等着你，我还能怎么样呢？”

“你真有风度，夫人。你在伦敦还要待很长时间吗？”

“恐怕不会了，都是因为你。”

“请接受我的歉意。”

“也许，我们还会在别的地方见面。”

“我也希望如此。”

“可我——不希望，”伯爵夫人嫣然一笑，“我是在向你表示敬意，在这世界上几乎没有什么人是我不敢见的。再见，波洛先生。”

“再见，伯爵夫人。啊！请原谅，我差点忘了，请允许我归还您的烟盒。”

他鞠了一躬，把我们在保险柜里发现的那只黑色云纹绸小烟盒递给她。她若无其事地接过去，只是眉毛一动，低声说：“好的。”

“这个女人真是非同小可！”我们下楼的时候，波洛眉飞色舞地说，“我的天！她真是胆识过人！既不争辩，也不抗议，一句废话没有，更无半点虚张声势。她眼睛一扫，就看清局势，做出了决断。我告诉你，黑斯廷斯，一个女人如果能那样面不改色地面对失败，就那么一笑了之，会成就大事的。这人很危险，她有胆有识，她——”他重重地绊了一跤。

“如果你走慢点，看着脚底下，就不会摔跤了。”我放了几句马后炮，继续问他，“你什么时候开始怀疑伯爵夫人的？”

“我的朋友，是手套，加上烟盒——我们可以称之为双重线索——让我起了疑心。伯纳德·帕克有可能会丢落这只或是那只，但不可能同时丢落两样东西。那岂不是粗心得太离谱了。同样的道理，如果有人要陷害帕克，现场放一个物品就足够了，或者放手套，或者放烟盒，放两个就太离谱了。从中我推断出，这两样物品中有一个不是帕克的。开始我以为香烟盒是他的，手套不是。但当我发现另外一只手套时，就恍然大悟了。那么烟盒是谁的呢？很明显，它不会是朗科恩女勋爵的，首字母不对。那会不会是约翰斯顿的？除非他在这儿用的是假名。我和他秘书谈话后，也消除了疑问，他对自己老板的过去直言不讳。顺理成章，接下来就是伯爵夫人，想必她从俄国带了些偷盗的珠宝过来，她只要把这些宝石从底座上卸下来，失主就很难辨认出来了。再者，从客厅里拿一只帕克的手套塞进保险柜，还有比这更简单的栽赃手法吗？当然了，她没想到自己的烟盒也会落在那里。”

“要是烟盒是她的，那上面为什么是字母‘BP’？伯爵夫人的首字母应该是VR。”

波洛宽宏大量地微微一笑，“说得对，我的朋友。不过在俄文字母表里，B是V而P是R。”

“嗨，谁能猜到这个奥妙呀，我又不懂俄语。”

“我也不懂，黑斯廷斯。所以我就买了那本小书，还敦促你也去研究它。”

他叹息了一声。“真是个了不起的女人。我有一种感觉，我的朋友，一种确凿无疑的感觉，我还会再碰上她。但我不知道将会在什么地方。”①

①此人物后出现在《四魔头》中。新星出版社即将出版。

梅花K奇遇记

“现实真比小说还离奇。”我将读完的《每日新闻荟萃》抛到一旁，发表了一句评论。

其实这句话也不是我发明的，前人早有说过，但不知为何波洛马上就做出了反应。这小个子男人动了动他的蛋形脑袋，小心地掸掸他那经过精心熨烫、裤线笔挺的裤腿，拂去想象中的灰尘，嘴里说着：“至理名言啊，看看我的朋友黑斯廷斯思想是多么深邃。”

我已经习惯了他这种无事生非的腔调，根本不往心里去，只是拍拍刚读完的报纸说：“你看过今天早上的报纸吗？”“看了，不仅看了，而且看完之后重新整整齐齐叠好，不像你那样随手抛开。你总是这么没条理无秩序，让人为你难过。”

（我最受不了波洛这个毛病，他对所谓的条理秩序顶礼膜拜到吹毛求疵的地步，在他看来，如果没条理无秩序就别想破案。）

“那你看到亨利·里德伯恩，那个剧团经理被谋杀的消息了？我就是对这个案子发了句感慨而已。现实不仅比小说更离奇，还更富于戏剧性。你想呀，奥格兰德一家，就是报案的那家，本来过着殷实的小日子，全家人都住在一起，有爸爸、妈妈、儿子、女儿，像典型的中产阶级家庭一样，男人每天进城工作，女人料理家务，就这么平平淡淡，尽享天伦之乐，忽然就摊上了事。他们名叫戴西米德的宅邸位于郊区斯特雷特姆。昨天晚上一家人在客厅里打牌，突然之间，他家的落地窗就被推开，跌跌撞撞走进一个女人，身上的灰缎连衣裙血迹斑斑。她只说了一句‘杀人啦！’就昏倒在地。她就是那个最近风靡伦敦的著名舞蹈家瓦莱丽·圣克莱尔，也许他们从报纸上见到过她的照片，所以能够认出她是谁。”

“是《每日新闻荟萃》这么说的，还是你浮想联翩地编故事呢？”波洛问。

“《每日新闻荟萃》要抢头条，能把基本情况说个八九不离十就可以了，只有我才会这么声情并茂地描述这种戏剧化场面。”

波洛若有所思地点了点头。“人性到处都是一样的，而且总是那么富于戏剧性，只不过，往往会出乎你的意料，让你大吃一惊。记住我的忠告吧。其实我也很关注这件案子，因为与我有关。”

“与你有关？”

“不错，早上有位先生给我打电话，代表莫雷尼亚的保罗王子与我订了个约会。”

“那和这案子有什么关系呢？”

“你不是有八卦小报吗，难道你没看过吗？赶紧看看，写得多有趣多暧昧。嗯，‘路人甲听说了啥啥’，或者‘路人乙很好奇啥啥’。看看这条。”

他的小胖手指指着的那条消息写道：“……那外国王子真的与著名舞蹈家关系非同一般？不知这位女士是否喜欢她的新钻戒。”

“现在咱们再来说说你那充满戏剧现场感的描述吧。”波洛说，“圣克莱尔小姐昏倒在奥格兰德家的客厅，你刚才正说到这儿，对吧？”

我不置可否，接着说："小姐醒转过来可以说话时，奥格兰德家的两个男人就出门了。一个去请医生来看这位受惊的女士，另一个去警署报案，在警署做完笔录，又陪警察去了心驰山庄，就是死去的里德伯恩先生的大别墅，距离奥格兰德家不远。他们发现那个大佬躺在书房地板上，后脑勺像破裂的鸡蛋壳。顺便说一句，这位大佬平素的口碑不怎么样。"

波洛这次好好说话了："对不起，刚才没听你说完我就——啊，那位王子来了！"

有人通报来了一位名号为费奥多伯爵的贵宾。进来的年轻人容貌奇特，身材修长，下巴显得单弱无力，嘴巴却显得热情洋溢，那是出名的莫雷尼亚式嘴型，一双乌黑的眼睛激情四射。

"是波洛先生吗？"

我的朋友鞠了一躬。

"先生，我碰到大麻烦了，不知道怎样说你才能明白——"

波洛做了个不用多说的手势，"我明白你现在很着急，因为圣克莱尔小姐是你很亲密的朋友，对吗？"

王子很干脆地说："我打算娶她为妻。"

波洛坐直身体，更加凝神注视着他。

王子接着说："我知道在别人看来我们身份不般配，但我们家里已经有这种先例了，我哥哥亚历山大在婚事上就不顾父皇之命娶了自己心爱的人。时代在前进，社会在变化，那种门当户对的陈腐偏见早就过时了。其实，圣克莱尔小姐的出身并不见得比我低。你听说过有关她出身的一些传说吗？"

"那些有关她出身的传说听起来都挺神秘浪漫的，她是个著名舞蹈演员，人们对她的背景有种种猜测也很正常。有人说她是个爱尔兰女仆的女儿，也有人说她母亲是位俄国女公爵。"

“什么爱尔兰女仆，简直是无稽之谈。”年轻人说，“不过第二种显然很有可能，瓦莱丽没有明说，我也能猜出来。她的行为举止一派大家闺秀的风范，可能她自己都没有意识到，是无意中流露出来的。我相信来自遗传，波洛先生。”

“嗯，我也相信有遗传这回事，”波洛有点出神，“有些东西很奇怪，除非是遗传——像你说的那样——咱们言归正传，王子殿下，你来找我的目的是什么？你有点担心是吗？我就直言吧，是不是有什么事情会把圣克莱尔小姐牵连到这件谋杀案上呢？显然她认识里德伯思，对吗？”

“不错。他声称爱上了她。”

“她爱他吗？”

“她对他完全没有感觉。”

波洛直视着他的眼睛。“她会不会因为什么事情害怕他？”

王子犹豫了一下。“嗯，有这么个情况，你知道扎拉这个人吗？就是有特异功能的那个？”

“不知道。”

“这人不得了，你将来可以和她切磋切磋。我和瓦莱丽上星期去找她，请她用纸牌为我们算命。她算出瓦莱丽将有麻烦临头，从纸牌上能看出来，她最后翻出的那张牌，也叫人头牌，那是张梅花K。她对瓦莱丽说：‘当心点儿，有一个人能控制住你，他对你很危险，你知道我说的是谁吗？’瓦莱丽吓得嘴都白了，连连点头说：‘是的，是的，我知道是谁。’我们离开时，扎拉又告诫瓦莱丽说：‘小心梅花K，你有危险！’我问瓦莱丽到底是怎么回事，她不肯说，只是让我放心，没什么大不了的。听说昨晚发生的案子之后，我更加确信瓦莱丽在梅花K当中看见的是里德伯思，而且她害怕这个男人。”

王子说到这里停了一下。“现在你明白我今早读完报纸为何这么担心了吧。万一瓦莱丽被逼无奈失去了理智——不不不，这是不可能的！”

波洛站起身，轻轻拍了拍王子肩膀，说：“好了，不要胡思乱想了，这件事交给我就是。”

“你要去斯特雷特姆吗？我想她还留在那里，在戴西米德，肯定已经吓坏了。”

“我马上就动身。”

“我已经通过使馆和各方面打了招呼，让他们提供一切方便，你需要去哪里都可以。”

“我们这就走。黑斯廷斯，你跟我一块儿去，好吗？再见，王子殿下。”

心驰山庄是一幢富丽堂皇的大别墅，建造得非常现代和舒适，交通方便，车道不长，直接连通公路，还拥有占地数英亩花团锦簇的后花园。

听到保罗王子的名字，开门的男管家二话不说，就把我们带到书房，也就是杀人现场。书房面积很大，前后贯通整个别墅，两边各开有一扇窗户，一扇面对前面的车道，一扇面对后面的花园。尸体是在后窗壁凹里发现的，在警察做完现场勘查后被移走了。

“唉，他们已经动过现场了，”我低声对波洛说，“谁知道已经弄乱了多少线索。”

我的小个子朋友笑嘻嘻地说：“好啦，好啦，我早就告诉过你，线索都来自聪明的大脑，只要动动那些小小的灰色细胞，何愁破不了案子。”

他转身问男管家：“除了尸体被移走，屋里别的东西都是原封不动的吗？”

“是的，先生，警察昨天晚上来的时候就是这样。”

“那么，你看这些窗帘，现在它们已经拉开到窗户壁凹的右边，另一扇窗户的窗帘也是如此。昨晚这些窗帘拉上了吗？”

“是的，先生，每天晚上我都要拉上窗帘。”

“那就是里德伯思自己又将窗帘拉开的？”

“我想是这样，先生。”

“你知道你的主人昨晚在等一位客人吗？”

“他没说，不过……嗯……不过，他吩咐我们晚饭之后别打扰他。你知道，先生，书房有扇门通往别墅那边的露天平台，他可以开门让任何人进来。”

“他常常那样做吗？”

男管家拘谨地嗽了下嗓子。“我想是这样，先生。”

波洛走到他说的那扇门前，门没锁，走出去就是平台，平台右边是车道，左边是红砖墙。

“墙里面是果园，先生，那边有个门可以进去，不过一般六点钟就锁上了。”

波洛点点头，重新回到书房里，男管家跟在他后面。

“昨天晚上发生的事情你们一点动静都没有听到吗？”

“嗯，先生，我们听见书房里有人说话，虽然已经快九点了，可是有客人并不奇怪，特别是说话的是女人。不过等我们回到那边仆人住的地方，就什么也听不到了。再就是，大约十一点的时候，警察来了。”

“你听见几个人在说话？”'

"说不好，先生，我只听出说话的有女人。"

"是这样啊。"

"请原谅，先生，瑞安医生还在这儿，如果你想见他的话——"

当然想见。很快，我们就见到了这位处理现场的医生，他是个和颜悦色的中年男子，提供的信息对波洛很重要。里德伯恩躺在窗户边上，他的头靠近大理石窗座，共有两处伤口，一处在眼睛中间，另一处在后脑，是致命伤。

"他是仰面躺着的吗？"

"不错，那里还有血迹。"他指指地板上一小块黑色污渍。

"后脑的伤口会不会是摔在地板上磕破的？"

"不会，伤口很深，不管磕到的是什么，总之不会是地板。"

波洛用心察看周围的情况，发现在每扇窗户旁边都有一个雕花大理石座位，按照流行时尚，扶手雕成狮子头形状。波洛眼睛一亮，说："如果他身子朝后倒，摔在这个凸出的狮子头上，再滑到地板上，会不会造成现在这种很深的伤口呢？"

"那是可以的，不过如果那样的话，他就不应该躺在这个地方，角度不对，而且大理石座位上肯定会留有血迹。"

"除非是被人洗掉了，对吗？"

医生不以为然地耸耸肩，说："那怎么可能，谁会愿意把一起事故弄得像发生了谋杀案，不是没事找事吗？"

"你说得不错，"波洛说，"你认为这两下打击会是女人干的吗？"

"噢，我敢说这是不可能的。你疑心圣克莱尔小姐，对吗？"

"在我拿不准之前，我不疑心任何人。"波洛低声说。

他又将目光转向打开的落地窗，医生说："圣克莱尔小姐就是从这里逃走的。你看，透过这些树，隐约能看到那里有幢房子。其实，前面靠着大路，有不少房子离别墅更近，这幢房子距离还是比较远的，只不过从后面这扇窗子望出去，只看得见这幢。”

“谢谢你好心提供了这些情况，医生。”波洛说，“跟我来，黑斯廷斯，咱们随着小姐的足迹走一遭。”

波洛跨出落地窗，顺着后花园的小径，走出山庄的铁门，又穿过一片草地，进了圣克莱尔小姐求救的那所住宅的花园门。这所住宅很小巧，总共占地才半英亩，看起来很朴素，有一些散乱的脚印通向一个落地窗。波洛向那个方向点点头。“圣克莱尔小姐就是从这里跑过去的。不过我们不用像她那样抱头鼠窜，最好还是绕过去从前门进屋。”

女仆开门把我们领进客厅，然后去找奥格兰德夫人。环顾室内，昨晚出事后的混乱场面如在眼前，显然没人顾得上收拾。壁炉里面的灰烬没有清除，桥牌桌还摆在屋子正中，明手牌摊了一桌，其他人的牌也随便扔在桌上。屋里琳琅满目地放着些华而不实的小摆设，墙上挂满家人的照片，长得都不怎么好看。

波洛望着这些照片，并没有流露我那种挑剔的神情，他伸手调整了几幅挂得不太正的照片，对我说：“你看，他们的家庭关系很稳固，亲情深了，容貌就不重要了。”

我同意他的话，吸引我注意的是一张全家福，照片中的男人有络腮胡子，女人头发高高束起，男孩健康敦实，还有两个身上系满蝴蝶结的小姑娘。我想这是奥格兰德一家多年前拍的照片，还挺有意思的。

门开了，一个黑发的年轻女人走进来，她身穿色彩暗淡的运动外套和花呢裙子。

她用探询的目光看着我们。波洛迎过去，问："是奥格兰德小姐吗？很抱歉打扰你，特别是在你们经历这么惊心动魄的一晚后。现在还惊魂未定吧？"

"是有一些惊吓。"年轻女人很有分寸地说。奥格兰德小姐对如此具有戏剧性的事情这么无动于衷，这种漠然比悲剧本身更令人痛心。她接下来的话是："不好意思，这里还没有收拾过，乱糟糟的。仆人们不懂事，还觉得挺兴奋。"我更加认为她是个麻木不仁的人。

"昨天晚上你们就是坐在这个房间里吗？"

"是的，吃完晚饭我们就开始玩桥牌，这时——"

"哦，对不起打断一下，你们那时已经玩了多长时间？"

"嗯——"奥格兰德小姐想了想，"说不好，差不多到十点钟了。我记得已经打了好几个胜局了。"

"当时你坐在什么地方？"

"正对着窗户。我和我妈妈是一方，刚打了一局无将。突然，一点征兆也没有，落地窗就开了，圣克莱尔小姐跌跌撞撞地走进来。"

"你认出了她？"

"就是觉得有点眼熟。"

"她还在你家，是吗？"

"是的，但她不想见任何人，她还没恢复过来呢。"

"但她会见我的。请转告她，是莫雷尼亚的保罗王子请我来这里的，好吗？"

王子的名号似乎影响到奥格兰德小姐的沉静，她不发一言就去通报了。她回来得很快，说圣克莱尔小姐正在房间里等着我们。

我们随她上楼，走进一个光线充足的卧室。窗边的长沙发上卧着一名女子，听见我们进屋，就抬起了头。眼前这两个女人看起来迥然不同，尤其是她们的面部特征和肤色甚为相似，更衬托了她们令人惊异的差别。女人和女人之间竟会有这么大差别！瓦莱丽·圣克莱尔的每个顾盼，每个动作都活泼生动，充满魅力，周身散发着浪漫气息。她身穿一袭长达脚踝的红色法兰绒晨袍——说实话这种衣服很常见，不足为奇，但穿在她身上却大放异彩，似乎她正身披一件艳丽的东方长袍。

她那双乌黑的大眼睛盯着波洛。“是保罗请你来的？”她声音圆润柔弱，恰如她的容貌。

“不错，小姐，我到这里是为他——和你效劳的。”

“你想知道什么？”

“昨晚发生了什么。”波洛随即补充道，“事无巨细都要知道。”

她有气无力地笑笑：“你觉得我会撒谎吗？我又不是傻瓜，现在这种情况也隐瞒不了什么。那个死了的男人手里掌握着我的秘密，而且用那秘密威胁我。为了保罗，我愿意和他谈封口的条件。我害怕失去保罗，总得做点什么——现在他死了，我安全了。实情如此，但不是我杀的他。”

波洛含笑摇摇头，“不用说这些，小姐，你只要告诉我昨晚发生了什么事。”

“我建议用钱来了结此事，他也不反对，约我昨晚九点去心驰山庄见他。我认识那个地方，以前去过那里。我知道要从旁门进书房，避开仆人的耳目。”

“请原谅，小姐，你晚上独自去那里不害怕吗？”

莫非是我多心了？她似乎犹豫了一下才说：“我是很害怕，可是找不到合适的人陪我去，而且我也顾不得那许多了。里德伯恩把我让进书房，啊呸，什么混账男人！真高兴他死了。他仗着知道我的秘密，居高临下地戏弄我，挖苦我，就像猫对老鼠。我跪下来求他，答应把所有的珠宝给他，都被他拒绝了。他提出自己的条件，也许你能猜出是什么。我断然拒绝，终于忍不住开始痛斥他。他也不生气，笑嘻嘻地一副胜券在握的样子。当我终于停口时，听见窗帘后面传来什么声音。他也听见了，就走到窗户那里，猛地拉开窗帘。有个男人藏在窗帘后面，形态很吓人，像个流浪汉。他挥拳朝里德伯思先生打去，又打了一下，把他打趴在地上。那家伙用沾满鲜血的手来抓我，被我用力挣脱开。我从落地窗里跳出来，只顾逃命。我看见这个方向有灯光，就朝灯光跑来。百叶窗没有拉上，可以看见有人在屋里打牌。我差不多是跌进去的，只来得及喊一声‘杀人啦’，就不知道后面的事情了……”

“谢谢你，小姐，你一定受到很大惊吓。你能说说那个流浪汉吗？还记得他穿什么吗？”

“不记得，事情发生得太快了。不过我到哪里都能认出他，那张脸都刻在我脑子里了。”

“还有一个问题，小姐，死者书房还有一扇落地窗，就是面对车道的那扇，那边的窗帘当时拉上了吗？”

这位舞蹈演员显然没想到会遇到这种问题，她面露疑惑，努力在想着什么。

“怎么了，小姐？”

“嗯，我觉得，嗯，应该是，嗯，肯定是，那边的窗帘没有拉上。”

“那就奇怪了，因为另外那边应该是拉上的。算了，这没什么要紧的。你还要在这里停留一段时间吗，小姐？”

"医生说明天我就可以回城了。"她环顾着房间，此时奥格兰德小姐已经离开，"这些人真是好人，但我和他们不是一个世界的，我吓着他们了。一般来说，我不太喜欢中产阶级。"她的语调中流露出某种不满。

波洛点点头。"我明白了，希望我的问题没有影响你休息。"

"一点也没有，先生。我想让保罗尽快了解情况。"

"那么我就告辞了，小姐。"

波洛离开房间时，猛地停住脚步，弯腰从地板上拎起一双黑漆皮拖鞋。"这是你的吗？小姐。"

"是的，先生。仆人刚刚清洗干净拿上来的。"

我们下楼的时候，波洛说："嗯，仆人们并没有很兴奋嘛，他们忽略了清理壁炉，可是没有忽略清洗鞋子。不错，我的朋友，刚开始还是有些疑点的，不过恐怕……恐怕最后这个案子会不了了之。案情并不复杂。"

"那杀人犯呢？"

"赫尔克里·波洛不管捉拿流浪汉的闲事。"我的朋友不屑地说。

奥格兰德小姐在客厅里迎上我们，说："如果你们能在客厅等一会儿的话，妈妈想跟你们说几句话。"

客厅还是那个样子，波洛姿态悠闲地将散落在桌上的纸牌收拢起来，用他那精心保养的小胖手洗着牌。

"知道现在我心里在想什么吗？"

"不知道。你想什么呢？"我来了兴致。

"我在想，奥格兰德小姐打无将犯了个错误，她应该打三张黑桃。”

“波洛，你太过分了。”

“亲爱的，我不能张口闭口都是破案的事吧。”

突然间他精神一振。“黑斯廷斯，黑斯廷斯，你看，梅花K不在这副牌里。”

“扎拉！”我想起那个算命的女人。

“什么？”他好像没在听我说话，心不在焉地将纸牌码好，装进盒子。

他神色严峻地对我说：“黑斯廷斯，我，赫尔克里·波洛，险些要犯大错误，不可原谅的错误。”

我震惊地看着他，完全不知道他为何态度大变。

“让我们重新来，黑斯廷斯。不错，我们得重新来，不过这次我们不会失误了。”

话音未落，就见一个仪态端庄的中年妇女走进屋，手里拿着本闲书，波洛向她鞠了一躬。

“我知道，先生，你是圣克莱尔小姐的朋友，对吗？”

“是她的朋友请我来的，夫人。”

“噢，我明白了。我想是不是——”

波洛忽然挥手指向窗户，显得很唐突。“百叶窗昨晚没有拉下来吗？”

“没有，我想那就是为什么圣克莱尔小姐能够从那边的房子很清楚地看见我家的灯光。”

“昨晚外面有月光，你坐在面对落地窗的座位上是不是在圣克莱尔小姐冲进来之前就看到了她？”

“我没有抬头往外看，我打牌还是比较专心的。而且以前从未发生过这样的事情。”

“确实没发生过，夫人。你放心吧，圣克莱尔小姐明天就离开你家了。”

“噢！”这位好心的太太脸上立刻云开雾散。

“那么，日安，夫人。”

我们走出前门，看见有个仆人在扫地，波洛对她说：“是你给楼上那位年轻女士清洗了鞋子吗？”

仆人摇摇头。“不，先生。我想那鞋子不用清洗。”

“咦，是谁清洗了鞋子呢？”我问波洛，此时我们正沿着马路向心驰山庄走去。

“没人清洗，因为根本就用不着清洗。”

“如果天气不错，晚上在这条马路上走走当然不会弄脏鞋子。不过穿过后花园那么大一片草地，鞋子怎么可能不脏呢？”

“是呀是呀，”波洛装神弄鬼地笑着，“你说得对，那样鞋子当然会弄脏的。”

“可是——”

“耐心点，再过半小时你就知道谜底了。我们现在回心驰山庄。”

看见我们去而复返，男管家有些惊奇，但还是顺从地带我们回到书房。

“喂，你搞错啦，不是那扇窗户，波洛。”他往面向车道的那扇窗户走过去时，我大声提醒他。

“我知道不是。过来，看看这里——”他指着窗边大理石座位上的狮子头扶手，上面有一片模糊的污迹，他又指指地板上一个类似的污迹。

“有人一拳打在里德伯恩两眼之间，打得他向后倒去，正好倒在这个凸出的大理石尖角上，然后向下滑落到地板上。随后，有人把他拖到另外一扇窗户那边，放倒在那里，不过放下的角度不像自然滑落下来的，所以医生说角度不对。”

“为什么要这样做？完全没必要嘛。”

“恰恰相反，对杀人者来说，太有必要了。我们也可以据此推断出是谁杀了人。顺便说一句，那人并非蓄意杀人，所以最好不称他为杀人者。他肯定是个身强力壮的男人。”

“因为他有力气把尸体从屋子的这边拖到那边？”

“这只是一部分原因。这案子很奇妙，差点瞒过我的眼睛。”

“你的意思是现在你已经胸有成竹，可以收尾了？”

“嗯哼。”

我脑子里冒出一个念头。“不会吧，你还有没搞明白的事呢。”

“什么事？”

“你不是说丢了张梅花K吗，找到没有？”

“噢，那张纸牌呀，呵呵呵，奇妙得很，很奇妙……”

“有什么奇妙的？”

“因为它就在我的衣袋里。”他微微一动，那张纸牌就出现在他手指间。

我颇为沮丧。“咳，在你手里呀，你在什么地方找到的？就在这儿吗？”

“用不着找，这张牌就在牌盒里，只是没和别的牌一块儿拿出来。”

“嗯哼！原来如此，你是不是想拿它做点文章？”

“你说得对。我得向梅花K陛下致意。”

"也得向扎拉夫人致意。"

"哦，不错——也向那位夫人致意。"

"现在我们要做什么？"

"回城。不过回城之前我们还要去趟奥格兰德家，同某位女士说几句话。"

开门的还是那个小个子女仆。"他们在吃午饭，先生。除非你想见的是圣克莱尔小姐，她在休息。"

"我想见的是奥格兰德夫人，时间不长，几分钟就行。你能不能告诉她？"

我们被领到客厅等候。经过餐厅时，我瞥了一眼围桌而坐的这家人，除了之前见过的女士，还有两位个头很大的壮实男子，一个有八字胡，另一个则是络腮胡。

几分钟之后，奥格兰德夫人走进客厅，她探询地看看波洛，波洛鞠了一躬。

"夫人，在我们的国家，母亲的地位是很崇高的，人们尊重母亲，依赖母亲，家里有了母亲就有了一切。"

不知道他为什么说这种奇怪的开场白，奥格兰德夫人很惊讶。

"所以我到这里来消除一个母亲的疑虑。杀害里德伯恩先生的人不会被发现，不用为此担心。这就是我——赫尔克里·波洛的意思。我说对了，是不是？或者，我需要为一位妻子消除疑虑？"

奥格兰德夫人凝视着波洛，心里暗暗思量。沉吟了一会儿，她低声说："我不知道你是如何得知的，可是，嗯，你说对了。"

波洛神情庄重地说："就这样吧，夫人。你不用担心，你们英国警察不像赫尔克里·波洛这样目光如炬。"

他轻轻敲打着挂在墙上的全家福照片，说："你还有过另一个女儿，夫人，她死了，是吗？"再次凝视，再次思量，再次沉吟，然后她说："不错，她死了。"

波洛轻描淡写地说："现在，我们要回城了。请你允许我将梅花K放回牌盒，这是你唯一露出的马脚。想想看，桥牌已经打了一个小时，桌上却只有五十一张牌，这是怎么个打法？任何会打牌的人都难以置信，这怎么可能呢？告辞！"

"好了，我的朋友，"我们向车站走去，波洛说，"现在你一清二楚了吧？"

"我什么都不清楚，到底是谁杀了里德伯恩？"

"约翰·奥格兰德，或者是小约翰·奥格兰德，我不知道是他们父子俩中间的哪一个，不过我推测是儿子，因为他比父亲更年轻力壮。我从窗户的情形推断，肯定是他们当中的一个。"

"怎么推断的？"

"书房有四个出口——两扇门、两扇窗户，显然只会有一个涉及此案。其中三个出口直接或间接地面向前院，明显不符合他们设想的案情。杀人这事必须发生在面向后花园的窗户，这样瓦莱丽·圣克莱尔才有理由声称是看到灯光碰巧逃到奥格兰德家。她当时确实昏过去了，约翰·奥格兰德不得不扛着她回家。所以我说那人一定身强力壮。"

"噢，他们是一块儿去山庄的？"

"不错，我问她独自前往怎么不害怕时，你记得她当时犹豫了一下吗？约翰·奥格兰德陪着她去的——我觉得这让里德伯恩很气恼。他们吵起来，也许就是因为奥格兰德被欺人太甚的里德伯恩惹急了，才出手给了他一拳。这一拳的后果你已经知道了。"

"为什么要瞎编打牌的故事呢？"

“打桥牌需要四个人，这么简单的设计巧妙而可信，谁会想到那天晚上屋里只有三个人呢？”

我继续追问：“我还是不明白，他们为什么要这么做，奥格兰德一家干吗要去管舞蹈演员瓦莱丽·圣克莱尔的事情？”

“咦，你怎么到现在还没看出来？你不是盯着墙上的照片看了又看吗，看得比我还仔细。对这个家庭来说，奥格兰德夫人另外那个女儿也许是死了，但老天爷知道她就是瓦莱丽·圣克莱尔！”

“什么？”我震惊了。

“那两姐妹在一起的时候，难道没发现她们是多么相似吗？”

我承认道：“没有，我只发现她们是多么不同。”

“那是因为你的眼睛像你的脑子一样只关心所谓的戏剧性浪漫感，亲爱的黑斯廷斯。这两姐妹的面部特征和肤色几乎一模一样。事物的奇妙之处就在这里，瓦莱丽羞于提到自己的中产阶级家庭，她的家庭也为她的行为感到不齿。但是，遇到危险时，她还是去找亲兄弟帮忙。事情搞砸时，他们全家人齐心合力渡过难关。你想想，举家合力，人人参与，这是什么力量啊？瓦莱丽的表演才能显然来自她的家庭，我跟保罗王子一样，相信家族遗传。他们差点就瞒天过海骗过我，幸好我发现了那张梅花 K 一直留在盒子里没加入牌局的破绽，我还有意分别询问奥格兰德夫人和她女儿打牌时如何坐的，她们自相矛盾的回答让我很高兴。哼，想想看，奥格兰德一家险些打败了赫尔克里·波洛。”

“你打算怎么跟王子说？”

“我打算说，那个瓦莱丽不可能犯罪，我也怀疑那个流浪汉无法被找到。此外，我请他代我向扎拉致敬。梅花 K，呵呵，天下居然会有这样的巧合，真是阴差阳错。嗯，我想这个小故事可以叫作梅花 K 奇遇记。你觉得怎么样，亲爱的朋友？”

勒梅热勒的遗产

跟着波洛，我参与了很多千奇百怪的案子，要问哪件最为奇特，还真有一件，案情持续发生了很多年，也被我们惦记了很多年，终于在波洛手里水落石出，完满结案，这够奇特了吧！

我们第一次听说勒梅热勒家族的历史还是在战时的一个晚上。波洛和我久别重逢，开始续写友谊新篇章，我们之间的友情还是在比利时建立起来的。当时他在为国防部处理某些微妙棘手的问题，解决得干净利落，令国防部方面赞叹不已。这晚，我们在卡尔顿饭店和一位军界要员共进晚餐，言谈间他对波洛倍加赞赏。饭后，他因为另有约会匆匆离去，我们则留下来继续喝着咖啡闲聊。

就在我们准备起身离开时，听见有人在叫我的名字，声音有些耳熟，转头一看原来是文森特·勒梅热勒上尉，我们是在法国认识的。这位年轻人身边那人比他年龄大一些，两人容貌相似，好像是一家人。果不其然，听文森特介绍，那位是他的叔叔，雨果·勒梅热勒先生。

我印象中勒梅热勒上尉这年轻人不错，有些梦幻气质，其他情况并不是很清楚，只知道他的家族历史悠久，早在宗教改革之前就在诺森伯兰郡有很大的领地。他邀请我们一起坐坐，反正我和波洛也没什么事，就重新坐下与他们两人天南地北地闲聊起来。年长的那位勒梅热勒四十岁左右，驼着背的样子像个学者，据说在为政府工作，搞化学研究。

我们聊得正起劲儿，突然被一位匆匆走来的男人打断了。这位肤色黝黑的高个子年轻人一脸焦虑地喊道："感谢上帝，我终于找到你们两个了！"

"发生了什么事，罗杰？"

"文森特，你父亲出事了，他从马上摔下来，摔得很重。"他把文森特拉到旁边低声说话，其他人听不到他们在说什么。

几分钟后，我们的两个朋友急急忙忙地走了。原来文森特·勒梅热勒的父亲驯马时摔成重伤，恐怕活不到明天早晨了。文森特面如死灰，如遭重击。我对他的反应感到惊讶。我在法国时听他说起过父亲，当时印象是他们父子关系比较紧张，所以见他对父亲出事如此失魂落魄，觉得有些奇怪。

那个肤色黝黑的年轻人自我介绍说，他是我朋友的堂弟，名叫罗杰·勒梅热勒。他来报信后没有同他们一起走，现在我们三人一起走出了饭店。

"这事非常古怪，"罗杰说，"不知道波洛先生会不会感兴趣。我听说过你的大名，是听希金森说的（希金森就是刚才同我们吃饭的那位军界要员），他说你在心理学方面的造诣出类拔萃。"

"不错，我对心理学有点研究。"波洛说得很保守。

"你看见我堂哥刚才大惊失色的样子了吗？那不是一般的震惊，是惊呆了。那是有原因的，你知道为什么吗？因为证实了一个源远流长的家族诅咒！想听听吗？"

"洗耳恭听。"

罗杰·勒梅热勒看看表。

"我要在国王十字街和他们见面，现在时间还早。是这样的，波洛先生，勒梅热勒家族历史古老。中世纪的时候，有个叫雨果·勒梅热勒的男爵疑心自己的妻子红杏出墙，令他蒙羞。她赌咒发誓说自己谨守妇道，清白无辜，但老雨果男爵置若罔闻。她生的是个儿子，他硬说那男孩非己所出，休想继承遗产。我不记得后面的故事了，好像是按中世纪的家法惩罚了母子俩，他们喜欢用私刑。总之，那母子俩都被他弄死了。母亲临死前仍坚持自己是冤枉的，并咬牙切齿地诅咒勒梅热勒家族会遭报应，每个勒梅热勒家的长子都不能继承遗产。这就是那个流传下来的诅咒。随着时光流逝，那位母亲的清白无辜得到证实。老雨果进了修道院，穿着鞭毛衬衫在忏悔中死去。奇怪的是，从那时到现在，这么多年过去了，家族中的长子真的从未继承过家产，遗产总是落到兄弟、侄子、外甥，或者二儿子手里。文森特的父亲就是五个儿子当中的老二，老大幼年就夭折了。文森特身为这一代的长子，又被卷入战事，早就认为如果发生什么不测，自己肯定在劫难逃。奇怪的是，他的两个弟弟都阵亡了，他却毫发无损地活了下来。”

“很有意思。”波洛听得非常认真，“现在他父亲要死了，他会作为长子继承遗产吗？”

“是这样。你看，那个所谓的诅咒不灵了，现在谁还信这个？”

波洛摇摇头，对他那种轻佻的口气颇不以为然。罗杰·勒梅热勒再次看看表，说他得走了。

没想到第二天我们就听到了这个故事的后续部分，说文森特·勒梅热勒上尉已经死于非命。他搭乘苏格兰邮政列车前往北方，夜里打开车门跳了出去。传说他是因为打仗过度紧张劳累，又受到父亲猝死的惊吓，精神上承受不了导致崩溃。人们还对他家流传下来的那个诅咒议论纷纷。人们感兴趣的还有新的财产继承人，他的叔叔罗纳德·勒梅热勒，而这个叔叔的独子早在索姆河战役时就已经牺牲了。

我觉得，由于我们在文森特生命的最后一晚与他不期而遇，且相谈甚欢，所以后来一听到与勒梅热勒家族有关的事情就格外关注。两年之后，我们听到罗纳德·勒梅热勒死亡的消息，据说他在继承家族遗产时已经深罹重病。顺位继承人是他的兄弟约翰，这位绅士精力充沛，老当益壮，有个在伊顿公学念书的儿子。

也许诅咒的阴影一直笼罩着勒梅热勒家族的命运。不久之后，正在度假的男孩拿着枪玩居然把自己打死了。他的父亲也莫名其妙地遭到蜂蜇突然死去。这样遗产就被五兄弟中最年幼的那位继承了——他就是雨果，也就是几年前那个晚上在卡尔顿饭店与文森特同行的那一位叔叔。

每次勒梅热勒家族出事，我们都会就事论事地议论一番，除此之外，并没有给予更多的关注。但需要我们关注的时候马上就到了，我们再也不能置身事外，而是深深卷入其中。

一天早晨，房东太太通报说来了一位“勒梅热勒夫人”。她三十岁左右，个子很高，神情活泼，看上去精明强干，说起话来带着美国口音。

“波洛先生吗？很高兴见到您。我的丈夫雨果·勒梅热勒多年前曾经见过您一次，恐怕您不记得了。”

“我记得很清楚，夫人，那是在卡尔顿饭店。”

“那太好了，波洛先生，我来找你是因为我很担心。”

“为什么担心，夫人？”

“为我的长子担心。我有两个儿子，罗纳德八岁，杰拉尔德七岁。”

“说下去，夫人，你为什么会为小罗纳德担心呢？”

“波洛先生，在过去的六个月里，他三次死里逃生，一次是差点淹死，那是今年夏天我们在康沃尔度假的时候；一次是他从儿童室窗户里摔下来；还有一次食物中毒。”

也许波洛的表情泄露了他内心的想法，勒梅热勒夫人立刻补充说：“我明白，你觉得我在小题大做，庸人自扰，女人都是这样。”

“不，我没有这么想，夫人。我理解你的心情，出了这样的事故，哪个母亲不担心呢？可我不知道我能为你做什么。我不是万能的上帝，无法控制海浪；关于儿童室的窗户，你只要安上铁栏杆就保险了；至于食物中毒，做妈妈的细心一些应该可以避免。”

“但为什么这些事故都发生在罗纳德身上而不发生在杰拉尔德身上？”

“碰巧吧，夫人，只是碰巧而已。”

“你真这么想？”

“你是怎么想的，夫人，您和您丈夫是怎么想的？”

勒梅热勒夫人眼神一黯。

“和雨果说了也白说，他听不进去。可能你听说过，他们家族留传下来一个诅咒——没有长子能继承遗产。雨果对此坚信不疑，他对家族历史了如指掌，非常当真。我和他讨论过这些事故和我的担心，他说诅咒就是诅咒，在劫难逃的事只能认命。但我是美国人，波洛先生，我们那里可不会拿诅咒当真。我们喜欢这种传说是因为只有真正古老高贵的家族才会留传这种故事，就像贵族族徽一样。你不知道，我认识雨果的时候，只是一个在音乐剧里跑龙套的小演员，听说他家有这种诅咒，只觉得这事很好玩。不过这种东西冬天闲来无事坐在壁炉前拿来闲扯没什么，要是真的落实在自己孩子身上那就是另一回事了。孩子是我的心头肉，波洛先生，无论怎样我都要保护好他们。”

“这么说你并不相信这个家族传说的真实性，是吗，夫人？”

“传说能锯断常青藤的根吗？”

“你说什么？”波洛惊呼起来，震惊之情溢于言表。

“我是说，传说——或者也可以称为魂灵，能够锯断常青藤的根吗？我指的不是在康沃尔险些淹死的事，别的男孩也有可能因为游得太远遇到险情，尽管我们罗纳德四岁的时候就会游泳。但常青藤完全没有这种可能性。我的两个儿子都很淘气，他们发现可以抓着墙上垂挂的常青藤攀上攀下，他们喜欢这种游戏。有一天，杰拉尔德没在，罗纳德自己去玩，他曾经攀过很多次，但这次出了事，常青藤忽然断掉，他从上面摔了下来，幸好伤得不重。我觉得奇怪，就出去查看了一下常青藤，发现根部被人锯过了。波洛先生，显然是故意锯的。”

“这事非同小可，夫人。你的小儿子当时没在家？”

“是的。”

“那次食物中毒时，他也不在吗？”

“不，那次他们两个都在。”

“奇怪！”波洛嘀咕了一声，“夫人，现在你们家都有哪些人？”

“桑德斯小姐，孩子们的家庭教师；还有约翰 · 加德纳，我丈夫的秘书——”勒梅热勒夫人稍稍停顿一下，好像有些不自在。

“还有别人吗？”

“还有罗杰 · 勒梅热勒少校，我想，你们在多年前的那个晚上见过。他经常和我们在一起。”

“啊，他和你们有亲戚关系，对吗？”

“是个远房亲戚，并不属于家族中我们这一支，不过现在他已经是我丈夫最近的亲戚了。他很有人缘，我们都喜欢他，孩子们更是对他言听计从。”

“是不是他教他们攀爬常青藤的？”

“可能吧，他总是鼓动他们淘气捣乱。”

“夫人，我就先前对你的态度道歉。你说的危险确实存在，相信我能帮上你的忙。你最好请我们两个去你家做客一段时间。你丈夫会反对吗？”

“噢，他不会反对，只不过会觉得这一切都是徒劳无益的瞎忙活。眼看孩子岌岌可危，他只会无可奈何地坐在那里束手待毙，简直让我忍无可忍。”

“不要生气，夫人，我们来商量商量怎么安排。”

一切准备就绪，第二天我们就搭乘北上的火车赶往勒梅热勒家。波洛在车上沉默寡言，一直在思索，良久良久，他突然说：“文森特 · 勒梅热勒就是从这种火车上摔下去的吗？”在说“摔”这个字眼时，他特意加重了语气。

“你是不是觉得这件事透着诡异？”我问。

“黑斯廷斯，你想过没有，勒梅热勒家有些人的死亡可能是人为造成的，比如文森特摔出火车这件事。还有在伊顿上学的那个男孩，玩枪走火这种事很难弄清楚当时的情形。如果孩子不小心从儿童室窗户上掉下去摔死了，似乎也没什么奇怪，小孩就喜欢乱爬嘛。但为什么总是这一个孩子呢，黑斯廷斯？长子死了对谁有好处？他的弟弟，才刚七岁，岂不很荒谬。”

“可能他们是想过后再除掉那一个。”我试探着说，虽然我自己也不知道“他们”是谁。

波洛摇摇头，并不认可我的说法。

“食物中毒，”他自言自语，“阿托品也会出现同样的症状。嗯，我们得赶快去那里。”

勒梅热勒夫人见到我们很高兴，马上就带我们去了她丈夫的书房，留下我们与他单独谈话。与上次见面相比，这位丈夫体貌大变，背驼得很厉害，脸上也是一片灰白，已不复当年模样。波洛解释了一下我们为何造访他家，他听完后说：“我太太就是那样，非常现实，而且固执己见。没关系，就留在这里做客吧，波洛先生，谢谢你们为此事光临我家。不过，诅咒就是诅咒，既然留传下来，恐怕在劫难逃。我们勒梅热勒家的人都知道，命运之手无法抗拒。”

波洛说到有人锯过常青藤，雨果似乎完全不以为意，只是轻描淡写地说：“显然是哪个粗心大意的园丁干的，嗯，也可能是受人指使吧，要达到什么目的是不言而喻的。我想告诉你，波洛先生，这一切很快就会结束，要不了多长时间。”

波洛警觉地看着他。

“你是什么意思？”

“我已经大限将至，去年医生就告诉我，我身患不治之症，活不了多久了。但在我死之前，罗纳德会死掉，杰拉尔德会继承遗产。”

“如果您的小儿子也发生不测呢？”

“绝无可能，他没有什么危险。”

“如果真的发生意外呢？”波洛坚持要得到答案。

“那就由我的堂弟罗杰继承。”

我们的谈话被人打断了，一个身材笔直高挑，长着茶色蓬松卷发的男人进门来，手里拿着些文件。

“就放在那里吧，加德纳。”雨果·勒梅热勒吩咐之后，向我们介绍说，“我的秘书，加德纳先生。”

秘书鞠躬致意后就离开了。虽然这人眉清目秀还算俊朗，却无来由地令人心生厌恶。等我们告辞出来在他家美丽的古典庭院里漫步时，我对波洛表达了这种奇异的厌恶之情。没想到，波洛也深有同感。

“不错，黑斯廷斯，你的感觉很准确。我也讨厌他。这种人空长了一副好皮囊，就喜欢吃软饭。看啊，孩子们来了。”

勒梅热勒夫人正向我们走来，身边带着两个孩子。他们长得都很好看，小的一个肤色微黑像母亲，大的那个孩子长着红褐色卷发。他们温文尔雅地同我们握手，然后好奇地看着波洛，显然对他更感兴趣。接着我们被介绍给家庭教师桑德斯小姐，她平淡无奇，在这群人里很不显眼。

我们就这么舒舒服服地过了几天，虽然一直心存警觉，但并没有发现什么不妥。孩子们生活得幸福开心，一切都很正常。到了第四天，罗杰·勒梅热勒少校前来拜访并住了下来。与以前相比，他没有太大变化，还是那样温文尔雅，轻松自在，说起话来还是语带轻佻，无所顾忌。孩子们显然特别喜欢他，一看到他就快乐地叫起来，立刻把他拖到花园里去玩耍。我注意到波洛悄悄地尾随而去。

第二天，邻居克莱盖特夫人请大家去茶聚，也邀请了孩子们。她家和勒梅热勒家住得很近。勒梅热勒夫人建议我们同去，但当波洛婉言谢绝说他更愿意留在家里时，她似乎松了口气。

出门做客的人一离开，波洛就像一只机灵的猎犬一样动手开始搜寻。我想那所房子的每一处犄角旮旯他都检查过，只不过做得小心隐秘，波澜不惊，完全无人察觉。看得出来，他对搜寻的结果很不满意。

我们在露台上和桑德斯小姐一起喝茶，她没有得到邀请和其他人一起去做客。

“孩子们一定很高兴，”她无精打采地嘀咕着，“希望他们乖一点，不要摘花摘草，离蜜蜂远点——”波洛突然放下茶杯，好像大白天见到鬼一样。

“蜜蜂？”他惊呼起来，声音之大吓人一跳。

“对呀，波洛先生，是蜜蜂，那里有三个蜂箱，克莱盖特夫人对这些蜜蜂可沾沾自喜呢——”

“蜜蜂？”波洛再次高叫道。他离开茶桌，手按住前额在露台上来来回回地走着。为什么一提到蜜蜂他就这么失态，这么焦虑，真是莫名其妙。

恰在此时，我们听见汽车回来了。他们下车时，波洛已经站在门前。

“罗纳德被蜜蜂蜇了一下。”杰拉尔德兴奋地喊。

“没事的，”勒梅热勒夫人说，“蜇得不厉害，都没有肿起来，我们给他涂了药水。”

“让我看看，小伙子，”波洛说，“在什么地方？”

“在这儿，脖子边上，”罗纳德一副满不在乎的样子，“我没觉得疼。爸爸说，‘站着别动，你身上有只蜜蜂。’我就乖乖地站着不动，他过来把它拿掉了，但它还是先蜇了我一下，也不是很疼，就像针扎了一下。我没哭，因为我长大了，明年就要上学了。”

波洛看过孩子的脖子，就走开了。他拉住我轻声说：“今天晚上，老朋友，我们有事干了。跟任何人都不要提起。”

除此之外，他不再多透露任何一点意图，令我心中不停地猜测揣摩。他很早就对大家说了晚安，我也随他上楼去睡觉。他在楼梯上拉住我的胳膊嘱咐说：“不要脱衣服，多等一段时间，再关上灯来找我。”

我遵嘱执行，发现他正在房间里关着灯等我。他把手放在嘴唇上示意我保持安静，我们轻手轻脚地摸到孩子们住的地方。罗纳德自己住一个小房间。我们摸进屋，悄悄躲在里面最黑暗的地方。孩子打着鼾，没有受到惊扰。

“他睡得好沉呀。”我低声说。

波洛点点头，小声说：“肯定吃了药。”

“吃药，为什么？”

“怕他叫呗，一旦——”

“一旦什么？”波洛还没说完，我就不依不饶地追问。

“一旦被注射针头刺痛，好啦，我的朋友，别出声，别说话——虽然现在离我预计的事情发生时间还早。”

波洛这次可没说对。还没有十分钟时间，门就悄无声息地开了，有人摸进屋子。那人呼吸急促，轻轻走到床边，啪的一声，一束电光照亮熟睡的小孩。拿手电筒的人的脸隐在阴影里，看不出来是谁。那个人影放下手电，右手掏出一个针管，用左手去摸小孩脖子……

我和波洛同时一跃而起扑向那人。手电滚落到地上，我们在黑暗中与闯入者展开搏斗，他的劲可真不小，但终究被我们两人制服了。

“拿手电来，黑斯廷斯，我要看他的脸，尽管我早就清楚他是谁，但还是要看看是不是我心里想的那个。”

我在黑暗中摸索着手电筒，心里也急切地想看个分明。我先怀疑是秘书，因为我实在讨厌他；后来又觉得肯定是那位堂兄，如果两个小家伙死了，他是最大的赢家。

我的脚踢到手电筒，赶紧捡起来打开，光照亮了那张脸，那是雨果·勒梅热勒的脸——孩子的父亲！

我惊得差点将手电筒扔出去。

“这怎么可能，”我惊得语不成声，“怎么可能？”

勒梅热勒已经被我们打昏过去。我们把他抬回他自己的房间，放到床上。波洛俯身小心地从他右手里抽出一样东西给我看，那是个注射器。我不觉心惊胆战。

“里面是什么？毒药吗？”

“我想是甲酸。”

“甲酸？”

“不错，估计是从蚂蚁身上提炼出来的。别忘了他是个化学家，这样就可以把孩子的死因归结为蜜蜂那一蜇。”

“老天爷，”我颤声说，“那可是他亲生的孩子呀！你早就认为是他干的？”

波洛神情严峻地点点头。“不错，想必他是疯了。我认为，他沉溺于自己有这样的家族诅咒，对于遗产的渴望让他忘乎所以，一而再再而三地杀人害命。杀心初起可能就在那晚与文森特一起北上时，当时文森特即将继承父亲的遗产，他不能容忍那个诅咒成空。接下来的顺位继承人罗纳德本来就已经没有了儿子，自己也没几天好活，他们家族里的人体质都很虚弱。他一手策划了那个玩枪走火的事故，而且用与今晚相同的方法注射甲酸害死了他兄弟约翰，并将其伪装成被蜜蜂蜇死的假象，这也是我刚刚意识到的。他如愿以偿得到了家族遗产，成为大地主。但他没高兴多久，就发现自己患了不治之症。他气疯了，更加确信勒梅热勒家的长子不能继承遗产。我怀疑那次孩子险些淹死就是他造成的，他鼓动长子游到无力回来的远处，但没得逞。是他锯坏常青藤，是他在小孩的饭里下毒。”

“可怕的魔鬼！”我不寒而栗，“蓄谋这么久，安排这么巧妙。”

“是呀，一个疯子策划谋杀时总会表现得聪明过人，这确实令人匪夷所思。要不就是他没疯，只是特别恶毒怪诞而已。我认为他只是最近才开始失去理智，居然要杀自己的孩子。之前的罪行虽然够疯狂，毕竟还算事出有因。”

“我还怀疑过罗杰呢，其实他是个好人。”

“你这么想也很自然。我们知道那天晚上他和文森特一起北上，也知道他是雨果和雨果的孩子之后的顺位继承人，但对他的怀疑始终无法证实。常青藤被锯坏时只有小罗纳德在家，只害他一个没用，两个小孩都死了罗杰才能上位。罗纳德食物中毒也是同样的道理。今天他们从邻居家回来时，我意识到只有那个当父亲的声称罗纳德被蜜蜂蜇了，这让我回忆起曾有另一个人因蜂蜇而死。于是我恍然大悟。”

雨果·勒梅热勒被送进一家私人精神病院，几个月后去世了。过了一年，他的遗孀嫁给了约翰·加德纳，就是那个有红褐色卷发的秘书。罗纳德继承了他父亲的大片地产，之后的日子蒸蒸日上。

我对波洛说：“你看，你不仅破了一个案子，还成功破解了勒梅热勒诅咒。”

“奇怪，”波洛若有所思地说，“这真是太奇怪了。”

“你什么意思？”

“嗯，我这么说吧，就一个字，你自己去理解。这个字就是红。”

“你指的是——血？”我压低声音，仿佛又听到了什么阴谋。

“你真是太有想象力了，黑斯廷斯，哪有那么夸张，我说的是件很无聊的事情——小罗纳德·勒梅热勒头发的颜色。”

失踪的矿山图纸

我叹口气，放下银行存折，略带沮丧地说："真邪门，我够节省的了，可怎么老是赤字呢。"

"我看你并不觉得有什么大不了的。要是放在我身上，我早就坐立不安，彻夜难眠了。"波洛调侃着我。

"所以你的存折上总是有大把的银子。"我回嘴道。

"四百四十四英镑四十四便士，"波洛不无炫耀地说，"见到过这么整齐对称的数字吗？"

"你的银行经理真会讨你欢心，他肯定知道你喜欢整齐对称这种繁文缛节的东西。你有这么多钱怎么不做点投资，比如，在珀可派油田上投个三百块。今天的报纸刊登了他们的开发计划，照他们的说法，明年他们将按收益百分百派发红利。就是说，你今年投入一百块本金，明年光红利就能得一百块呢。"

波洛不屑一顾地说："我才不把钱扔到那些东西上呢，听上去就不可靠。我要想投资的话，只会选安全可信的东西，比如说租金，统一公债[①]，还有那种……嗯……你们怎么称呼来着，那种可兑换证券。"

"你在投资方面从来就没有冒险的时候吗？"

①由英国政府一七五一年开始发行的长期债券。

波洛一本正经地说："从来没有。我手里唯一持有的股票是缅甸矿产有限公司的股票，有一万四千股，可不是你说的那种金边债券。"

波洛勾起我的好奇心后就住嘴不说了，他可真会卖关子。

"你怎么投了这么多钱呢？"我只好咬他的钩。

"我可没投钱，这些股票不是我花钱买的，是我运用智慧的大脑替人帮忙得到的报酬。想听听这个故事吗？"

"那是当然。"

"缅甸矿产有限公司的这些矿产位于缅甸内陆，距仰光有两百英里。十五世纪时中国人发现了这些矿井并进行了开采，后来穆罕默德起义时期战事不断，不得不在一八六八年停止开采，废弃离去。中国人的目标是银子，所以他们只对矿体上层富含铅银的部分感兴趣，提炼出银子之后，留下了大量富含铅的矿渣。这些情况在后来准备重新开发时就已经弄得很清楚了，只是原来的巷道灌满了水和各种填充物，无法进去，勘探了很长时间仍没有找到矿石源头所在。不少有意问津的公司花了很多人力物力大范围地进行挖掘，仍旧没有任何头绪。后来某个公司的代表打听到当年与矿井有关的某个中国家庭手里有线索，那家人应当还保留着矿井历史开采情况的记录。这个家庭当时的户主是一个叫吴凌的人。"

"那这个公司的发展从此就峰回路转，柳暗花明了啊。这太浪漫了！"我兴奋地说。

"可不是吗，亲爱的朋友，你要知道，没有貌似天仙的金发女郎出现，也可以发生浪漫的转折。噢不，我说错了，让你动心的总是褐色头发。我还记得——"

"得了得了，接着讲你的故事。"我赶紧把他拉回正题。

“好吧。于是公司联系到这个吴凌，他是个声誉很好的商人，在当地德高望重。他立刻承认自己手里保存着相关资料，而且很乐意谈判出售事宜，不过他要和能拍板的大老板直接谈。公司同意他的条件并做出相应安排，请他前往英国和董事会见面。吴凌搭乘阿森塔号轮船前往英国，这条船在十一月一个阴冷多雾的早晨停靠在南安普顿。董事会委派一位成员皮尔逊先生到南安普顿去接船。浓雾阻碍了火车的正点运行，等他赶到码头，吴凌已经下船，并搭乘火车前往伦敦。皮尔逊先生怏怏不乐地返回城里，不知道吴凌在何处下榻。不过那天稍晚的时候，吴凌打电话过来，说自己下榻在罗素广场饭店，虽然长途航行之后身体不适需要休息，但参加第二天的董事会没问题。董事会于第二天十一点钟开始，到了十一点半，吴凌还没有出现。秘书给罗素饭店打电话询问，人家说那个中国人十点半就和他的一位朋友出去了，显然是要出去开会。一上午过去了，还是没有他的踪影。人们猜测，是不是因为在伦敦初来乍到迷失了方向。到了深夜，他仍然没有回到下榻的饭店。皮尔逊先生的担心升级，终于报警。第二天仍然杳无音讯；又过了一天，泰晤士河里浮出一具尸体，经验证就是那位下落不明的中国人，他已身遭不幸。在吴凌身上以及饭店的行李中，都没有找到与矿产有关的资料。

“我就是在这一片扑朔迷离中加入此案的。皮尔逊先生来找我，他对吴凌之死十分震惊，但最关心的是如何找回矿产资料，公司就是为这批资料请吴凌专程来英国的。警方的关注点当然是缉拿凶手，顺便找回资料。皮尔逊先生希望我代表公司与警方合作，并在合作中充分关照到公司的利益。

“我立刻接受了这项工作。在我看来，可以从两个方面着手，一是公司里有多少人知道吴凌要来的事；二是轮船上有哪些人知道吴凌此行的目的。我选择从后者开始调查，这样目标比较集中。警方负责此案的米勒警督同意我的意见。这警督可不是我们亲爱的贾普警督，他特别自以为是，粗俗莽撞，令人厌恶。我们一起询问了船上的高级船员，没得到什么线索。吴凌是个沉默寡言的人，他与两个乘客来往较多，一个名叫戴尔，是个落魄的欧洲人，有点声名狼藉；另一个名叫查尔斯·莱斯特，是位年轻的银行职员，正从香港回国。比较有收获的是我们拿到了这两人的相片。当时似乎毫不怀疑，要是他们中有一人存在嫌疑，那一定是戴尔，他与某些中国黑帮狼狈为奸的事早已臭名远扬，除了他还能是别人吗？

"我们下一步就是拿着照片前往罗素饭店，他们立刻就认出了吴凌，然后我们拿出戴尔的照片，没想到，门童说他不是凶案那天来饭店的人，顺便我又拿出莱斯特的照片，但心里并不抱什么希望，谁知道门童立刻就认出他来，'不错，就是他，先生，'他确定无疑地说，'就是他上午十点半来找吴凌先生，随后一起出去了。'

"事情总算有了进展。我们紧接着就去找查尔斯·莱斯特先生。他见到我们时坦然自若，表示对吴凌的遇害很难过，愿意提供绵薄之力。他这么描述与吴凌的交往过程：按照事先的安排，他在十点半去饭店找他。在约定时间里，吴凌没有来，他的仆人来了，解释说他的主人出去了，他可以带莱斯特去找他主人，莱斯特自然点头同意。这个中国仆人叫来出租车，前往码头方向。路上莱斯特突然觉得可疑，就让出租车停车，不顾那仆人反对，下车扬长而去。他赌咒发誓说他对我们毫无隐瞒。

"我们对他的证词表示满意，感谢他的合作。但我们很快就发现他的故事破绽百出。首先，吴凌并没有带仆人，在船上没有，在饭店也没有。其次，我们找到了为这两人开车的出租车司机，他说莱斯特并没有中途下车，他和那个中国人一起去了莱姆豪斯，那是唐人街上一个声名狼藉的地方。据传闻，他提到的那个地方是个鸦片烟馆，专门以廉价招徕顾客。那两人进了烟馆门——过了一小时，那个英国绅士，就是他在照片上认出的那个，独自出来了。他脸色苍白，一副病容，让出租车司机把他送到了最近的地铁站。

"我们调查了查尔斯·莱斯特其人，发现他虽然不是坏人，但债务缠身，主要是痴迷赌博。与此同时，我们也没有忽略戴尔，不排除他假冒别人的可能性。调查结果并不如意，他那天不在现场证明确凿无疑不可动摇。也如意料之中的那样，鸦片烟馆老板带着东方人特有的冷漠矢口否认一切，说他从未见过查尔斯·莱斯特，那两位先生谁都没进来过，警方肯定搞错了，此地不是鸦片馆。

"就算他是有意帮助查尔斯·莱斯特，也没什么用。莱斯特因涉嫌谋杀吴凌被捕，但警方搜了半天也没搜出与矿井资料有关的片纸只字。鸦片烟馆老板被收审，警方热火朝天地在他那里搜了又搜，还是一无所获，连鸦片影儿都没找到，只好草草收兵。

"皮尔逊先生气急败坏地在我房间里走来走去，抱怨个不停，催我快拿个主意。他说，'你想那资料会在什么地方，波洛先生？你肯定有想法，快说说呀。'

"我字斟句酌地说，'我是有些想法，也未见得就有用，想法太多，不容易确定怎么下手。'

"'比如说呢？'他想方设法要引我说些什么。

"'比如说，那个出租车司机，我们只听了他的一面之词，说他把那两个人送到了鸦片烟馆。就算是吧，那就证明他们真去了

吗？如果他们在前门下了车，穿过屋子，从后门出去往别处去了呢？’

“皮尔逊先生惊愕了一下，似乎从未想过这种可能性。

“‘你既然这么想，为什么不去看看，我们总得做点什么吧？’他真是一点耐心都没有，可我有的是耐心，我心平气和地对他说，‘先生，我波洛怎么能在莱姆豪斯臭烘烘的大街上像只无家可归的小狗一样嗅来嗅去呢。行了，冷静点儿，有人在替我跑腿呢。’

“第二天，我就得到了消息。那两个人的确如我所料地穿屋而过，直奔河边一个小餐馆，那才是他们真正要去的地方。有人看见他们进去了，后来莱斯特独自一人出来。

“可以想象，皮尔逊先生得知情况后，开始变得不可理喻，他坚持要去那家餐馆亲自调查，而且只有我和他两人，非去不可，不容商量。我不同意，软硬兼施地劝阻他，他却充耳不闻，一意孤行。他要乔装打扮成鸦片客混进去，居然还——我都不好意思告诉你——还想让我剃掉我的漂亮胡髭。啊呸！想得美，我对他说这太荒谬了，怎么能随便损毁美好的事物，而且一个留着漂亮胡髭的比利时绅士就不能尝试吸食鸦片吗，难道这是没有漂亮胡髭的绅士的专利行为吗？

“他被我说得晕头转向，最后终于放过了我的胡髭，但仍坚持乔装打扮去探查的计划。晚上他来找我时，他的装扮让我大跌眼镜，这还是那个董事吗？他穿着一身所谓的水手短外套，没刮胡子，腮帮子脏兮兮的，还带着了块脏兮兮的头巾，散发着令人作呕的味道。想想看，他还对自己的装扮颇为得意，真的，这英国佬真是疯了。他还在我身上鼓捣了一番，我懒得搭理他，就随他去弄，和疯子有什么可争的？我们后来终于出发了，他像小孩过家家一样打扮起来去做游戏，这种情况下我能让他一个人去吗？”

“是呀，你是不能。”我说。

“我们到了那家餐馆。皮尔逊先生假装自己是个水手，煞有介事地说着拙劣的英语，什么‘菜鸟水手’呀，‘舷楼’呀，简直不知所云。那间餐馆天花板低矮，有很多中国人在吃饭，我们也吃了些莫名其妙的东西。哦，我可怜的胃啊！”波洛夸张地抚摩着胃部又接着说，“老板出来了，是个中国人，脸上挂着不怀好意的奸笑，他说，‘我看出来了，你们两位不喜欢吃中国菜，你们是冲着更喜欢的东西来的。那么，来一烟枪如何？’皮尔逊先生在桌下踢了我一脚（他居然穿了双水手的靴子！）说，‘那也行，约翰，带我们去吧。’

“那个中国人很高兴，带我们过了个门走到地下室，又曲曲折折地穿门过堂地进了另一个房间，里面摆着舒适的长沙发和靠垫。我们躺在沙发上，有个中国小伙计为我们脱靴子，感觉还真是不错。之后他们送来烟枪，为我们烧烟泡。我们装模作样地吸烟，装模作样地睡觉，还假装打鼾说梦话。等到人都走开了，皮尔逊先生轻声叫我起来，我们轻手轻脚摸到别的房间，里面的人都睡着了。我们继续往前摸索，听见有人在谈话，就伏在帷幕后面窃听。他们恰好在说吴凌的事。

“‘那些资料呢？’一个人说，‘莱斯特先生拿走了。’另外一个答道，是个中国人，英文说得很差，‘他说已经藏好了，警方找不到的。’‘可是他被捕了啊。’第一个说，‘他会被放出来的，警方也没把握说就是他干的。’说着话，他们朝我们的藏身之处走来，我们赶紧溜回自己的房间。

“回到房间，皮尔逊说，‘咱们快走吧，这地方实在太脏了。’

我立刻就表示同意，‘不错，这个闹剧我们演得够长了。’

“我们成功地溜了出来，不过吸鸦片也花了不少钱。走出莱姆豪斯，皮尔逊长出一口气，如释重负地说，‘很高兴溜出来了，不过不虚此行，总算搞清了一些事情。’

“我随声附和着，‘是呀是呀，我想今晚这么折腾一番之后，我们很快就会找到那批资料了。’

“那的确是举手之劳。”故事说到这里，波洛戛然而止。

就这么结束了？我诧异地盯着他，问：“在——在哪里找到的？”

“在他的衣袋里，所以说举手之劳。”

“在谁的衣袋里？”

“当然是皮尔逊先生的衣袋。”见我仍然一头雾水，他只好接着说下去，“你还没明白是怎么回事吗？皮尔逊先生和查尔斯·莱斯特一样债务缠身，因为他也同样热衷于赌博。为了还债，他打算从吴凌手里偷走那份值钱的资料。其实他那天在南安普顿码头上顺利接到吴凌，陪他来伦敦，直接就带他去了莱姆豪斯。那天浓雾弥漫，吴凌人生地不熟，搞不清楚自己身在何处。我想那是皮尔逊先生常来常往的地方，他在那里吸鸦片，与某些人交情匪浅。杀人应该不是他的本意，他原想找个中国人假扮吴凌出席董事会，卖掉文件拿到钱就完事大吉。如果仅仅这样也就罢了，但他那些东方朋友觉得，把吴凌杀了抛尸河中最省事。他们先斩后奏杀了吴凌，这可把皮尔逊先生吓坏了，因为他和吴凌搭乘火车来伦敦途中会有许多目击者——诱骗是一回事，谋杀就是另一回事了。

“他想了个脱身之计，就是让一个中国人假扮吴凌住进罗素饭店，按照原来计划继续进行。可惜吴凌的尸体很快就被发现了，比他们预想的要早。此计不成，只能再生一计。吴凌可能告诉过皮尔逊他和查尔斯·莱斯特有约会，查尔斯·莱斯特会到饭店找吴凌。皮尔逊看到了借机嫁祸给查尔斯·莱斯特的可能性，他将成为被人看到和活着的吴凌同时出现的最后那个人。假扮者对莱斯特谎称是吴凌的仆人，迅速将他带到莱姆豪斯。接下来的情形可能是他在那里喝了下了药的饮料，一小时后离开时还恍恍惚惚，对发生了什么全然弄不清楚。在这种情况下，他忽然听说吴凌死了，本能地害怕连累自己，自然会矢口否认到过莱姆豪斯。这样一来，岂不正中皮尔逊下怀。皮尔逊该就此罢手了吧？并没有，我的态度让他惴惴不安，他不知道到底有没有瞒过我的眼睛。为了不留后患，把莱斯特的嫌疑钉死，他又精心安排了那出卧底调查，让我亲耳听见中国人谈论莱斯特。我不是说他像小孩过家家那样去做游戏吗？做就做，我奉陪到底。他欢天喜地回到家里，以为从此万事大吉。谁想第二天一早，米勒警督就找到他家，搜出了那些文件。哼，他玩不下去了吧！自己演了场闹剧，还自作聪明地把赫尔克里·波洛扯进来，这下子悔得肠子都青了。对我来说，整个案子只有一件事让我费了点劲。”

“什么事？”我好奇地问。

“说服米勒警督相信我的话。米勒这家伙像头倔驴，傻头傻脑还不听人劝，破案后又自吹自擂将一切功劳归于自己。”

“简直岂有此理！”我气坏了。

“算了，我还是有回报的。缅甸矿产有限公司董事会为了感谢我，给了我一万四千股股票作为报酬。还不错，是不是？说到投资，劝你听我一句话，还是保守点好，你不要太相信报纸，谁知道是不是真的。珀可派油田的董事会里没准儿有不少皮尔逊先生这类的人。”

普利茅斯快车谋杀案

皇家海军军官亚历克·辛普森从牛顿艾博特的站台上走进普利茅斯快车的头等车厢，行李搬运工提着沉重的箱子跟在他后面。进了车厢，搬运工举起箱子准备放在行李架上，被年轻的海军军官拦住。“不用了，先放在座位上吧，我过一会儿再放上去。这个给你。”

“谢谢你，先生。”搬运工接过丰厚的小费，退出车厢。

列车各个车门都咣当咣当地关上了，有个大嗓门在高喊着：“本车只到普利茅斯，去托基的转车，下一站普利茅斯。”随着一声汽笛，火车缓缓地驶出车站。

车厢里只有辛普森中尉一个人。十二月的天气还是很冷的，他关紧了车窗，不承想，却嗅到车里有股怪味，他皱起眉头，感觉这气味有点熟悉。他想起自己住院时做的腿部手术，不错，就是这个气味，那是氯仿。

他又把窗户打开，自己坐到对面的座位上，那里背对火车前进的方向，不会吹到风。他从衣袋里掏出烟斗点燃了。列车奔驰着，他在座位上默默地抽烟，一边注视着窗外的夜色。

抽完烟，他起身打开箱子，拿出文件和杂志，然后关上箱子，打算把它推到对面座位底下，却没推进去，似乎被什么东西挡住了。他有点急躁，更加用劲去推，但仍然只推进去一半。

“见鬼了，怎么推不进去？”他嘀嘀咕咕地把箱子拖出来，弯腰朝对面座位下面看去……

片刻之后，尖锐的警报声划破夜空，随之而来的紧急制动，让这列巨大的火车被迫刹住奔驰的步伐，慢慢停了下来。

“我的朋友，”波洛说，“我知道你对普利茅斯快车上发生的谋杀案很感兴趣，来吧，读读这个。”

我拣起他从桌子对面掷过来的小纸条，上面只有一句话，开门见山。

亲爱的先生：

如能尽快给我打电话，本人不胜感激。

谨此

埃比尼泽·哈利戴

这张纸条和普利茅斯快车上的谋杀案有什么关系？我纳闷地望向波洛。

作为回答，他拿起一张报纸读给我听。“昨晚发生的特大新闻。一位乘火车返回普利茅斯的年轻海军军官在车厢座位下面发现一具女尸，死于心脏被刺。这位军官立刻拉响警报，火车停了下来。死去的女人年约三十，穿戴富贵，尚未验明身份。

“这里还有下文，‘已查明普利茅斯快车上发现的女尸身份，她是尊贵的鲁珀特·卡林顿夫人。’现在明白了吧，我的朋友？要是还不明白，我就再补充一句，鲁珀特·卡林顿夫人婚前的闺名叫弗洛西·哈利戴，是美国钢铁大王哈利戴老先生的女儿。”

“是他找上了你？你够牛的！”

“我过去帮过他一点忙——处理一件债券持有人的纠纷。在一次王室举办的盛大的访问活动中我到了巴黎，曾经让人把弗洛西小姐指给我看。她看上去就像个寄宿生，身材小巧，但很抢眼。她的嫁妆肯定很丰厚，这也是麻烦之源。她的风流韵事差点惹祸上身。”

“怎么回事？”

“有个罗奇福伯爵，风评甚差，也可以说是个坏蛋，四处惹事的冒险家，这种人可知道怎么施展魅力去迷惑年轻浪漫的女孩子。幸好她父亲很快就发现情况不妙，快刀斩乱麻，赶紧将她带回了美国。过了几年，听说她结婚了，不过我不知道她嫁了个什么样的丈夫。”

“嗯，”这人我倒略知一二，“这位鲁珀特·卡林顿阁下也不是什么好东西，劣迹斑斑。他热衷于赛马，为此几乎输光了所有的钱，所以哈利戴老先生的钱就像天上掉下来的馅饼。在我看来。对这样一个长相不错、彬彬有礼，又无所顾忌的小流氓来说，谁会愿意嫁给他啊！”

“唉，这可怜的女人，总是遇人不淑。”

“我想婚后他很快就原形毕露，让她明白钱才是他的所爱，而不是她这个人。我相信他们几乎马上就分道扬镳形同路人了。近来还有传闻说他们就要正式分居。”

“哈利戴老先生没那么傻，他会看紧他女儿的钱，不让觊觎之徒得逞的。”

“我想也是，不管怎么说，我知道那位鲁珀特阁下手头相当紧。”

“啊，那就奇怪了——”

“有什么可奇怪的？”

“得了，我的好朋友，别这么不客气。我看得出来你对此案很感兴趣，干脆你就陪我一起去拜访哈利戴老先生吧。街角有出租汽车站。”

几分钟之后，出租车就把我们载到这位美国大佬在帕克街租住的豪宅。我们被带进书房，一个大块头很快出现在我们面前，他眼光敏锐，下巴咄咄逼人。

“是波洛先生吗？”哈利戴先生说，“我想不需要多费唇舌告诉你我为什么找你吧，想必你已经从报纸上得知了。我是那种该出手时就出手的人，不会放过最好的选择。我正好听说你在伦敦，且对你当年破获那些轰动一时大案时的杰出表现记忆犹新，我怎么能放过这么一个著名大侦探呢。虽然我可以选择请苏格兰场来破案，但我也得有自己的人。钱不是问题，所有的钱都是为了我的宝贝女儿赚的——现在她已经不在了。只要能抓住那十恶不赦的凶手，花多少钱我都在所不惜！你明白我的意思吗？现在就等着你给我送货了。”

波洛鞠了一躬。“先生，我曾经在巴黎见过你女儿几次，所以我非常乐意承接这个案子。现在请你告诉我她去普利茅斯的事情，还有其他所有你认为与该案有关的情节。”

“好的，”哈利戴回答，“首先要说的是，她并不是要去普利茅斯，她是去参加一个招待会——在埃文米德大宅的斯旺西伯爵夫人家中举行。她乘十二点十四分由帕丁顿发出的车离开伦敦，两点五十分到达布里斯托尔，她需要在那儿转车。当然啦，普利茅斯快车的主要车次通常途经韦斯特伯里，根本就不到布里斯托尔。但她乘坐的那趟十二点十四分列车中途不停，直达布里斯托尔，之后还要停靠韦斯顿、汤顿、埃克塞特和牛顿阿伯特。包厢里只有我女儿一个人，她的座位一直订到布里斯托尔。她的女仆坐在下一节车厢的三等厢里。”

波洛点点头，哈利戴先生继续说：“埃文米德大宅举办的那个招待会就是一个寻欢作乐的聚会，有好几场舞会，为此我女儿几乎带上了她所有的珠宝首饰，据估算，差不多价值十万美元。”

“等一下，”波洛插嘴说，“负责照管珠宝的是哪位？你的女儿还是女仆？”

“我女儿总是亲自照管珠宝，放在随身携带的蓝色摩洛哥羊皮箱子里。”

“好，接着说吧，先生。”

“列车到了布里斯托尔，女仆简·梅森拿起由她负责照管的女主人的梳妆包和外衣，到头等车包厢找弗洛西。让梅森不解的是，我女儿说她不在布里斯托尔下车了，她要乘坐这趟车继续赶路。她吩咐梅森先把行李拿下车放在行李寄存处，并说梅森可以去餐厅喝点茶，但不能离开车站，她会在下午晚些时候乘坐上行火车回到布里斯托尔，再继续以后的行程。女仆虽然很吃惊，还是照着吩咐去执行了。她将行李存在寄存处也去喝了茶。但随着一列又一列的上行火车进站出站，她都没有再看到女主人。一直等到当晚最后一班火车开走，主人仍未露面，她只好将行李留在原处，去火车站附近的一家旅馆过夜。今天早上她在报上看到了报道，就乘最早一班火车回来了。”

“有什么线索可以解释你女儿突然改变计划的原因吗？”

“嗯，是这样的，据简·梅森说，车到布里斯托尔时，弗洛西并不是独自在包厢里，里面还有个男人，当时他站在包厢那面的窗边看着窗外，她无法看到他的脸。”

“她坐的肯定是那种有走廊的软卧列车，对吗？”

“是的。”

“走廊在哪一边？”

“在站台那边。我女儿是站在走廊上和梅森说话的。”

“你有没有怀疑——对不起。”他起身仔细地将面前摆得不太正的墨水台重新摆好。“请原谅，”他坐下来继续说，“我不能忍受东西摆放得没有秩序，实在忍不住要纠正一下。你觉得奇怪吗？我的意思是，先生，你有没有怀疑过，有个男人突然出现在火车上，使你女儿改变了原定计划？”

“言之有理，可以这么推测，目前还没看到别的可能性。”

“这位先生可能会是谁，你知道吗？”

这位百万富翁略微犹豫一下，答道：“不知道，我一点儿也想不出来。”

“那好。尸体是怎么发现的？”

“是一位年轻的海军军官发现的，他立刻拉响了警报。火车上有个医生检查了尸体，结论是，有人先用氯仿弄晕她，之后刺死了她。他个人认为她已经死了四小时左右。所以这事肯定是列车离开布里斯托尔不久发生的，多半是在布里斯托尔和韦斯顿之间，也有可能发生在韦斯顿和汤顿之间。”

“那珠宝箱呢？”

“珠宝箱，波洛先生，不见了。”

“还有一件事，先生，你女儿的财产——她死后由谁来继承？”

“弗洛西婚后不久就立下遗嘱，将所有财产都留给她丈夫。”他迟疑了片刻，又继续说，“可以告诉你，波洛先生，我认为我的女婿是个十恶不赦的恶棍，所以，在我的建议下，我女儿正准备通过法律手段将自己解脱出来，这不难做到。我会替她做好财务安排，只要她活着，他就别想打她钱的主意。虽然他们已经分居多年，但我女儿心软，不想弄出丑闻，所以总是拿钱打发这个贪得无厌的家伙。可我实在看不下去了，必须对此事做个了断。弗洛西最终还是同意了我的建议。我让我的律师办理这场诉讼。”

“卡林顿先生在哪儿？”

“在城里。我想昨天他去了乡下，但晚上又回来了。”

波洛思考了一下说：“我想就这些了。先生。”

“你要见见女仆简·梅森吗？”

“如果可以的话。”

哈利戴按按铃，吩咐了男仆几句。

几分钟之后，简·梅森走进房间。她虽然其貌不扬，但看上去很正派，她在悲剧打击下那种不动声色的样子，只有好仆人才能做到。

“我能请你回答一些问题吗？昨天早上出发之前，你的女主人有什么异常吗？有没有很激动或者很紧张？”

“噢，没有，先生。”

“但车到布里斯托尔的时候，她情绪有了很大变化，是吗？”

“是的，先生，她显得很紧张，非常紧张，有点语无伦次，好像自己也不知道要说什么。”

“她究竟说了什么？”

“嗯，先生，我记得。她说，‘梅森，我得改变行程，出了一些事情，我的意思是，我不能在这儿下车了，我要继续坐这趟车。你把行李拿下去，放在行李寄存处，然后喝点茶，在车站等我。’

“我问，‘就在这儿等你，夫人，是吗？’她说，‘是的，是的。不要离开车站，我会乘晚些时候的火车回来。我说不好是什么时候，也许不会太晚。'我回答说，'好的，夫人。'我没资格问她什么，只是觉得奇怪。"

"因为这种做法不像你的主人，是吗？"

"非常不像，先生。"

"在你看来，这是怎么回事？"

"嗯，先生，我想是和包厢里的那位先生有关。她没有跟他说话，但回头看过他一两次，好像不确定自己这么说对不对。"

"你没看见那位先生的脸，是吗？"

"是的，先生，他一直没有转身，我只看到他的背影。"

"你能描述一下吗？"

"他穿着浅驼色外套，戴着旅行帽，又高又瘦，好像后脑部位呈黑色。"

"你不认识他，是吗？"

"噢，我不认识，先生！"

"你能肯定他不是你的男主人卡林顿先生吗？"

梅森看上去相当惊愕。

"噢，我想不是他，先生。"

"但你不能肯定？"

"身材瘦高有点像男主人，先生，我没想过会是他。我们很少看见他，我没法确定是不是。"

波洛从地毯上拣起一个别针，面无表情地皱着眉头，接着问道："这个男人会不会在布里斯托尔刚上火车，就在你到主人包厢之前？"

梅森想了想说："那也是有可能的，先生。我的车厢人很多，我挤了半天才挤出去，然后还要穿过站台上的人群，那也费了些时间。不过如果他是刚上车的，那就没多少时间和女主人说话，所以我一直以为他是从走廊过来的。”

“不错，那种可能性更大一些。”

他不再提问，但脸色仍很凝重。

“你想知道女主人当时的衣着打扮吗，先生？”

“报纸上提到一些，你可以再说说。”

“她戴的是白色狐狸皮无边女帽，先生，还有白色带点的面纱，身上穿着的是蓝色粗呢外套和裙子，是那种人们称为品蓝的蓝色。”

“哦，那相当引人注目啊。”

“就是，”哈利戴先生在旁说，“贾普警督希望她这身打扮能帮我们找到案发地点，看见过她的人很难忽略她。”

“确实如此。”波洛转过脸说，“谢谢你，小姐。”

女仆离开了屋子。

“好啦，”波洛敏捷地站起身，“目前在这里我只能问到这些了。先生，我只是希望你能坦言相告你所了解的所有情况，我的意思是‘所有’。”

“我是这么做的。”

“你肯定吗？”

“绝对肯定。”

“既然如此，我就不再说什么了。我不能接这个案子。”

“啊，为什么？”

“因为你没有坦言相告。”

“我向你保证——”

“不必了，你的确对我隐瞒了一些事。”

哈利戴沉默了半天，从衣袋里掏出一张纸，递给我的朋友。

“这就是你想要的吧，波洛先生。你是怎么知道的，嗯？真是可恶！”

波洛笑着打开那张纸。这是一封信，笔迹纤细，字母向一方倾斜着。波洛大声读道：

> 亲爱的夫人：
>
> 我望眼欲穿地盼望着与你重逢的日子。收到你温馨的回信后，我激动不已。我们在巴黎共度的那些美好时光一直萦绕在我心头。你明天就要离开伦敦，这让我情何以堪。不过，我会很快与我的心上人再度把酒言欢，比你所期待的要快得多。
>
> 亲爱的夫人，请你记住，我对你的深情苍天可鉴。
>
> 阿曼德·罗奇福

波洛将信还给哈利戴，并鞠了一躬。

“我估计，你并不知道你女儿想跟罗奇福伯爵重温旧情，对吗？”

“这的确让我大吃一惊。我是在我女儿手袋里发现这封信的。波洛先生，你可能也有所耳闻，这个所谓伯爵是个天字第一号的大坏蛋，什么都干得出来。”

波洛点点头。

“能告诉我你是怎么知道有这封信的吗？”

我的朋友微微一笑。“先生，我其实并不知道。不过对侦探来说，只掌握追踪疑犯脚印，辨别烟灰牌子这种技巧是远远不够的，他还得是个出色的心理学家。我知道你讨厌而且不相信你那位女婿，你女儿死亡的直接受益者是他，女仆对包厢里那个神秘男子的描述也和他比较吻合，可你对他是否涉嫌并不重视。我在想这是为什么？显然你的怀疑在另一个人身上，但你没说，那就是有所隐瞒。”

“你说得对，波洛先生，在发现这封信之前，我一直认为是鲁珀特干的。但是这封信让我心生疑虑。”

“不错，伯爵说‘很快，比你所期待的要快得多。’他唯恐被你发觉他卷土重来了。很可能他也搭乘了伦敦十二点十四分出发的火车，并从过道去了你女儿的包厢。如果我没记错，罗奇福伯爵也是个子瘦高，肤色浅黑。”

百万富翁点头同意。

“那就这样，先生，再见。我想，苏格兰场已经列出珠宝清单了吧？”

“不错，如果你想见见贾普警督的话，他就在这里。”

贾普是我们的老朋友，他笑容可掬地和波洛打招呼，带着些许轻视之意。

“你好呀，先生。虽然我们看问题的角度不太一样，但还是很友好的嘛。你脑袋瓜里的小灰色细胞怎么样，更好使了吧？”

波洛笑嘻嘻地说：“我正使着呢，亲爱的贾普，你不用担心。”

“那就好。你认为这是谁干的，是那位女婿，还是另有其人？我们已经按惯例对所有可能的销赃地点布置了监视，只要珠宝一露面，我们就会知道。反正不管是谁干的，都不会藏在家里专供欣赏，那岂不很傻？目前我在调查鲁珀特·卡林顿昨天的行踪，他有些藏头露尾的，我已经派人监视他了。”

“措施很周密，不过晚了一天。”波洛温和地说。

“你就喜欢说笑，波洛先生。行了行了，我要去帕丁顿、布里斯托尔、韦斯顿、汤顿走走，本来那里就是我的管区。回头见。”

“你晚上会不会再过来一下，说说有什么新发现？”

“可以，如果我晚上回来的话。”

“我们亲爱的警督认为只要行动起来就会有所发现。”我们的朋友离开后，波洛自言自语地说，“他四处巡视，又是测量脚印，又是采集泥巴烟灰，忙个不停，越忙越带劲！要是我跟他说到心理学，你知道他会如何反应吗？他会嗤之以鼻，在心中暗笑，哎呀这个老波洛，怕是老糊涂了吧，也难怪，岁数都这么大了。现在大家都说‘年轻一代已经在敲门了’，贾普就属于年轻一代，你看，他们火急火燎地忙着敲门，都没有发现门本来就是开着的。”

“你打算怎么做？”

“我们有亲属授权，可以另辟蹊径。我先花几毛钱给里茨饭店打电话，你发现没有，那位伯爵就住在那里。之后呢，我刚才弄湿了脚，已经打了两个喷嚏，所以要回房间用酒精灯给自己煮点药。”

第二天早上我再见波洛时，他正安安静静地享用早餐。

“有什么新情况吗？”我心急地问，“又发现什么了吗？”

“没有。”

“贾普那边呢？”

“我没看见他。”

“伯爵呢？”

“他前天就离开了里茨饭店。”

“谋杀那天？”

“不错。”

“那就万事齐备了！这证明鲁珀特·卡林顿与此案无关。”

“罗奇福伯爵离开里茨饭店，就能证明鲁珀特的清白？你的思维太跳跃了吧，我的朋友。”

“不管怎么说，伯爵很可疑，要跟住他、逮住他。不过他为什么要这样做？”

“为了价值十万美元的珠宝啊，这对每个人都很有诱惑力。不过我想的不是这个，我奇怪的是，偷珠宝是一回事，何必要杀人呢？他顺手牵羊偷走珠宝，她是不会把他告上法庭的。”

“怎么不会？”

“因为她是个女人，我的朋友，她爱过这个男人，所以只好哑巴吃黄连自认倒霉了。伯爵熟知女人心理，对女人的特点了如指掌，所以他才会在女人身上屡屡得手。另一方面，假如是鲁珀特·卡林顿杀的人，他又何必拿走珠宝，珠宝是此案最重要的证据，这样做岂不是惹火烧身？”

“他可能没想到这点。”

“有这可能性，我的朋友。啊，贾普来了，我听得出是他在敲门。”

警督兴头头地走进来，显然满心欢喜。

“早上好啊，波洛。我刚回来，收获颇丰。你呢，有什么收获？”

“我吗，我刚理清楚思路。”波洛心平气和地说。

贾普开心地笑起来。

“老先生上岁数了，”他小声对我说，又大声说，“噢，那我们年轻人可要急死了。”

“让你失望了？”波洛问。

“那么，你想听听我有什么收获吗？”

“让我猜猜行吗？你在韦斯顿和汤顿之间的铁道旁发现了作案的刀子，你还找到了在韦斯顿与卡林顿夫人说过话的卖报男孩。”

贾普下巴一沉，不那么趾高气扬了。“你是怎么知道的？别和我说是你那聪明过人的‘小灰色细胞’推理出来的。”

“很高兴你终于承认它聪明过人了。说说看，她是不是给那个卖报男孩一先令？”

“不对，是半克朗！”贾普恢复点儿自得之心，他笑道，“这些美国阔佬够大方的！”

“所以这个男孩还记得她？”

“肯定记得，又不是每天都有出手就是半克朗的大佬。她跟他打了招呼还买了两本杂志。有本杂志的封面上是个穿蓝衣服的女孩，‘蓝色和我也很般配。’她说。就是这样，他记得可清楚呢。他的证词已经足够了。根据医生判断，案发地点在火车到汤顿之前。我推测他们动手后会立刻抛掉凶器，所以就沿着铁路线找，果不出我所料，就在那段路边找到了。我在汤顿询问了一些人，看是不是有人见过我们认为的嫌疑犯，可惜没人见过。那是个大站，没人注意到也情有可原。也许他搭乘了晚些的火车回伦敦。”

波洛点点头，说：“很有可能。”

“不过我回来之前收到新消息，丢失的珠宝已经浮出水面。确切地说，有件翡翠首饰昨晚出现在典当行，送当的是个坏蛋。你知道是谁吗？”

“不知道，不过我想他个子很矮。”

贾普目瞪口呆。“不错，你说的完全正确，那人是够矮的。他是雷德·纳基。”

“雷德·纳基是什么人？”我问。

“一个专门偷窃珠宝的行家里手，先生，需要的话还敢下手杀人。他经常和一个名叫格雷西·基德的女人合作。不过这次作案她好像没参加，也许她已经到荷兰销赃去了。”

“你们逮到纳基了吗？”

“那还不是手到擒来。但请注意，我们想要捉拿的是另外一个人，就是那个出现在卡林顿夫人包厢里的男人，他肯定是幕后主使，不会错的。不过纳基不肯告发他的朋友。”

我发现波洛的眼睛开始闪动绿光。

“我想，”他轻轻地说，“我会帮你们找到纳基的朋友，这不成问题。”

“你又想到什么主意了，是不是？”贾普凝神瞧着波洛，“有时候你提供的思路和线索还真有用。当然了，你上了岁数脑瓜儿还这么好使，也算很难得了。”

“也许是吧，”我的朋友嘴里咕噜着，“黑斯廷斯，我的帽子，还有牙刷，要是雨不停，还有高筒橡皮鞋，我不能白吃那些感冒药。回头见，贾普。”

“祝你好运，波洛。”

我们叫住开过的第一辆出租车，让司机把我们送到帕克街。

我们在哈利戴宅前停下来，波洛飞快地跳下车，付过账就去按门铃。他对开门的男仆低声说了几句话，我们就立刻被带往楼上，走到顶层，进了一间整洁的小卧室。

波洛目光四射，最后落在一个小黑箱子上。他蹲下来，仔细看看箱子上面的标签，然后从衣袋里掏出一节小铁丝。

“问问哈利戴先生能不能上楼到这里来。”他转身对男仆说，男仆听命而去。

波洛驾轻就熟地摆弄几下，就把箱子上的锁打开了。他打开箱盖，迅速地翻检着里面的衣服，扔了一些在地板上。

楼梯上传来沉重的脚步声，哈利戴走了进来。

“你在这儿干什么呢？”他瞪着波洛说。

“先生，我在找这个。”波洛从箱子里拿出一件品蓝色粗呢外套和与之相配的裙子，还有一顶白色狐皮无边女帽。

“你干什么动我的箱子？”我转过身，看见女仆简·梅森走进房间。

“黑斯廷斯，请你关上门，谢谢。对，就是这样，背靠门站好。现在，哈利戴先生，请让我将格雷西·基德介绍给你，也可以称呼她简·梅森。她很快就会与同伙雷德·纳基在狱中见面了，贾普警督会好好照顾他们。”

波洛做了个不以为然的手势。“这没什么复杂的。”接着他又自顾自地吃了几口鱼子酱。

“那个女仆急不可耐地主动向我报告女主人的穿着打扮，这让我开始警觉。她急着把我们的注意力引到女主人的穿戴上，不是很奇怪吗？而且，所谓车到布里斯托尔时主人包厢里出现神秘男人的说法，只是女仆的一面之词。根据医生判断，卡林顿夫人可能在车到布里斯托尔之前就死了。果真如此的话，那么这个女仆一定是同谋。作为同谋，她显然希望有更多的证据支持她的话。

卡林顿夫人出行的衣着打扮很惹眼，也许是女仆故意所为，有意取出颜色鲜艳的服装供她挑选。在车过布里斯托尔之后，如果有人看见一位身穿色彩鲜艳的蓝色套裙头戴白色无边皮帽的女士，那一定印象深刻，敢起誓自己见过卡林顿夫人。

“我从这里开始推理，女仆会给自己准备一套相同的衣服。她和同谋在伦敦和布里斯托尔之间用氯仿迷晕并刺死卡林顿夫人，也许是在火车经过隧道时的噪音和昏暗掩护下动手的。他们把尸体塞进座位下面。之后由女仆假扮主人继续前行。车在韦斯顿停留时，她需要被人注意到，怎么才能这样呢？最容易的是，找一个卖报男孩，给他一笔意外的小费，好让他留下深刻印象。这还不够，她又特地评论了几句杂志封面，让他记住自己的蓝衣服。离开韦斯顿后，她将刀抛出窗外以暗示案发地点。此后她就不用假扮主人了，可以换掉衣服，或者罩上雨衣。她在汤顿下了火车，尽快回到布里斯托尔，她的同谋已经将行李存好，把票据交给她后就自行回伦敦了。她在布里斯托尔该喝茶喝茶，该住宿住宿，继续表演后续动作。接着在旅馆过夜后乘早班车回到伦敦，一如她后来对我们叙述的那样。贾普出去巡查得到的信息进一步证实了我的推理。他还告诉我有个著名窃贼正在典当珠宝。我想不管是谁作案，案情与简·梅森的话显然大相径庭。当我听说那贼是雷德·纳基，他的搭档总是格雷西·基德时，你看，那个同谋就呼之欲出了。”

“你不怀疑伯爵？”

“我越琢磨就越认为他与本案无关。他不是这种人，对他来说，坑蒙拐骗没问题，但杀人？他可不想搭上自己的性命。”

“好了，波洛先生，”哈利戴说，“我欠你个好大的人情，吃完饭我给你写支票，多少钱也无法报答你。”

波洛故作谦虚地笑了，他小声对我说：“我们亲爱的贾普肯定会得到官方表彰。不过虽然他抓住了格雷西·基德，但我认为——就像那个美国人说的——会觉得我这人太可气了。”

巧克力盒谜案

这是一个暴风雨之夜。窗外，阵阵狂风呼号，倾盆大雨哗啦啦地泼洒在玻璃上；窗内，我和波洛坐在炉火熊熊的壁炉对面，随心所欲地伸展着双腿，安宁而温暖。在我们之间放置的小桌上，摆着我精心调配的棕榈酒，还有波洛心爱的热巧克力，这种黏糊糊香喷喷的东西，白给我一百英镑我也不会尝上一口。波洛拿起粉色瓷杯，小口地品着杯里棕色的浓稠液体，心满意足地哼唧着："生活多么美好啊！"

"是呀，生活的确很美好。"我欣然同意，"我有事干，而且是我喜爱的事。你呢，大名鼎鼎的——"

"噢，得了吧，我的朋友。"波洛假装不爱听。

"你确实大名鼎鼎呀，这是名副其实的。想想那些数不胜数的成功，很难想象你是怎么做到的。我相信你还没有尝过失败的苦果吧。"

"谁敢说自己没有失败过，除非他是个自大狂，可笑到不自量力。"

"不会吧，咱们认真地说，你有没有失败过？"

"无数次，我的朋友，还能怎样？幸运之神不会总站在你一边。有时候是我插手得太晚，常常是被同仁捷足先登；还有两次功败垂成是因为我病得起不来了。一个人总有高峰也总有低谷，这是必然的。”

“我说的失败不完全是这个意思，”我说，“我指的是，你有没有因为自己判断失误，或是推理不对，而导致破案失败，无法缉拿真凶。”

“啊，我明白了，你问的是我有没有过脑袋进水的时候，对吧？有过的，我的朋友——”他仿佛想起了什么，嘴角泛起追忆的微笑，“不错，有一次我的确脑袋进水犯了迷糊。”

他突然在椅子上坐直身体。“听着，我的朋友，我知道你把我那些微不足道的成功故事都记录了下来，现在你可以再加上一个故事——失败故事。”

他俯身往壁炉里添加了一根木柴，用壁炉边的毛巾仔细擦干净手，然后，往椅背上一靠，开始回忆。

我告诉你的这件事发生在很多年前的比利时（以下是波洛原话），那时法国的教会和政府之间正进行着你死我活的斗争。保罗·戴鲁拉德先生是法国一位颇有声望的副部长，众所周知，用不了多久他就要上位当部长了。他在反天主教政党中以立场坚定著称，如果他掌权的话，肯定会招来强烈的仇恨。他这人很怪，虽然既不喝酒也不抽烟，但在别的方面却肆无忌惮。你明白，我指的是女人——总是女人。

他早年娶了一位布鲁塞尔的年轻女人，她带来了丰厚的嫁妆，显然他的事业需要这些钱。而他本人，尽管可以自称男爵，也确实有这出身，但家境并不富裕。婚后他们没有孩子，两年后他妻子从楼梯上摔下来死了。他继承的遗产中有幢位于布鲁塞尔路易丝大街的房子，就在这幢房子里，他突然去世了。巧合的是，他将要继任的那位部长刚好也在那时宣布辞职。所有报纸都用了很大篇幅登载了他的生平事迹。他是晚饭后突然去世的，死因确定为心脏病猝死。

你知道的，我那时正在比利时警方侦破部门供职。保罗·戴鲁拉德先生的死并没有引起我太大兴趣。你也知道，我是天主教徒，他的去世对我乃是福音。

他去世三天之后，我刚开始休假，有位女士就到我的住所求见。虽然她蒙着厚厚的面纱，仍然可以看出很年轻，是位温文尔雅的年轻女子。

“你是赫尔克里·波洛先生吗？”她轻声问，声音温柔甜美。

我鞠了一躬。

“是在侦破部门工作的那位吗？”

我又鞠了一躬。“请坐，小姐。”我说。

她坐下来，撩起面纱。她很漂亮，但面带泪痕，好像为了什么事情焦虑不安。

“先生，”她说，“我知道你现在正在休假，所以有空接受私人请托的案子。你知道我不想惊动警方。”

我摇摇头。“这可办不到，小姐，即使休假，我也是警察。”

她俯身凑近我。“请听我说，先生，我只是请你先做一个私下调查，你可以将调查结果报告警方。如果我的想法正确，那么这件事最终是需要警方介入的。”

这就是另外一回事了，所以我不再拒绝，请她继续说下去。

她脸颊有点发红，说：“谢谢你，先生。我想让你调查保罗·戴鲁拉德先生的死亡原因。”

“你说什么？”我惊叫起来。

“先生，我没凭没据，只有女人的直觉。但我相信，而且深信不疑，就像我告诉你的那样，戴鲁拉德先生是非正常死亡！”

“难道没有医生——”

“医生也会出错。他那么身强力壮，没病没灾的，怎么会——波洛先生，求你了——”

这孩子可怜兮兮地求我，失魂落魄的，就差给我跪下了。我竭力让她平静下来。

“我会帮助你的，小姐。虽然我敢说你这种无端的猜测很不可靠，但我会弄清楚真相的。那么，你先给我讲讲那幢房子里都住着什么人。”

“好的。那里有仆人，珍妮特和费利斯；厨子丹尼斯，她已经在那里干了很多年了；几个很老实的农村女孩；还有弗朗索瓦，他也是个老仆人。嗯，还有戴鲁拉德先生的老母亲，她和儿子住在一起；再有就是我本人。我的名字是维吉妮·梅斯纳德，是已故戴鲁拉德夫人的穷表妹，投亲靠友到这家已经三年多了。除了这些家里人，房子里还住着两位客人。”

“他们是什么人？”

“一位德·圣·阿拉德先生，是戴鲁拉德先生在法国时的邻居；另一位是他的英国朋友，约翰·威尔逊先生。”

“现在他们还和你们住在一起吗？”

“威尔逊先生还在，但德·圣·阿拉德先生昨天搬走了。”

“你有什么打算，梅斯纳德小姐？”

“如果你很快就能去的话，我会编些借口介绍你。最好说你跟报界有些关系。我可以说你是从巴黎来的，德·圣·阿拉德先生给你写了封介绍信。戴鲁拉德老夫人身体虚弱，不会注意细节的。”

小姐的介绍很管用，我进了这幢房子，见到已故副部长的母亲。尽管老太太弱不禁风，但端足了贵族架子。和她谈过话后，我就可以在房子里畅行无阻了。

我的朋友（仍是波洛的叙述），你想象得到我的调查面临着什么困难吗？这人已经死了三天，如果是被人谋杀，唯一的可能是下毒。我从何处下手呢？见不到尸体，就无从判断是中了什么毒，也无法发现有用的线索，哪怕是错误的线索呢。这个人是被毒死的，还是正常死亡？我，赫尔克里·波洛，赤手空拳，大海捞针，那也得捞啊！

我先找家仆谈话，在他们的帮助下，再现了那晚的情况。我特别注意了晚餐的食物以及上菜方式。汤是戴鲁拉德先生自己从汤盆盛的，接着是肉排，然后是鸡，最后上的是果盘。所有菜都摆在桌上，每个人自己取用。咖啡是装在一个大壶里送上餐桌的。晚饭现场不存在能毒死一个人，而其他人却可以安然无恙的东西。

晚饭后，戴鲁拉德老夫人在维吉妮小姐陪同下回到自己房间。三个男人去了戴鲁拉德先生的书房。他们在书房里愉快地聊天。突然之间，毫无预兆地，副部长一头栽倒在地。德·圣·阿拉德先生冲出门吩咐弗朗索瓦火速去请医生，他说副部长显然是中风了。医生赶来时，病人已经气绝身亡。

维吉妮小姐把我介绍给了约翰·威尔逊先生。他人到中年，是个典型的英国人，身材魁梧，说起法语来带着浓重的英国腔。他对死亡现场的描述与别人毫无二致。

“戴鲁拉德看起来脸色非常红润，然后就突然倒地不起。”

从人们嘴里再也问不出半点有用的东西，所以我就去了死亡现场——书房，要求大家离开，让我独自待着。到那时为止，根本没有任何证据能支持梅斯纳德小姐他杀的说法，只能认为那出自她的幻觉。看得出来她对死者怀有某种浪漫情愫，这使她固执己见不能接受事实。虽然这么想，我还是仔细检查了书房。也许有人在死者的椅子上安置了注射针头，一坐下就会被刺并注入毒素，而且那样微小的针眼医生很难注意到。但找来找去，还是一无所获。我山穷水尽地瘫坐在椅子上，就像泄了气的皮球。

“唉，就这样吧。”我大声对自己说，“哪里有什么可疑的东西？一切都再正常不过了。”

自言自语中，我的目光瞟见旁边桌上有个大巧克力盒。我的心怦地一动，这说不上与戴鲁拉德先生死亡有什么关系，但至少不正常。我打开盒盖，里面装得满满的，一块巧克力也不少，显然没人动过——却使引起我注意的那种不正常更加明显。是什么不正常呢？要知道，盒子本身是粉红色，盒盖却是蓝色的。一般说来，粉红色盒子上系条蓝色丝带很正常，反之亦然。但盒身是一种颜色，盒盖是另一种颜色，那岂非咄咄怪事，谁会这么搭配？

我不知道这件古怪小事有什么用，但我打算好好调查一番，因为它不正常。我按铃叫来弗朗索瓦，问他已故主人是否喜好甜食。他嘴角现出一丝苦笑。

“非常喜欢，先生，他屋里总放着一盒巧克力。你知道，他是不喝酒的。”

“可是这盒里的巧克力一块都没少呀？”我打开盒盖让他看。

“抱歉，先生，这是他去世那天新买的，之前那盒差不多吃完了。”

“你是说，之前那盒是他去世那天刚吃完的？”我一字一句地问。

“是的，先生，早上我看盒子是空的就拿走扔掉了。”

“戴鲁拉德先生平时什么时候吃甜食，是不是想吃就吃？”

“通常在晚饭以后吃，先生。”

我觉得案情开始柳暗花明了。

“弗朗索瓦，”我说道，“你能不能悄悄地替我办点事？”

“如果有必要的话，先生。”

“那好，听着，我是为警方工作的。你能把扔掉的那个盒子找回来吗？”

“没问题，先生，它就在垃圾箱里。”

他没几分钟后就拿着一个脏兮兮的东西回来了。两只盒子一模一样，只是旧的那只与我手里这只的颜色相反，盒身是蓝色，盒盖是粉色的。我谢了索朗索瓦，让他不要对别人提起此事，然后离开了这幢房子。

我登门拜访了被请来救治戴鲁拉德先生的医生。从他那里打听当时现场的真实情况很费劲，他用绕口令一样的医学术语为自己筑起一道保护墙，步步为营地对付我。我认为这正表明他对这个病案也存有疑虑。我想方设法消除他的戒备之心，交谈了一段时间后，他说：“这种奇怪的事情倒也常见，突然间大发雷霆，怒发冲冠，特别是在吃饱喝足的情况下，激怒会导致热血冲头，接着，咣当一下，人就过去了。”

“但戴鲁拉德先生没有突然发怒呀。”

“怎么没有？我相信他和德·圣·阿拉德先生一直在唇枪舌剑地争论。”

“和他争论，为什么？”

“那还用说，”医生耸耸肩，“无非是宗教问题。德·圣·阿拉德先生是狂热的天主教徒，而戴鲁拉德是教会死敌，这两个人碰在一起，几乎天天争论不休。他们的美好情谊就要毁在这些教会和国家的问题上了。”

这个情况我之前完全没有想到，需要好好思考一下。

“还有一个问题，医生，有没有可能将致死剂量的毒药藏在巧克力里？”

“这是有可能的，”医生慢吞吞地说，“如果密封得好，纯氢氰酸就可以，一粒小丸稍不留神就咽下去了。不过你想象的这种情况不太可能发生吧，在巧克力里填吗啡和士的宁——”他脸上的五官扭曲了一下，“你知道，波洛先生，不用多，舔一下就够了，何况享受巧克力的人通常会一口吃掉。”

“谢谢你，医生。”

我告辞出来，接着去查访药店，尤其是路易丝大街附近的药店。有为警方工作的背景毕竟是近水楼台，我轻而易举就得到了需要的信息。只有一个药店为这个地址的顾客提供过毒药——是给戴鲁拉德老夫人配制的阿托品硫酸盐药水。阿托品是烈性毒药，这让我兴奋起来。但阿托品中毒的症状和尸碱中毒相似，与案情中出现的症状并不一样。此外，这也不是新配的药方，戴鲁拉德老夫人两眼患白内障已有多年。我失落地转身准备离开药店时，又被药剂师叫了回去，“等一下，波洛先生，我记得，拿着处方来买药的女孩说还要去趟英国人的药店。你可以到那里问问。”

我去了，再次利用我的警方背景获取了需要的信息。戴鲁拉德先生去世前一天，该药店为约翰·威尔逊先生的一个处方配了药，确切地说，算不上配药，只是一些现成的三硝基小药丸。我要求看看那种药丸，他给我看了，我登时心跳加速，这些小药丸的颜色和巧克力完全一样。

“这是毒药吗？”我问。

“不是的，先生。”

“它是治什么病的？”

“降血压。有些心脏病人也需要服用，比如心绞痛，这种药能减轻血管压力。对于动脉硬化——”

我打断他的解释。“我得承认听不太懂你的话。服用它会引起脸色潮红吗？”

“那是肯定的。”

“如果我吃个十片八片甚至更多，会有什么事？”

“我建议你别试。”他冷冰冰地答道。

“你不是说它不是毒药吗？”

“很多能致人死命的东西都不叫毒药。”他还是那么冷冰冰的。

我心情愉快地离开药店，总算在大海里捞起点东西了！

我现在知道约翰·威尔逊手里有作案工具，但为了什么呢？他来比利时是做生意，暂时住在戴鲁拉德先生家，两个人并不很熟悉亲密，戴鲁拉德的死亡显然对他也没有任何好处。不仅如此，通过英国方面的调查，证实他患心绞痛已经多年，有那种药也合情合理。然而，我确信有人在巧克力上动了手脚。那人开始时打开了新买的一盒，发现里面装得很满，接着打开了旧的一盒，将剩下的那块巧克力掏空，塞进三硝基小药丸。按巧克力的大小看，估计能塞进二三十粒。是谁干的呢？

房间里有两个客人，约翰·威尔逊有工具，德·圣·阿拉德有动机。别忘了，他不仅是个狂热分子，而且是狂热分子中最极端的宗教狂。他会不会想办法弄到了约翰·威尔逊的药呢？

我心里有了个小主意，我知道，黑斯廷斯，你就喜欢嘲笑我那些小主意。为什么威尔逊需要去药房买药呢？他是老病号，出国时应该随身携带足够的药。我又一次前往路易丝大街的房子。威尔逊不在，我见到为他整理房间的女佣费利斯，立刻询问她，是不是前些日子威尔逊先生盥洗室里丢失过一个药瓶子。这引出她憋了很久的满腹牢骚：确实有个瓶子找不到了，她为此蒙受了不白之冤，显然那位英国绅士以为是她打碎瓶子不想承认，其实她离那瓶子八丈远，根本没碰过。她心里有数，肯定是珍妮特干的，她就喜欢四处乱转，她就不该——

她说个没完，我匆匆安抚她几句就离开了。我已经明白了案情，现在要做的是找到证据证明案情，这并非易事。我确信是德·圣·阿拉德从约翰·威尔逊盥洗室拿走了那瓶三硝基药丸，但要让别人确信，得有证据，我却什么证据都拿不出来！

没关系，我已经弄明白真相了，这是最重要的。还记得我们在斯泰尔斯一案上遇到的难题吗？黑斯廷斯，那次也是，我已经弄明白真相了，但花了很长时间才找到最后一个证据将谋杀的各个环节衔接圆满，把凶手绳之以法。

我要求见一下梅斯纳德小姐，她立刻来了。我问她德·圣·阿拉德先生住在哪里，她担忧地说："你为什么要知道他的住址，先生？"

"小姐，我有必要知道。"

她满怀疑虑地看着我。"他说不出什么来，这人从来都心不在焉的，对身边发生的事情也是视而不见。"

"也许吧，小姐。可他是戴鲁拉德先生的老朋友，他总会了解一些事情，比如，陈年往事，爱恨情仇什么的。"

女孩脸红了。她咬咬嘴唇说："你想怎样就怎样吧。不过，我敢说我不该去找你，你是个好人，才愿意帮助我。其实我那时情绪不太正常，有点精神崩溃。现在我已经恢复理智了，戴鲁拉德先生因病去世，这没什么可奇怪的。你还是别管这事了，求你了，先生。”

我盯着她说：“小姐，有时候让一条狗找到踪迹是很困难的，但只要它找到了，让它放弃更困难。当然那得是条嗅觉敏锐的好狗！而我，赫尔克里·波洛就是一条嗅觉非常棒的好狗。”

她二话没说就转身离开了，回来时交给我一张写着地址的纸。

我出门时看见弗朗索瓦在外面等我。他愁容满面地望着我。

“有什么进展吗，先生？”

“还没有，我的朋友。”

“唉，可怜的戴鲁拉德先生！”他叹了口气说，“其实我和他的观点一样，我也不喜欢宗教狂，不过在屋子里我可不敢这么说。女人们对宗教都很虔诚——也许这是好事。夫人是过于虔诚了，维吉妮也是。”

维吉妮小姐？她“过于虔诚”吗？真没想到，我还记得第一次见面时她神情激动泪流满面的情形。

得到了德·圣·阿拉德先生的住址，我马不停蹄地前往那里，他住在阿登省。几天之后，我才找到借口进入他家。我是以管道工的身份进去的，你觉得这角色如何？他卧室里的管道漏气，这对我来说是小菜一碟，修起来不费吹灰之力。我走出去拿工具，特意挑了个合适的时间，也就是没有别人在场的时候带着工具回来。我进来是要找什么呢？我也说不好。我觉得想找的那个瓶子是不会在这里的，他干吗要冒险留着这疑似证据的东西呢？

虽然没抱什么希望，但当我发现盥洗台的小柜子锁着的时候，还是忍不住想打开看看里面有什么。开锁不是问题，柜子里有些旧的瓶瓶罐罐，我紧张得手直哆嗦，一个个拿起来检查。哎呀，天上掉了个馅饼，你猜猜看是什么？我手里抓着个小瓶，上面有英国药剂师的标签，写着“三硝基药丸，需要时服用一粒。约翰·威尔逊先生”。

我抑制住激动的心情，锁上柜子，把瓶子塞进衣袋，继续修漏气管道。一个人做事要沉着冷静有始有终。出了他家的门，我马上去搭乘回国的火车，当晚就回到布鲁塞尔。第二天早上，我着手给局长写报告，这时有人送来一封短信。信是戴鲁拉德老夫人写的，叫我尽快去她家，越快越好。弗朗索瓦给我开了门。“男爵夫人正在等你。”他将我领到她的房间。

她在大沙发上正襟危坐着，没见到维吉妮小姐。

“波洛先生，”老夫人说，“我刚听说你的身份是假装的，你其实是警察。”

“是的，夫人。”

“你来我家调查我儿子的死因？”

我再次答道：“是的，夫人。”

“如果你能告诉我目前取得了什么进展，我会很高兴的。”

我有些迟疑。

“在这之前，我想知道你是如何得知的，夫人？”

“从一个远离尘世之人那里得知的。”她的话，以及说话时冷酷的表情，让我不寒而栗，半天没说话。

“现在，先生，我迫切地请求你告诉我你的调查进行到什么程度了。”

“夫人，我的调查已经结束了。”

“那么我的儿子——”

“是被谋杀的。”

“你知道是谁吗？”

“是的，夫人。”

“是谁？”

“德·圣·阿拉德先生。”

“不，你搞错了。德·圣·阿拉德先生是不会犯这种罪的。”

“我有证据。”

“我再次请求你对我开诚布公。”

这次我同意了，将我剥茧抽丝大海捞针的过程细细讲了一遍。她凝神倾听，然后认可地点点头。“不错，是那样的，就是像你描述的那样，只有一点不对，杀我儿子的不是德·圣·阿拉德先生，而是我，他的母亲。”

我目瞪口呆，她继续轻轻地点着头。

“我请你来是对的。维吉妮在进修道院之前将她的所作所为告诉了我，我想这是天意吧。告诉你，波洛先生，我儿子罪大恶极，他迫害教会，他的生活更是罪恶的渊薮，自己荒淫无耻不说，还教唆别人跟着堕落。更令人发指的是，有天早上我从房间出来时，儿媳正站在上面楼梯口读着一封信。我看见我儿子悄悄走到她身后猛推了一下，她一头栽下去，头撞在大理石楼梯上。仆人们抱起她时，她已经没气了。我儿子是个杀人犯，只有我，他的母亲，知道真相。”

她闭了闭眼睛。“先生，你不知道我是多么痛苦，多么绝望。我进退两难，本来是应该报案的，但我实在做不到，没有勇气做到，也不知道警方会不会相信我。我眼神不好已经很长时间了，他们会以为我看错了。我保持了沉默，但我的良心让我片刻也不得安宁，因为只要保持沉默就等于是他的同谋。我儿子继承了妻子的财产，更是锦上添花。现在他眼看就要当部长了，当了部长后，他对教会的迫害会变本加厉。还有维吉妮，这可怜的孩子，长得漂亮，天性虔诚，却被他迷得神魂颠倒的。他对女人向来有某种特殊魅力，他对维吉妮施展这种魅力，迷惑她，却不打算娶她，诱惑那女孩为他献身。我眼看着悲剧就要发生，却无能为力。我想维吉妮就要被他毁了。

"我知道该怎么做了。他是我儿子，我生了他，就要对他负责，我不能容忍他摧毁一个女人的生命，现在又要摧毁另一个女人的灵魂。我到威尔逊先生的房间里拿走了那瓶药丸，以前曾经听他开玩笑说里面的药够杀死一个人。我打开放在书房桌上的巧克力盒，先是打开一盒新的，里面糖果很满，后来发现旧的那盒也在桌上，里面只有一块巧克力，这正合我意。家里只有我儿子和维吉妮吃巧克力，别人都不会碰，那天晚上我会让她陪在我身边。事情就这么按部就班地发生了，正如我所希望的——"

她闭上眼睛休息了一下，继续对我说："波洛先生，我在你手里。他们告诉我，我已来日无多，我愿意在上帝面前对我的行为承担责任，至于是不是在人间也要对此事负责，取决于你。"

我一时无法决断，为给自己一些思考的时间，我找了个话头，"那只空瓶子，夫人，怎么会在德·圣·阿拉德先生那儿呢？"

"当他来和我道别时，我悄悄把瓶子塞进他的衣袋，我不知道该怎么扔掉它。我身体虚弱，眼神不好，没人帮助就无法自由活动，如果有人在我房间里发现这个空瓶子岂不很奇怪。你要明白，先生，"她挺直身体，"我并不是想嫁祸给德·圣·阿拉德先生，根本没动过这种念头。我觉得他的仆人在衣袋里发现一个空瓶子，肯定问也不问就会扔掉的。"

我心领神会地颔首。"我明白，夫人。"

"那么，你怎么决定呢，先生？"她声音镇定，昂着下巴等我问答。

我站起身，对她说：“夫人，幸会。我对此案进行了调查，没有结果，就此了断。告辞了。”

波洛默默地坐着，然后心平气和地说：“一周以后老夫人就去世了。维吉妮小姐的修女见习期满后成为正式修女。这就是我失败的故事，在这个故事里我确实失手了。”

“也不能说失手吧，”我劝慰他，“如果她自己不说，你怎么会想到她身上呢？”

“是啊，真见鬼。啊呀，”波洛突然兴奋地叫起来，“你还没看出来吗？我真是个大傻瓜，简直就是冥顽不灵，我的灰色小细胞完全失灵了。揭开真相的线索其实我早就掌握了。”

“什么线索？”

“那个巧克力盒子呀！你还不明白，眼神好的人会犯这样张冠李戴的错误吗？我早就知道戴鲁拉德老夫人有白内障，家里只有她眼神不好到这种程度，连盒盖的颜色都分不清。正是巧克力盒子让我发现了不正常之处，开始追查，居然到最后我都没有发觉这种不正常其实意味着什么！

“我还犯了心理学上的错误。如果德·圣·阿拉德是凶手，他怎么会保留那个瓶子呢，在他那里找到瓶子就已经证明他是清白的，而且维吉妮小姐早就告诉我他是个心不在焉的人。唉，多么可悲啊！只有你知道这个案子我干砸过，一位老夫人以这么简单、这么聪明的方式犯了罪，却蒙过了我赫尔克里·波洛的眼睛。啊，往事不堪回首，那就忘了吧，不不不，还是记住的好。以后不管什么时候，如果你觉得我开始自以为是，你就说——嗯哼，我这人会自以为是吗？可能还是会的吧。”

我竭力忍着不笑出声。

“你就对我说‘巧克力盒子’，行吗？”

“当然可以。”

波洛嘴里念叨着：“我毕竟在这件事上失手过，不怕你提。像我这样的人，长着欧洲最聪明的脑瓜，不管别人说什么，我是非常大度的。”

“巧克力盒子。”我轻声提醒他。

“你说什么，我的朋友？”

看着他俯身向前，一副茫然不解的样子，我的心一沉。在他身边，我总是显得智商不够，但我，虽然没有长着欧洲最聪明的脑瓜，也是非常大度的。

“没什么。”我敷衍着，又点燃一支烟，独自在肚里暗笑。

潜艇图纸失窃案

特使送来了一封短信。波洛读完精神大振。他寥寥数语遣走信使，转身对我说："赶紧收拾行装，我的朋友，我们马上去夏普尔斯。"

要去阿洛韦勋爵那所著名的乡间别墅？我不禁吃了一惊。阿洛韦勋爵是刚组建的国防部部长，一位杰出的内阁成员。当他还是拉尔夫·柯蒂斯爵士，只是管理着一个大型工程企业的时候，就已经名满下议院了。人们私下里议论纷纷，认为未来的首相非他莫属，如果有关现任首相大卫·麦克亚当身体欠佳的传言属实，那么极有可能会让他来组阁。

一辆很大的劳斯莱斯轿车在下面等着我们。当轿车在茫茫黑夜中奔驰的时候，我将心中的疑问接二连三地抛向波洛。

"他们这时候召唤我们到底是什么事？"我问，此刻已近午夜时分。

波洛摇摇头说："想必是十万火急的事。"

"我还记得，"我说，"前几年拉尔夫·柯蒂斯的丑闻闹得沸沸扬扬，好像是股票诈骗一类的事。后来证明是子虚乌有，还了他一个清白。会不会又是出了什么丑闻？"

"那也不必半夜三更叫我去，我的朋友。"

想想也是，我不再多嘴，之后我们一路无话。出了伦敦，这辆功率强劲的汽车开始加速急驰，不到一小时我们就到了夏普尔斯。

威严的男管家立刻将我们引到小书房，阿洛韦勋爵正在那儿等着我们。他立即起身和我们打招呼。他又瘦又高，精力充沛，不怒自威。

“波洛先生，很高兴见到你。这是政府第二次求助于你了。对战争期间你提供的帮助我还记忆犹新呢。当时首相遭到绑架，你临危受命，用你那妙不可言的推理——我还可以加上，你那细致周密的谨慎，挽狂澜于既倒，令局面转危为安。”

波洛眼睛发亮。“听您的口气，大人，这是否又是一起需要倍加谨慎的案子？”

“正是！我和哈里爵士——哦，介绍一下，这位是海军上将哈里·韦尔戴尔爵士，我们的海军第一大臣。这位是波洛先生和……我想想，上尉——”

“黑斯廷斯。”我提示道。

“我经常听人说起你，波洛先生，”哈里爵士一边见礼，一边说，“这个案子很是稀奇古怪，如果你能解决的话，我们将不胜感激。”

我对这位海军第一大臣顿生好感，我喜欢这种身材魁梧、说话坦率的老式海员。

波洛看着他们俩，脸上露出询问之色，于是阿洛韦开始介绍情况。

“不言而喻，你知道所有情况都需要严格保密，波洛先生。情况很严重，最新的Z型潜艇图纸被盗了。”

“什么时候？”

“就是今晚——不到三小时之前。也许，波洛先生，你能据量出这事的无穷后患。此事万万不可公开，这是关键。我尽量简要说明一下情况。我这个周末请来的客人有这位海军上将，他的夫人和儿子，还有科纳德夫人，她是伦敦上流社会很出名的一位女士。女士们早早就休息去了——在十点钟左右，伦纳德·韦尔戴尔也是如此。哈里爵士想和我讨论新型潜艇的建造问题，我就叫秘书菲茨罗伊把图纸和相关的其他文件从保险箱里拿出来，为我们放好。他做准备工作的时候，我和海军上将在露台上散步，抽雪茄，享受六月温润的新鲜空气。抽完雪茄，聊完闲话，我们打算开始工作。当我在露台那端转身准备往回走时，看见一个身影悄无声息地从这端的落地窗出来，穿过露台不见了。我知道菲茨罗伊在房间里，所以一开始并未在意。但显然，我错了。接着，我们沿着露台走回来，从落地窗走进房间，这时菲茨罗伊正从大厅里进来。

"'我们要的东西都准备好了吗，菲茨罗伊？'我问。

"'我想是的，阿洛韦勋爵，文件都放在您桌上了。'他答道，然后向我们道晚安。

"'等一下，'我向桌边走去，一边说，'我看看还需要什么刚才没提到的文件。'

"我翻了翻桌上的文件，对秘书说，"'最重要的那份文件你还没拿出来，菲茨罗伊，就是我们要看的潜艇图纸！'

"'图纸拿出来了，最上面那份就是，阿洛韦勋爵。'

"'噢没有，不在这儿。'我边说边翻看那些文件。

"'我刚刚才放在那儿的。'

"'嗯，那么怎么没有。'我说。

"菲茨罗伊迷惑不解地走过来。这事太匪夷所思了。我们翻找了放在桌上的所有文件，又翻了一遍保险箱，最后的结论就是图纸被盗了——就在菲茨罗伊不在房间的那短短三分钟里被盗的。”

“他为什么要离开房间？”波洛马上问。

“我就是这么问他的。”哈里爵士说。

“情况似乎是，”阿洛韦勋爵说，“他刚刚把文件放在我桌上，就听到门外有个女人惊叫起来，他吃惊地走出门外一看，发现科纳德夫人的法国女仆站在楼梯上。那女孩脸色发白，惊慌失措地说她刚看见一个鬼飘过去，那鬼一身白衣，身形高大，行动起来无声无息的。菲茨罗伊笑她胆小，敷衍地安抚了这个受惊的女孩几句就回房间了，那时我们也刚好从落地窗进来。”

“过程并不复杂，”波洛若有所思地说，“问题在于，那个女仆会是同谋吗？她是不是故意惊叫引人出来，她的同伙就藏在外面；或者只是他自己待在外面伺机而动？我想，您见到的人影是个男人，而不是女人？”

“说不好，波洛先生，只看到一个影子。”

海军上将不以为然地哼了一声，大家都注意到了。

“我想，上将先生有话要说。”波洛微笑着轻声问，“您看见这个影子了吗，哈里爵士？”

“没看见，”他回答，又对着勋爵一点头，“阿洛韦也没看见，无非是树枝或是别的什么玩意晃动了一下吧。等我们发现图纸被盗，他就立刻联想到刚才那阵眼花，说看见有人从露台上过去了。他的想象力过于丰富，就是这样。”

“通常大家都认为我这个人缺乏想象力。”阿洛韦勋爵含笑说。

“得了吧，是人就有想象力。我们都有那种亢奋的时候，以为自己看见了什么东西，其实根本就没看见。我一生都在海上，新手海员经常误以为看见了什么，我总得提点他们一下。我那时也在看着露台，如果真有什么人影，我也会看见的。”

他说得非常斩钉截铁。波洛起身走向落地窗。

“我可以出去看看吗？”他问，“我们得确定一下当时的情况。”

波洛上了露台，我们都跟着他走出去。他从衣袋里拿出手电筒，在露台周边的草地上照来照去。

“他是从哪儿穿过露台的，大人？”他问。

“差不多就在窗户对面。”

波洛用手电筒检查着地面，走到露台尽头再折返回来。最后他关上手电筒，直起身来。

“哈里爵士是对的——您看错了，大人，”他轻声说，“今天傍晚雨下得很大，如果有人穿过草地的话很难不留下脚印。可是草地上没有脚印，没有任何印迹。”

他扫视着大家的表情。阿洛韦勋爵显得有些迷惑，也不太信服，海军上将则得意扬扬地表示满意。

“我怎么会搞错呢，”他趾高气扬地说，“就凭我这双火眼金睛。”

他这种直言不讳的老海员风格，让我忍俊不禁。

“这样的话，作案的很可能就是屋里的人了，”波洛波澜不惊地说，“我们都进来吧。嗯，大人，菲茨罗伊先生在同楼梯上的女仆说话时，会不会有人趁机从厅里进入书房呢？”

阿洛韦勋爵摇摇头。

“不可能——那样他必须经过菲茨罗伊身边。”

“那么，对菲茨罗伊先生本人——您绝对信任吗？”

阿洛韦勋爵涨红了脸。“绝对信任，波洛先生。我敢打保票，我的秘书没问题，他绝不会与图纸被盗有关。”

“这也不可能，那也不可能，”波洛心平气和地说，“那么是图纸自己装上了一对小翅膀翩然而去——像这样！”他噘起嘴唇模仿天使，模样极其滑稽。

“那是无稽之谈，”阿洛韦勋爵不耐烦地说，“但波洛先生，请你丝毫也不要怀疑菲茨罗伊先生，想都不要想。你想啊——他要是打算搞到图纸，只消描摹下来就是，这样多简单，何必冒难犯险去偷，岂不多此一举。”

“确实如此，大人，”波洛表示同意，“你说得合情合理——可以看出你头脑很清楚，推论很有逻辑。英国人有了你真是幸运。”

这突如其来的赞美让阿洛韦勋爵不知说什么好。波洛又把话题拉回到案情。

“你们晚上一直坐在哪个房间？”

“客厅，怎么了？”

“那个房间也有个窗户通到露台，我记得您说过您是从那里出去的。有没有可能在菲茨罗伊先生离开房间时，有人从客厅窗户出来，进入书房窗户，之后按原路返回呢？”

“要是那样，我们会看见的。”海军上将反对说。

“如果当时你们背转身朝另外那个方向走，就不会看见。”

“菲茨罗伊离开房间不过几分钟，这段时间我们可以走个来回。”

“不管怎么说，存在这种可能性。实际上，除此之外，还没发现有其他可能性。”

“但我们从客厅出来时，那个房间没有人。”海军上将说道。

“可能是随后进去的。”

“你的意思是，”阿洛韦勋爵慢慢说道，“当菲茨罗伊听到女仆喊叫出去时，有人正藏在客厅，趁机利用这两扇落地窗穿梭了一下；菲茨罗伊回到房间后，那人就从客厅跑了？”

“您再次表现出缜密的思维。”波洛向他鞠躬致意，“您已经把事情讲清楚了。”

“也许是用人？”

“或者是客人。惊叫的是科纳德夫人的女仆。有关科纳德夫人，您能告诉我些什么吗？”

阿洛韦勋爵想了想说：“我说过她是社交界的名媛，她举办或参加各种晚会，什么社交活动都少不了她，所以这么说她名副其实。至于她到底是何方神圣，大家知之甚少，出身背景也是模模糊糊。由于她经常出入外交圈，情报机关一直很好奇，总想探个究竟。”

“我明白了，”波洛说道，“这个周末她是应邀来这里——”

“那么，是不是……嗯……需要密切监视她。”

“正是！很可能她已经巧妙地采取了行动来坏您的事。”

阿洛韦勋爵看上去有些不自在。波洛继续说：“告诉我，大人，她有没有可能听到你和上将将要讨论潜艇的事情？”

“有可能，”阿洛韦勋爵承认说，“哈里爵士说过‘现在我们讨论讨论潜艇吧，该干活了。’或类似的话。别的人都离开了房间，只有她返回来取一本书。”

“我知道了。”波洛若有所思地说，“大人，时间已经很晚了——但情况紧急，如果可以的话，我想向在这里度周末的人问一些问题。”

“没问题，”阿洛韦勋爵说道，“困难在于，我们不想让更多的人知道实情。当然啦，朱丽叶·韦尔戴尔夫人和小伦纳德没关系——但科纳德夫人就不一样了，如果她与此事无关的话，还是不要让她知道的好。也许你可以说有个重要的文件找不到了，不要具体说是什么文件，或者提及丢失的细节。”

“我正打算这么建议呢，”波洛笑容可掬地说，“事实上，对他们三个人都不必提及细节。上将先生得原谅我，但即使是最好的妻子——”

“没关系，”哈里爵士说道，“女人就是话多啰唆，无一例外，上帝保佑她们！我倒愿意朱丽叶能多说点话，少打点牌。不过现在的女人就是这样，你要不让她们跳跳舞，打打牌，她们就要发脾气。让我去叫朱丽叶和伦纳德起床好吗，阿洛韦？”

“多谢了。我去叫那个法国女仆，波洛先生会想见她的，她可以叫醒她家太太。我现在就去，同时，你可以先问问菲茨罗伊。”

菲茨罗伊先生瘦瘦的，脸色苍白，戴着夹鼻眼镜，模样拘谨。他的话和阿洛韦勋爵之前说的如出一辙。

“你认为是怎么回事，菲茨罗伊先生？”

菲茨罗伊先生耸耸肩。

“显而易见，有人知道内情，躲在外面打算见机行事。透过落地窗可以看到里面的情况，所以我一离开房间，他就悄悄进来了。可惜的是，阿洛韦勋爵看见那家伙离开时没有追上去。”

波洛没有将实情告诉他，却问道：“你相信那个法国女仆的话吗，她说看见了一个鬼？”

“嗯，不太相信，波洛先生。”

“我的意思是——她是真的这么认为吗？”

“噢，这个嘛，说不好。她确实像受到了惊吓，两手抱着头。”

“啊哈！”波洛叫道，仿佛说“原来如此”，“真的是那样吗——她一定长得很漂亮，对吧？”

“我没太注意。”菲茨罗伊先生回答得很庄重。

“我想，你没有见到她的主人？”

“事实上，我见到了。她在楼梯上面的走廊里，正在叫她——利奥尼！之后她看见我，就退回去了。”

“在楼上。”波洛眉头一皱。

“我很清楚，发生了这样的事我脱不了干系，也不可能脱得了干系。幸好阿洛韦勋爵无意中看见盗图那人的离开。不管怎么说，如果你们打算搜查我或是我的房间，我很乐意配合。”

“你真想要我们搜查吗？”

“那是当然。”

波洛会怎么回答，我不知道，就在这时阿洛韦勋爵回来通知我们，两位夫人和伦纳德·韦尔戴尔先生正在客厅里等候我们询问。

女士们都已经脱去晚礼服换上便装。科纳德夫人是个三十五岁的金发女人，很漂亮，身材丰满。朱丽叶·韦尔戴尔夫人应该有四十岁了，她身材细长，皮肤微黑，风韵犹存，手腕和脚踝都很纤细。她看上去心神不宁，有些憔悴。她的儿子是个阴柔气质的年轻人，与他父亲热忱坦率的风格截然不同。

波洛按照我们事先商量好的说法向他们介绍了一番情况，然后解释说他很想知道今晚是否有人听见或者看见什么相关的情况。

他首先转向科纳德夫人，请她说说上楼之后的活动。

“我想想……我上了楼，按铃叫我的仆人，因为她没有应声而来，我就走出门去找她，我听到她在楼梯上说话。她为我梳好头发后，我就让她走了——她不知道为什么神经兮兮的。我看了一会儿书，就上床睡觉了。”

“您呢，朱丽叶夫人？”

“我上楼后就直接睡觉了。我很疲倦。”

“亲爱的，你没拿到书吗？”科纳德夫人问道，甜甜地笑着。

“书？”朱丽叶夫人脸红了。

“是呀，你知道，我打发利奥尼离开时，你正在上楼，你说是下楼去客厅取一本书。”

“噢，是的，有这回事，我……我没想起来。”

朱丽叶夫人紧张地绞着自己的两只手。

“您有没有听到科纳德夫人的女仆惊叫，夫人？”

“不，我没有听到。”

“那很奇怪——因为那时候你一定在客厅里。”

“我什么都没有听见。”朱丽叶夫人说，加强了语气。

波洛转向年轻的伦纳德。

“先生？”

“我什么也没做，就直接上楼睡觉了。”

波洛摸着下巴，“好吧，恐怕没什么可问的了，就到此为止吧。女士们先生们，很抱歉，实在抱歉因为区区小事惊扰了你们的美梦，请接受我诚挚的歉意。”

波洛温文有礼地将他们送出房间。回来的时候，他身后跟着法国女仆，那是个漂亮女孩，看上去有点轻佻。阿洛韦和韦尔戴尔也和夫人们一起出去了。

“现在，小姐，”波洛语调轻快地问，“请和我说实话，不要讲故事。你为什么要在楼梯上惊叫？”

“是这样的，先生，我看见一个高大的人影，一身白袍——”

波洛举起食指用力摇了摇，打断了她的话。

“我不是说过了吗，不要跟我讲故事。我能掐会算，他吻了你，是不是？我指的是伦纳德·韦尔戴尔先生。”

“好吧，先生，你明白那是一种什么吻吧？”

“怪不得你要惊叫起来，”波洛善解人意地回答，“我能理解，黑斯廷斯也能——现在跟我说说发生了什么。”

“他跟在我后面上楼，一把抓住我就吻。我吓了一跳，就惊叫起来。如果我知道是他在后面，就不会叫了——但他动作像猫那样轻巧，我完全没有察觉他在身后。之后秘书先生出现了。伦纳德先生一溜烟上了楼。我能怎么说，尤其对秘书先生这样的年轻绅士——他这么温文尔雅！那还用说嘛，我只能瞎编一个鬼的故事。”

“我全明白了，”波洛眉开眼笑地说，“然后你就上楼去了你主人的房间，顺便问一下，哪间是她的？”

“先生，在走廊尽头，那个方向。”

“这么说就在书房上面。好的，小姐，你可以走了。下次可别再叫了。”

将她送出门后，波洛笑嘻嘻地回到房间。“这案子确实有意思，对吧，黑斯廷斯？我已经有些眉目了。你发现了什么？”

“伦纳德·韦尔戴尔在楼梯上做什么？我不喜欢这个年轻人，波洛。我敢说他就是个花花公子。”

“你说得对，我的朋友。”

“菲茨罗伊好像是个至诚君子。”

“阿洛韦勋爵替他打了保票。”

“然而他的态度有点——”

“是不是态度好得过分了？我也有这种感觉。另一方面，我们的朋友科纳德夫人绝非善类。”

“她的房间就在书房上面。”我边想边说，盯着波洛看他有什么反应。

他微笑着摇摇头。

“得了，我的朋友，我确实认为那位社交名媛不可能从烟囱里挤下来，或者从阳台上吊下来。”

他说话的时候，门开了，没想到，眼前快步走进房间的是朱丽叶·韦尔戴尔夫人。

“波洛先生，”她期期艾艾地说，“我能单独和您谈谈吗？”

“夫人，黑斯廷斯上尉就和我本人一样，你可以当着他的面想说什么就说什么，就像他不在场一样。请坐。”

她坐了下来，眼睛还盯着波洛。

“我不知道怎么说，很难启齿。您在调查这个案子，假如，假如文件被送回来，是不是就可以到此为止了？我的意思是，能不能就此罢手不再追究了？”

波洛凝视着她的眼睛。“夫人，我是不是可以这么理解，文件会回到我的手里——对吗？然后我将它们送交给阿洛韦勋爵，条件是他不要问我是从哪里找到的？”

她点点头。“我就是这个意思。但我必须得到保证此事不能声张。”

“我想阿洛韦勋爵并不想声张此事。”波洛严肃地说。

“这么说您同意了？”她急切地回应道。

“别着急，夫人，这取决于你需要多长时间才能将那些文件送到我手里。”

“分分钟就可以办到。”

波洛抬头看看钟。

“说得准确一些，几分钟？”

“比如，十分钟。”她轻声说道。

“我同意。夫人。”

她急忙走出房间。我吹了声口哨。

“黑斯廷斯，你能替我将这总结一下吗？”

“桥牌。”我清楚地回答。

“啊，你还记得海军上将先生的无心之语！你的记性真好啊，黑斯廷斯，我祝贺你。”

我们没再说下去，因为阿洛韦勋爵进来了，探询地看着波洛。

“波洛先生，有进展了吗？我想您对他们的询问没得到什么有用的答复吧。”

“哪里哪里，大人，那些回答富于启发性。我没必要再逗留了，若是您没意见，我想立刻回伦敦去。”

阿洛韦勋爵似乎有些不知所措。“可是……可是您发现什么了？您知道谁拿了图纸吗？”

“是的，大人，我知道。请告诉我，如果图纸被人匿名还给您，您可以不再追究吗？”

阿洛韦勋爵盯着他。“你是说得付酬金吗？”

“不用，大人，无条件归还。”

“当然可以，追回图纸是最重要的事。”阿洛韦勋爵慢慢说道。他有些迷惑，不知道事情是怎么发展到这一步的。

“既然如此，我郑重建议您这样做。只有您，海军上将和您的秘书知道图纸被盗的事，也只有你们三人需要知道图纸归还的事。我则是竭尽所能来帮您，这点请您放心——就将这个谜底交给我吧。您让我找回被盗的图纸我做到了，其余的事您就别问了。”他站起身，伸出手，“大人，很高兴见到您。我相信您，相信您对英国的忠诚。您会坚定不移地把握住国家前途的。”

“波洛先生，我向您保证我会对国家竭尽全力，这也许是优点，也许是缺点，但我相信自己能做到。”

“智力超群的人都是这样，我也是！”波洛大言不惭地说。

车很快开到了门边，阿洛韦勋爵再度热情起来，站在台阶上和我们道别。

“那是个非常优秀的人，黑斯廷斯。”车开动之后，波洛这么说，“他有头脑，有谋略，有权威。在英国重整旗鼓的艰难日子里，就需要这样坚强的人。”

“你说得都对，波洛——但朱丽叶夫人是怎么回事？她会直接将图纸交给阿洛韦吗？她发现你已经不辞而别了会怎么想呢？”

“黑斯廷斯，我问你个小问题。她和我说话的时候，为什么不立刻将图纸交给我呢？”

“她没带在身上。”

“正是。那么她去自己房里取要多长时间？或是到别墅里任何藏匿之地去取？你不需要回答，我会告诉你的，顶多两分半钟！可她要十分钟。为什么？显然她要从别人手上去取，需要和那人说明情况甚至需要说服那人，直到人家同意交出来。那人会是谁呢？显然不是科纳德夫人，而是她自己的家人，丈夫或是儿子。能是哪一个呢？伦纳德·韦尔戴尔说他回去就直接上床了，我们知道那不是真的。假设他母亲去了他的房间，发现里面没人；假设她下楼来找，心里又疑惑又害怕——她知道自己的儿子不是什么好东西！她没有找到他，但后来听到他否认曾经离开房间，立刻就推断出他是那个贼。因此她跑来见我。”

“但是，我的朋友，我们了解的一些情况朱丽叶夫人是不知道的。我们知道她儿子当时不可能在书房，因为他正在楼梯上和漂亮的法国女佣调情。虽然她懵然不知，但伦纳德·韦尔戴尔有不在现场的证据。”

“那么，到底是谁偷了图纸？好像所有人都解除了嫌疑——朱丽叶夫人，她的儿子，科纳德夫人，法国女佣——”

“正是，用你的小灰色细胞好好想想，我的朋友，答案就在你眼皮底下。”

那我也看不出来，只好摇头。

“你再动动脑子，答案就呼之欲出了。好吧，请注意，菲茨罗伊离开书房，将图纸留在桌上。几分钟之后阿洛韦勋爵进了房间，走到桌边，然后图纸就失踪了。只有两种可能，要么是菲茨罗伊没有将图纸留在桌上，而是放进了自己的口袋——但那不符合逻辑，正像阿洛韦指出的那样，他有大把机会可以将图纸描摹下来；要么是阿洛韦勋爵走到桌边时，图纸就在桌上——之后的失踪意味着图纸进了他的口袋。”

“阿洛韦勋爵是小偷！”我大惊失色，“那是为什么？为什么呢？”

“你不是跟我说过他过去发生过一起丑闻吗？据你所知，他被宣告清白无罪。但万一那事情有几分真实呢？在英国社会中，丑闻就是重磅炸弹，如果有人重翻旧账，把陈谷子烂芝麻都抖露出来，而且内容相当不堪的话——他就要与他如日中天的政坛事业挥手告别了。我们可以推测他受人要挟，不曝光的代价就是潜艇图纸。”

“那勋爵不成了十恶不赦的叛徒吗？”我失声喊道。

“噢，不，他不是那种人。他这人思维缜密，足智多谋。我们可以想象，他会将那些图纸复制一份。作为专业的工程师，他会在很多关键细节上虚晃一枪，做出的图纸几可乱真，但实际上差之毫厘谬之千里。他将伪图交给了要挟他的敌方间谍——我想是科纳德夫人；为了保证这出戏真实可信，还要做出图纸被盗的假象。他谎称说看见一个人影从落地窗出去，目的是不让别墅里的人受到怀疑，没想到老顽固海军上将坚称那是无稽之谈。他只好极力保护他的秘书菲茨罗伊不要受到猜疑。”

“这都是你的猜测吧，波洛。”我颇不以为然。

“这是心理学，我的朋友。一个能交出真图纸的人用不着小心翼翼地保护无辜的人受牵连。此外，他为什么还瞻前顾后，生怕科纳德夫人知道图纸被盗的细节呢？因为今晚早些时候他就将伪图交给她了，生怕她意识到图纸的被盗是在那之后发生的。”

“很难说你的猜测是不是正确。”我半信半疑地说。

“那是无可置疑的。我和阿洛韦说话的时候，就像两个智力超群的人在对话——彼此都心知肚明，对对方话里的意思心领神会。以后你就明白了。”

有件事倒确实不是凭空想象的。当阿洛韦勋爵成为首相的那一天，波洛收到了一张支票和一张署名相片。相片上题了这样的话：

赠给我谨慎的朋友赫尔克里·波洛

阿洛韦

我相信Z型潜艇的建造成功让海军扬眉吐气，人们说它使现代海战发生了质的变化。我也听说某个强国试图制造同样的潜艇，结果却令人沮丧。尽管如此，我依然认为波洛办的这个案子完全是靠猜测。这也算是他的风格吧。

第三层套间疑案

“真是烦死了！”帕特气哼哼地说，一边在她称为晚用手袋的丝质小包里面翻找着。越找不到，她就越急躁。

两位年轻男子和另一个女孩站在旁边替她着急，他们都被关在帕特里夏·加尼特紧闭的房门之外。

“完了，”帕特说，“找不到钥匙，我们怎么进去呢？”

“生活中如果没有钥匙这种东西会怎么样呢？”吉米·福克纳试图缓和气氛。

这位年轻人个子不高，肩膀宽宽的，一对蓝眼睛透着柔和的目光，显得性情很温和。

帕特生气地冲他说：“开什么玩笑，吉米，这有什么好笑的。”

“再找找，帕特，”多诺万·贝利说，“肯定能找到。”

他说起话来懒洋洋的，声音悦耳，与他那肤色浅黑的瘦削身材倒很搭配。

“出门时你带钥匙了吗？”另一个女孩米尔德里德·霍普问。

“那还用说，”帕特说，“我觉得给过你们谁。”她转向两个小伙子，兴师问罪道：“我让多诺万帮我拿过来的。”

但谁也不愿意当替罪羊。多诺万矢口否认有这回事，吉米也随声附和。

“我看见是你自己把钥匙放进包里的，亲眼看见的。”吉米说。

“那就是你们谁替我捡起小包的时候掉出来了，以前我也发生过一两次这样的事。”

“一两次吗？”多诺万说，“你至少掉过十几次，另外你还总是把钥匙落在各种地方。”

“为什么别的东西不容易掉出来呢？”吉米说。

“说那些没用，我们最好想想怎么才能进门。”米尔德里德提醒大家。她头脑清楚，不会跑题，只不过不像娇纵任性的帕特那么富有魅力。

四个人对着锁住的门一筹莫展。

“公寓管理员能帮上忙吗？”吉米在想办法，“他有没有能打开所有房门的万能钥匙之类的。”

帕特摇摇头，总共只有两把钥匙，一把挂在里面的厨房墙上，一把在——或者说应该在——那万恶的晚用手袋里。

“要是公寓在一层就好了，”帕特只会哀叹，“可以打破窗户进去。多诺万，你做一次小飞侠好吗？”

对此提议，多诺万敬谢不敏。

“爬到四层确实不容易。”吉米说。

“找找安全出口？”多诺万又想出个主意。

“没有安全出口。”

“应该有，”吉米说，“五层的公寓应该设计有安全出口的。”

“这里肯定没有，”帕特说，“甭管应该有什么设施，反正现在都没有，说也没用。我到底怎么才能进屋呢？”

“有没有这样的设施，”多诺万说，“用来让小贩往楼上送蔬菜肉类什么的？”

“提升梯吗？”帕特说，“嗯，有一个，但那只是钢丝和吊篮做成的。噢，等一下，运煤电梯怎么样？”

“那是个办法。”

米尔德里德的质疑令人沮丧。“厨房那扇门会锁住的，”她说，“我的意思是，帕特会从厨房里面锁上这道门。”

这个质疑立刻遭到别人反对。

“你可别这么说。”多诺万说。

“帕特厨房的那道门是不会锁的，”吉米说，“帕特从来不会锁上门或者插上门。”

“我想是没插上，”帕特说，“今天早上我还从那里拿了垃圾箱，我记得很清楚，那之后就没插上门，也没有再走近过那道门。”

“好了，”多诺万说，“你没插门这件事今晚自然是个好消息，不过小帕特，我还是想提醒你，这种马虎的习惯很不好，任何一天晚上都会有贼人——我说的不是小飞侠——溜进来为非作歹的。”

帕特拿他的话当作耳旁风，只是高喊一声“快来！”就带头从四层楼梯上奔下去，其他人紧随其后。帕特领他们穿过阴暗的地下室，里面放满了手推童车；再穿过一道门就是公寓的楼梯井道。他们来到右边的电梯，那里面有个垃圾箱。多诺万搬开垃圾箱，小心地跨上电梯站在原来垃圾箱的位置。他厌恶地皱起眉头，“够臭的，”他说，“那还能怎么办呢？我是一个人去冒险，还是有谁陪我去？”

“我跟你一块儿去。”吉米自告奋勇。

他跨上电梯站在多诺万的身边。

“我想这电梯受得了我的体重吧。”他有点担心。

“你不可能比一吨煤还重。”帕特说，但就是随口一说，其实心里完全没底。

“是不是受得了我们的体重，很快就能知道了。”多诺万显得很开心，开始用力拉绳子。电梯吱吱嘎嘎地上升，很快就消失在下面两个女孩的视线里。

“这东西动静太大，”当他们在黑暗中慢慢上行时，吉米这样说，“公寓里其他人会怎么想？”

“他们会以为是鬼怪或窃贼，”多诺万说，“这绳子拉起来很费劲，没想到，当费里尔斯公寓的管理员会这么辛苦。我说，吉米伙计，你有没有数楼层？”

“噢，天啦！我忘记数了。”

“算了，没关系，我一直在数。我们现在经过的是三层，再上一层就到了。”

“我想，”吉米怨天尤人地说，“帕特可别真的把门给插上了。”

他的担心是杞人忧天，那道门一推就开了。多诺万和吉米跨出电梯，走进帕特漆黑一团的厨房。

“这么黑，我们得有个手电筒才行。”多诺万大声说，“帕特就喜欢把东西放在地上，如果没开灯，那些盆盆罐罐就损失惨重了。吉米，你站着别动，我去把灯打开。”

他小心翼翼地摸索着前进，不小心肋骨撞到了桌角，他痛得直叫“娘的”。他摸到了电灯开关，随后，黑暗中又传来一声“娘的”。

“怎么了？”吉米问。

“灯不亮，我想是灯泡坏了。等等，我去把客厅的灯打开。”

过道那边就是客厅，吉米听见多诺万走了进去。过了会儿，他又听见新的咒骂声，于是干脆自己倍加小心地慢慢穿过厨房走过去。

"到底怎么了？"

"我也不知道，这屋子稀奇古怪就跟中了邪一样，所有东西都没在原处，桌椅板凳东一个西一个的。噢，见鬼！这儿又是一个！"

但这时吉米幸运地找到了电灯开关。灯光下，两个年轻人面面相觑，震惊得说不出话来。

这间屋子不是帕特的客厅，他们进错了公寓。

这间屋子里的家具比帕特那里要多得多，所以多诺万会莫名其妙地在桌椅间跌跌撞撞。屋子中间有张大圆桌，覆盖着厚厚的呢面台布，窗台上放着一盆花。两个年轻人觉得很难向房主人解释自己不请自来的唐突行为。惊恐中，他们看到桌子上面放着一叠邮件。

"欧内斯廷·格兰特夫人，"多诺万拿起一封信低声念道，"哎呀，老天，她会不会听到我们进来？"

"要是没听到就见鬼了，"吉米说，"你叮叮当当一路撞着家具过来，还大喊大叫地骂人。得了吧，看在上帝的份上，我们赶紧离开这儿！"

他们匆忙关上灯，循着原路回到电梯上。直到电梯重新开始启动，没人追杀过来，吉米才松了口气。

"我喜欢女人睡觉沉，"他庆幸地说，"欧内斯廷·格兰特夫人就有这个特点。"

"我现在明白了，"多诺万说，"我是说我们为什么走错楼层，在楼梯井道那里，我是从地下室开始计数的。"

他用力扯着绳子，电梯飞速上升。"这次就不会弄错了。"他说。

"谢天谢地，"吉米跨出电梯，走进黑暗中，一边说，"再这么来一次我就要崩溃了。”

他无须崩溃，随着一声咔嗒，灯光大亮，眼前就是他们熟悉的帕特的厨房。片刻之后，他们打开前门，让等在外面的女孩进来。

“怎么用了这么长时间，”帕特抱怨说，“我和米尔德里德在外面都等急了。”

“哎呀，好险好险，”多诺万说，“我们差点被当作溜门撬锁的小贼逮到警察局。”

帕特走进客厅，打开灯，将丝质小包扔到沙发上，兴致勃勃地听多诺万讲述历险记。

“幸好她没抓住你，”她听后发表感想，“我想那个老家伙肯定很不好说话。今天早上她给我留了个便条——说有时间想见见我——估计是要发发牢骚。可能是抱怨我弹钢琴吧。我认为不喜欢有人在楼上弹琴的人根本就不该住公寓。喂，多诺万，你的手受伤了吧，怎么全是血，快去用水冲洗一下。”

多诺万惊讶地低头看看手，听话地走出去，很快就听见他在喊吉米。

吉米急忙跑过去。“哎，怎么回事，是不是伤得很重？”

“哪里，我根本没受伤。”

多诺万的声音很古怪，吉米惊讶地看着他。多诺万举起已经冲洗干净的手让吉米看，手上没有任何破口。

“真是怪了，”他皱着眉头，“刚才手上有那么多血，血是从哪里来的？”他突然意识到什么，而他的朋友比他反应更快。“我的老天！”他说，“血一定是在楼下那套房间里沾上的。”他停下来，考虑了一下是不是还有别的可能性。“确实是血吗？”他说，“会不会是油漆？”

多诺万摇摇头，“是血，没错。”他说着哆嗦了一下。

他俩面面相觑，脑子里转着同样的念头，还是吉米先说了出来。

“你看，”他惴惴不安地说，“我们是不是应该……嗯……那个……再下去一次……呃……再去看看，看看是不是发生了什么事。你说呢？”

“那女孩子们呢？”

“别告诉她们。帕特正要系上围裙给我们煎蛋饼，等她们做好吃的找我们吃东西时，我们已经回来了。”

“那好吧，赶紧去，”多诺万说道，“去看看也好，应该没什么大不了的事。”

他虽然这么说，但畏畏缩缩的。他们开动电梯，到了下一层。这次他们很顺利地穿过厨房，再次打开客厅的灯。

“我一定是在这里沾上血的，”多诺万说，“我没碰过厨房里的东西。”

他东张西望，吉米也四处打量，两人都有些紧张。房间里家具虽多，但很整洁，很正常，看不出有什么暴力流血事件发生过。

突然吉米惊跳起来，抓住同伴的手臂。

“你看！”

多诺万顺着他手指之处看去，也不禁惊叫起来。厚重的红色窗帘后面露出一只脚，是只女人的脚，脚上穿着敞口漆皮鞋。

吉米走过去猛地拉开窗帘，在窗户凸出去的地方，有个女人缩成一团躺在地上，身边有摊黏稠的深色液体。毫无疑问，她已经死了。吉米俯身想扶她起来，多诺万制止了他。

“别动。警察来之前，不要碰她。”

"警察？哦，是的。哎呀，多诺万，这太恐怖了。这人是谁？欧内斯廷·格兰特夫人吗？"

"可能是吧，谁知道呢，如果屋里还有别人，那怎么一点动静都没有。"

"现在我们该怎么办？"吉米问，"跑出去叫警察，还是去帕特房里打电话？"

"还是打电话吧，能快点。我们从前门出去吧，不能一晚上都用那个臭烘烘的电梯上上下下。"

吉米点头同意。走到门边，他迟疑着说："喂，我们是不是应该在这里留个人，看着现场，等警察来？"

"你说得对。那你留下来，我上楼去打电话。"

他飞快跑上楼梯，按响门铃。帕特打开门，她系着围裙，脸色红润，显得格外漂亮。她惊奇地瞪大眼睛。"是你呀？怎么了，多诺万，出什么事了吗？"

他将她的双手握在自己掌心里。"没事的，帕特，只是我们楼下那套房间里出了点麻烦，有个女人在屋里——死了。"

"喔！"她吸了口气，"太可怕了。她是昏倒了，还是怎么了？"

"都不是，我觉得，嗯，像是被人杀了。"

"噢，多诺万！"

"我知道你的感觉，太可怕了。"

她的手还放在他掌心里，并没有抽出来的意思，甚至还向他靠近了一些。哦，亲爱的帕特——他是多么爱这个女孩啊，她对他就无动于衷吗？他时而觉得她喜欢自己，时而又担心她喜欢吉米·福克纳，想到吉米还在楼下耐心地等着警察，他有些歉疚。

"帕特，亲爱的，我们得给警察打电话。"

“先生说得对。”他身后有个声音说，“在等警察的时候，也许我能够帮点小忙。”

他们一直站在门厅里说话，现在两人朝门外望去，一个人正从不远的楼梯上往下走，很快就走到他们门前。

他们站在那里奇怪地盯着这个蛋形脑瓜的小个子男人，他留着奇特的小胡子，穿着华丽的睡衣和绣花拖鞋。现在，他殷勤地向帕特里夏鞠了一躬。

“小姐！”他说，“或许你不知道，我是住在上面公寓的房客。我喜欢住得高一点，好观赏伦敦的风光。我以奥康纳先生的名字住在这个公寓，但我并不是爱尔兰人。我还有一个名字，那就是我为什么自告奋勇为您效劳的原因。请允许我——”

他动作夸张地掏出一张名片，递给了帕特。她看了看。“赫尔克里·波洛先生。哎呀，”她惊呼起来，“你就是那位波洛先生吗！那个有名的大侦探？你真的愿意帮忙？”

“我求之不得，小姐。刚才那会儿，我差点就过来帮忙了。”

帕特没听明白。

“我听你们在讨论怎么打开房门。那正是我擅长的，替你们开门，不过是举手之劳。我犹豫的是，如果那样做，你会对我起疑心。所以我没敢说。”

帕特笑了起来。

“好了，先生，”波洛转向多诺万，“进去吧。请你给警察打电话，我到楼下那套房间去看看。”

帕特陪他一起下去。吉米正在看守现场，帕特向他说明了波洛的身份。吉米也向波洛叙述了他和多诺万的冒险经历，侦探听得很认真。

“你是说通往电梯的门没插上，你们进了厨房，但灯不亮？”

他边说边走进厨房，伸手按下开关，灯亮了。

“这就怪了！”他说，“灯的开关完全正常。嘘——”他竖起一只手指要大家别作声，他们静静地谛听着。沉寂中大家都捕捉到一个细微的声音——不难辨认，是打鼾的声音。“嗯哼，”波洛说，“是这家的用人。”

他轻手轻脚地穿过厨房走进食品储藏室，里面还有一个门。他打开门，打开灯。这间屋子像狗窝一样狭小，符合公寓设计者的如意算盘，刚好能够容下而且仅能容下一个人。房间面积几乎被床占满了，有个女孩仰卧在床上睡得正酣，脸色红红的，嘴巴张开，发出那种沉睡的鼾声。

波洛关上灯退出房间。

“她不会醒的，”他说，“让她接着睡吧，等警察来了再说。”

他回到客厅，这时多诺万已经来了。

“他们说警察很快就到，”他气喘吁吁地说，“我们不能碰任何东西。”

波洛点点头。“我们什么都不会碰的，”他说道，“就是看看而已。”

他进了屋，米尔德里德也和多诺万一块儿下来，这四个年轻人站在门厅里，紧张而兴奋地注视着他。

“我还没弄明白，先生，你看，”多诺万说道，“我没有走近过窗户，我的手上怎么会有血呢？”

“小伙子，这很容易解释。桌布是什么颜色的？红的，对不对？显然，你把手放到过桌子上。”

“不错，我是摸过桌子。是那里——”他停了下来。

波洛点点头，他俯身桌面仔细查看，指出红色桌布上的一块深色区域。

“谋杀就发生在这里，”他严肃地说，“尸体是后来移到窗户那里的。”

他站起身来，目光慢慢扫过房间。他静静地站在那里，没有接触任何东西，但身边的四个人都感到他目光如炬，在他的注视下，屋里的任何秘密都无所遁形。

赫尔克里·波洛点点头，似乎表示“原来如此”。他轻吁一声说：“我明白了。”

“你明白什么了？”多诺万好奇地问。

“我明白的是，”波洛说，“当然你们也会感觉到，这屋里的家具满满当当的。”

多诺万苦笑一声。“可不是，当时把我撞得不轻。”他承认道，“这屋里的摆设和帕特屋里完全不同，我都弄糊涂了。”

“不是所有的东西都不同。”波洛说道。

多诺万探究地望着他。

“我的意思是，”波洛略带歉意地补充说，“有些东西是固定不变的。比如公寓楼里的某些设施，门、窗、壁炉什么的，不管哪个楼层，它们都安装在屋里的同一个地方。”

“多诺万没说错，干吗这么吹毛求疵？”米尔德里德问，有点不高兴地看看波洛。

“说话一定要准确无误，那是我的——怎么说呢——我的风格。”

楼梯上传来杂乱的脚步声，三个人走了进来，一个是警督，一个是警士，还有一个是警察分局的法医。警督认出波洛，恭敬地跟他打了个招呼，然后转身对其他人说：“你们每个人都得提交一份报告，”他开始打官腔，“但首先要——”

波洛打断了他。“我有个不情之请，我们要先回楼上房间，这位小姐有事要做，她要为我们做煎蛋饼，而我，特别喜欢吃煎蛋饼。而你，警督先生，你办完这里的事，就可以上楼去，爱问什么问题就问什么问题。”

事情就这么定了，波洛和年轻人一起回到楼上。

“波洛先生，”帕特说，“你太好了，你会吃到美味煎蛋饼的。煎蛋饼是我的拿手菜。”

“你真好，小姐。以前，我爱过一位年轻美丽的英国女孩，她特别像你，可惜不会做菜。不然的话，可能还会有个皆大欢喜的结局。”

他的话音里透着些许悲伤，吉米·福克纳不禁好奇地看着他。

大家一进屋，波洛就开始插科打诨，花样百出，逗人发笑，令人不再想起楼下发生的可怕悲剧。

再听到赖斯警督的脚步声时，房间里的人已经享用完那令人赞不绝口的煎蛋饼。陪着警督进来的是法医，警士留在楼下。

“嗨，波洛先生，”他说，“我们已经搞清楚是怎么回事了，对这种案子你是不会感兴趣的，虽然我们要抓住那作案凶手也得费点劲。我找你们只是想听听尸体是怎么发现的？”

多诺万和吉米你一言我一语地把事情经过重述了一遍。警督转向帕特，语带责备地说：“你怎能不插上那道货梯门，小姐，你太大意了。”

“以后不会了，”帕特说，害怕得哆嗦了一下，“没准有人会从那里进来杀了我，就像杀楼下那可怜的女人一样。”

“嗯，不过他们并不是从货梯进来的。”警督说道。

“你能告诉我们发现了什么吗？”波洛说。

“我不确定是不是应该说，不过看在你的面子上，波洛先生——”

“你放心，”波洛说道．“这些年轻人——他们会三缄其口的。”

“反正报纸很快就会报道这个案子，”警督说，“本来也没有什么不得了的秘密。嗯，死者是格兰特夫人，我让大楼管理员来辨认了，是个年约三十五岁的女人。她当时正坐在桌边，被一把小口径手枪打死，凶手可能是坐在她对面的什么人。她中枪后朝前倒去，所以桌布上沾染到血迹。”

“没人听到枪声吗？”米尔德里德问。

“枪上装了消音器，所以没发出多大声音。顺便问一下，刚才我们告诉女佣她的主人死了，你听见她尖叫了吗？没听到吧。所以不会有人听见动静的。”

“女佣怎么说的？”波洛问道。

“今天晚上她出去了，大约晚上十点钟回来的。她带着钥匙，进门后发现屋里很安静，她以为主人已经睡了。”

“那么，她没有去客厅看看？”

“去过，她把晚上送来的邮件拿到客厅，并没有发现什么异常，就像福克纳先生和贝利先生一样。你知道，凶手已经将尸体藏在窗帘后面，现场处理得很干净利落。”

“你不觉得他这么做很蹊跷吗？”

波洛轻轻地说，声音里有些什么不同寻常的东西引起了警督注意。

“也许他怕被人发现，好多点时间逃跑。”

“或许，可能。你接着说。”

“女佣是下午五点出去的。法医认为死亡时间大约在……在四五个小时之前。是这样的吧？”

伴随他的法医是个惜字如金的人，他没说话，只是点头默认。

“现在是十一点四十五分，案发时间，我想，可以确定在一个很小的范围内。”

他掏出一张皱皱巴巴的纸。

“这是我们在死者衣袋里发现的。你不用这么小心，上面没有指纹。”

波洛展开纸，纸上有一行很小的字，用规规矩矩的大写字母写着：

今晚七点半我来看你。

J.F

“把这个留在现场也不怕暴露身份。”波洛随口评论着将纸条递回去。

“嗯，他没想到她会放在口袋里，”警督说，“可能觉得她会随手撕掉，尽管有证据表明他是个小心谨慎的人。我们在她身底下找到了作案工具，那支枪上也没有指纹，已经被丝绸手绢擦干净了。”

波洛说：“你怎么知道是丝绸手绢？”

“因为我们找到了，”警督不无得意地说，“就在窗帘下面，一定是他拉窗帘时不小心失落的。”

他递过来一条质地很好的白色丝质大手绢，无须警督指点，波洛一眼就看到手绢正中的标识。标识清晰可辨，波洛念了出来：“约翰·弗雷瑟。”

“不错，”警督说，“约翰·弗雷瑟，便条里缩写为J.F，应该就是我们要找的人。我肯定，如果我们对死者做更多的调查，就会找到与她有关的各种人，然后顺藤摸瓜地查到凶手。”

“这个嘛，我不敢肯定。”波洛说，“亲爱的警督，我觉得你很难查到此人的下落。这位约翰·弗雷瑟行为古怪，你说他粗心大意吧，他会细心地用手绢擦干净枪上的指纹；你说他小心谨慎吧，他又用了一条带有标识的手绢，并把这条手绢落在作案现场，更奇怪的是，他没有拿走那张可以用作罪证的便条。

“那说明他当时很慌乱，肯定很慌乱。”警督说。

“也许吧，”波洛说，“是有这种可能性。不过并没有人见到他进入公寓。”

“这幢公寓楼很大，总是人来人往。”他问四个年轻人，“我想你们都没看见有人从公寓出来吧？”

帕特摇摇头。“我们外出比较早，差不多七点钟的时候就走了。”

“我知道了。”警督站起身，波洛陪他走到门口。

“有个小请求，我可以查看一下楼下那个套间吗？”

“还要查看？没问题，波洛先生。我知道总部的人对你评价甚高。我给你留把钥匙，我还有另外一把。那套房间里没有人。女佣搬到亲戚家去住了，她不敢一个人留在那里。”

“谢谢你啦。”波洛先生说。他回到房间时，还在思考着什么。

“波洛先生，您对警督做出的结论不满意，是吗？”吉米说。

“是的，”波洛说，“我不满意。”

多诺万好奇地看他一眼，“嗯，你觉得有什么地方不妥呢？”

波洛没有回答。他沉思默想了一会儿，然后不耐烦地耸耸肩膀。

“小姐，我要告辞了。你一直在厨房里做饭，一定很累了，是不是？”

帕特笑了笑，“我只做了煎蛋饼，并没有做晚餐。之前多诺万和吉米来找我们，一起去了索霍区的餐馆吃晚饭。”

“吃完饭你们肯定去看戏了，是吗？”

“是的。戏的名字叫《卡罗琳的蓝眼睛》。”

“哦，”波洛道，“总是蓝眼睛——小姐的蓝眼睛。”

他做了个情意绵绵的手势，又一次向帕特道了晚安，也向米尔德里德道了晚安。米尔德里德应帕特的要求准备留下来陪她过夜，帕特坦言相告说，如果今天晚上她独自在家会吓坏的。

两个小伙子陪着波洛出来。门关上后，他们站在门口准备向波洛道晚安，但没等他们开口，波洛就说：“小伙子们，你们刚才听见我说对警督的调查不满意了，是吧？我确实不满意。现在我要自己去调查一番，你们愿意陪我去吗？”

对于波洛的提议，两人都迫不及待地表示同意。波洛领着他们走到楼下的套间，将警督给的钥匙插进锁里。进去后，两个年轻人以为他要去客厅，没想到他直奔厨房。在洗涤槽旁边有个铁质垃圾箱，波洛打开箱盖，弯下腰在里面东翻西看地找什么东西。

吉米和多诺万诧异地望着他翻找。

突然，他开心地一声喊，直起身来，手里高擎着一个瓶子，那是个有塞子的瓶子。

“快看！”他说，“这就是我要找的东西。”他倍加小心地嗅了嗅瓶子，“哎呀！我感冒了。”

多诺万从他手里接过瓶子，嗅了嗅，没闻出什么气味。他打开塞子，波洛还来不及警告，他就将瓶子凑近鼻孔，顷刻就像木头般栽倒在地。波洛跳过去扶了他一把，这才没让他摔得太重。

“这个笨蛋，”他喊道，“想什么呢，这么莽撞，打开瓶塞就闻，难道他没看到我是多么小心吗？福克纳先生，我说得对吧？能劳驾你帮我弄点白兰地来吗？我看见客厅有一个细颈酒瓶。”

吉米赶忙去拿白兰地。等他回来时，多诺万已经坐起身，说自己已然没事，不过他还得洗耳恭听波洛的一番教训，说对有可能是毒物的东西要特别小心，不能随便乱嗅。

“如果这儿没什么事的话，我觉得该回家了。”多诺万虚弱地站起身，有气无力地说，“我有点站立不稳。”

“没问题，”波洛说，“你最好还是赶紧回家。福克纳先生，请你在这里等我一会儿，我马上回来。”

他陪着多诺万走到门口，又走出门外，在外面的楼梯平台上谈了一会儿。波洛回到公寓时，发现吉米站在客厅里，正用疑惑的眼光盯着他看。

“嗯，波洛先生，”他说，“我们下面要做什么？”

“不做什么，案子已经破了。”

“什么？”

“我现在对案情已经一清二楚。”

吉米瞪大眼睛。“就因为你发现了那个小瓶子？”

“不错，就是那只小瓶子。”

吉米摇摇头。“我实在没弄懂是怎么回事。我看得出来，不知道为什么，你对证明约翰·弗雷瑟有罪的证据颇为不满，不管这人是谁。”

“不管这人是谁，”波洛轻声重复道，“假如真有这么个人的话，我倒是很奇怪。”

“我不明白你的意思。”

“他就是个虚名，一个被人仔细标识在手绢上的虚名，仅此而已！”

“还有张便条呢？”

“你有没有注意到便条不是用打字机打出来的？为什么不打出来，我告诉你吧。手写的字迹的确可能被人辨认出来，但打出的字母比人们以为的更容易查考。如果真有什么约翰·弗雷瑟写了那张便条，他不会不注意到以上两点。所以，便条是故意手写，并且放在死者口袋里，好让我们及时发现。实际上，并没有约翰·弗雷瑟这么个人。”

吉米探询地看着他，期待下文。

“顺理成章地，”波洛继续道，“我再联想起最初引起我怀疑的那个情况。我说过公寓里相同房间的某些东西总是安装在同样的地方，我当时举了三个例子，其实还有第四个，就是电灯开关，明白了吗，朋友？”

吉米还是没听明白，波洛只好继续说：“你的朋友多诺万没有走近窗户，他是把手放在桌布上沾到血的！那么问题来了——他为什么要把手放在桌布上？他在伸手不见五指的屋子里到处摸索什么？你知道的，电灯开关总是在同样的地方——门边。那么他进屋后，为什么不立刻摸到开关开灯呢？那不是最本能最自然的行为吗？据他说，他想开灯但灯不亮。可是我去试的时候立刻就亮了，开关没有坏，灯泡也没问题。他是不是不想让灯亮起来呢？灯一亮，你们不是立刻就会发现自己走错了门，那还有什么理由进客厅呢？”

“你到底想说什么，波洛先生？我不明白，你到底是什么意思呀？”

“我的意思是——这个。”

波洛手里亮出一把耶尔门锁的钥匙。

“是这套房间的钥匙吗？”

“不是，我的朋友，是上面那套房间的钥匙，是帕特里夏小姐的钥匙。晚上多诺万·贝利先生从她包里偷走的钥匙。”

“偷走！为什么偷走？”

“那还用说，为了达到他预想的目的，造成某种情势，可以顺理成章地进入这套房间。今晚早些时候，他已经打开了这套房间通往货梯的门。”

“你从哪里得到的钥匙？”

波洛笑得更加灿烂。“就在我刚才搜摸的地方——多诺万先生的衣袋里。明白了吧？我虚张声势找到的那个小瓶子是个幌子。多诺万先生上当了，正像我预料的那样，他不明就里地打开塞子吸了一口，立刻就被麻倒。瓶子里装着氯乙烷，是种很厉害的速效麻醉剂。我就需要他这片刻的失去知觉，趁机掏了掏他的衣袋，找到我确信他会放在那里的两件东西。其中之一就是这把钥匙，还有一个——”

他停了一下，重新开了个头。“为什么要把尸体藏在窗帘后面？警督说的那个理由不太令人信服。为了争取逃跑的时间？没这么简单，一定另有原因。我注意到一件事情——桌上放着邮件。晚上的邮件是九点半左右到，如果凶手在杀人时没有发现他要找的东西——比如一封信，那么东西有可能会和晚班邮件一起送到，所以他还得再回来一趟。考虑到不能让女佣回来时发现尸体——因为如果她报了警，警察就会来——于是只好将尸体藏在窗帘后面。女佣没察觉到异常，像往常一样把信件放在了桌上。”

“信件？”

“不错，是信件。”波洛从自己衣袋里掏出件东西，

“这是多诺万先生失去知觉的时候，我从他衣袋里得到的第二件东西。”他展示了信件上的姓名地址，打印的信封上写明寄

给欧内斯廷·格兰特夫人。

“在我们看信之前，我要先问你一件事。福克纳先生，你爱还是不爱帕特里夏小姐？”

“我很喜欢她——但我一直觉得自己没有机会。”

“你觉得她喜欢多诺万先生，是不是？她有可能刚开始喜欢他——只是开始而已。我的朋友，你要让她忘掉他，就要在她遇到麻烦的时候帮助她。”

“她有麻烦？”吉米突然提高嗓门。

“不错，是有麻烦。我们要尽最大努力不让她牵涉进去，当然，让她完全置身事外也不太可能。你要明白，她是别人作案的动机。”

他打开信封，掉出一个附件，信是一个律师事务所写来的，内容只有几句：

亲爱的夫人：

您所附文件符合规定，即使结婚地点在国外也无法使之无效。

谨上

波洛将附件展开，这是多诺万·贝利和欧内斯廷·格兰特的结婚证书，签署日期是八年前。

“哦，我的天！”吉米说，“帕特说这女子留了封信约她面谈，她绝对想不到会是这么重要的事情。”

波洛点点头。“多诺万一定是得知了此事，在今晚去找楼上的帕特里夏小姐之前，他先到了他妻子这里。顺便说一句，这个倒霉的女人居然与情敌住在同一所公寓里，真是个黑色幽默。他无情地要了她的命，自己又外出和你们吃喝玩乐了一晚。他妻子肯定告诉他，她已经把结婚证书寄给律师，很快就会收到回信。显然，他曾经骗她说他们的婚姻证书有问题，从法律上讲，这段婚姻关系不算数。”

“今天晚上，他好像一直兴致很高。波洛先生，你不会让他逃了吧？”吉米有点紧张。

“他逃不了的，”波洛严肃地说，“这点你无须担心。”

“我现在最担心的是帕特，”吉米说，“你认为——嗯，她心里真的有我吗？”

“我的朋友，那是你的事，”波洛温和地说，“让她觉得你这人可以依靠，让她淡忘这个案子，这应该不算太难吧。”

双重罪恶

我去波洛房间里找他，发现他近来忙得昏天黑地，已经快崩溃了，这让我很为他不值。

他现在声名大噪，享誉四方，以至那些贵妇人什么首饰不见了，宠物猫跑丢了这些鸡毛蒜皮的破事，都跑来找大侦探波洛帮忙。我这位老友既有佛兰芒人珍惜一针一线的传统品质，又像艺术家一样容易激动，常常一时冲动之下接受人家委托，过后办案时又觉得索然无味。而对他感兴趣的案子，即使分文不取他也乐于接受，用心调查。这样一来，他把自己搞得焦头烂额，疲于奔命，自己也觉得太辛苦。因此，当我劝他和我一起去著名的南方海滨胜地埃伯茅斯度假一周的时候，他欣然从命。

我们在海边过了四天轻松愉快的日子。第五天，波洛手里拿着一封拆开的信来找我。

“你还记得约瑟夫 · 艾伦斯吗，那位剧院经纪人？”

我搜索了一下记忆，表示还记得。波洛交游广阔，从清洁工到公爵，三教九流无奇不有。

“是这样的，黑斯廷斯，约瑟夫 · 艾伦斯目前正在夏洛克海湾。他情绪恶劣，好像碰到点小麻烦，想请我过去帮帮他。这个嘛……嗯……我没法说不，他这人很仗义，过去帮过我很多忙。”

“如果你想去，那咱们就去吧！”我不置可否地说，“听说夏洛克海湾风景宜人，我正好也没去过。”

“这样我们既可以帮朋友忙又可以游玩一番啦！”波洛很高兴，“那么订火车票的事情就交给你啦？”

“估计还要转一两次车呢，”我苦着脸说，“你也知道在乡下搭乘火车有多么麻烦，有时候从德文郡南海岸到北海岸就要整整一天时间。”

其实没有我想象的那么麻烦，我去问了一下，人家说这个行程只需在埃克塞特换一次车，火车上的环境也很舒适。我急忙回去向波洛汇报。路过迅捷汽车公司售票处时，无意中看到告示牌上写着：

夏洛克海湾一日游，第二天早上八点三十分出发，一路观赏德文郡风景最佳之境。

我很感兴趣，就停下来打听细节，然后兴冲冲回到旅馆向波洛报告。没想到，波洛不领情，给我的兴奋兜头一瓢冷水。

“哎呀，亲爱的朋友，坐汽车有什么好？火车多好哇，你又不是不知道，不会爆胎，不会撞车，刮风下雨都不受影响，随便开窗关窗，没有我讨厌的穿堂风。”

我小心翼翼地表示，我喜欢坐汽车旅行是因为可以呼吸新鲜空气。

“要是下雨呢？你们英国的天气这么阴晴不定神出鬼没的。”

“下雨有顶棚，还有别的设施呀，根本淋不着。再说，如果雨下得太大，游览就取消了。”

“那么，最好下场大雨。”

“好吧，既然你这么不喜欢汽车旅行，那就……”

"不不不，亲爱的朋友，我知道你一定想坐汽车。好在我还带着大衣和两条围巾。"他无可奈何地叹口气，"我们在夏洛克海湾能有足够的时间办事游玩吗？"

"嗯，那我们就留在那里过夜，不跟着旅游车回来。他们的日程是，从达特穆尔那边绕过去，游览沿途风光，在蒙克汉普顿停下来吃午饭；大约下午四点到达夏洛克海湾，游玩一个小时，汽车五点启程返回，十点把我们送到家。"

"噢，他们是这么安排的，"波洛更加不屑，"就这样还有人买他的票？不过，既然我们不跟车返回，车票应该打折吧？"

"他们不会同意的。"

"那怎么可以？"

"得了吧，波洛，别这么斤斤计较，你又不缺钱。"

"这不是斤斤计较，这是在商言商，即使我是百万富翁，也不能花冤枉钱。"

不出我所料，波洛碰了一鼻子灰。迅捷汽车公司售票处卖票的那位先生根本不屑与他争辩，只是冷淡地让我们付全款买票，是不是随车返回是我们自己的事，与他无关。他还很气人地暗示说，如果我们不随车返回应该加收额外费用。白费了半天唇舌，波洛乖乖地掏钱付了全款。

"英国人，好像对钱都不在乎似的，"他嘀嘀咕咕地说，"你刚才看到旁边那个年轻人了吗？黑斯廷斯，他说只坐到蒙克汉普顿就下车，却还是付全款买了往返票。"

"我没看到，事实上——"

"事实上，你在看那位年轻漂亮的女士，她订了五号座，坐在我们旁边。没想到吧，我注意到你的眼光了。我还注意到，我要订十三、十四号票的时候，你赶紧挤进来抢着说'三号、四号更好’。其实我要的那两个座位在车子中部，最为安全稳妥。”

“你观察得真细，波洛。”我有点不好意思。

“棕色头发嘛，你总是喜欢棕发女人。”

“那又怎么样，看个年轻漂亮的女子总比看一个莫名其妙的男子要养眼吧。”

“那也不能一概而论，对我来说，那个年轻男子更有趣。”

波洛似乎话里有话。我扫了他一眼。“什么意思？有情况？”

“噢，不要这么激动，我看他有趣，只不过因为他脸上那胡髭实在修剪得太拙劣了。”波洛脉脉含情地抚摩着自己漂亮的胡髭，自言自语地说，“这是艺术，不是谁想留就能留的，留得不像样子还不如不留。唉，那些不精通其中门道又想留胡髭的人太不幸了。”

谁知道他是在一本正经抒发己见，还是在旁敲侧击讥笑别人？我懒得再搭理他。

第二天早上阳光明媚，晴空万里，正是出游的好天气。忧心忡忡的波洛把自己武装起来，除了最厚的西服，他还穿上羊毛背心和厚大衣，裹着两条围巾。此外，他还预先服了两片感冒药，又往包里放了两片。

我们随身携带着两个小手提箱，买票时注意到的女孩带了个小手提箱，那个被波洛认为胡髭有问题的年轻男子也带了一个小手提箱。车上没有别的行李，这四个箱子都放在司机旁边，我们各自落座。

波洛故意揶揄我说：“你不是特别喜欢新鲜空气吗？那你就坐靠外的三号座吧。”他自己坐四号座，挨着我们漂亮的芳邻。不过，他这人还是很仗义的。坐在六号座的男子有点举止不端让人难受，波洛就低声问那个女孩要不要和他换座位，她感激地同意了。这样她就坐在了我们当中，很快开始愉快地谈天说地起来。

她看上去很年轻，不超过十九岁，单纯得像个孩子，也像个孩子一样口无遮拦，我们很快就了解了她那点经历。她有个姑妈，在祖父去世后生活陷入困境，便用手头仅有的一点钱和祖父留给她的一屋子古玩开始做生意。姑妈的生意很好，在古玩界有了一定名气。玛丽·达兰特，也就是这个女孩，便来投靠姑妈，跟着姑妈学习和帮忙。她喜欢干这行，比看护小孩或陪伴老人要强多了。此次出门旅行好像是在替她的姑妈跑腿，她的姑妈在埃伯茅斯开了一家很有趣的古玩店。

波洛一副很有兴趣的表情听她说，不时还点点头。

“小姐一定会心想事成，没问题。”他先恭维了一下，然后说，“不过请你听我几句良言，就是对人不要毫无戒心，过于轻信。要知道，世界上有好人的地方就有坏人，我们这辆车里也是如此。所以小姐你最好小心一点。”

她似乎从未听人这么说话，有点不知所措。波洛更摆出智者的神态循循善诱地说：“好人坏人你是很难辨认出来的，你怎么知道，我不是个天字第一号的大坏蛋呢？”

看到女孩吃惊的神色，波洛显然暗暗得意。

在蒙克汉普顿全车人下车吃午饭。波洛三言两语搞定侍者，得到了一个靠窗的三人桌位。窗外的空场上停靠着二十多辆旅游大巴，从车牌号看来自全国各地。餐厅里座无虚席，谈话声此起彼伏。

“够热闹的，好像嘉年华。”我觉得很烦。

玛丽·达兰特也跟着说：“我们那里也是这样，本来埃伯茅斯夏天很美，现在到处都是人，走都走不动。我姑妈很怀念过去的日子。”

“人多好卖货呀，小姐。”

“那要看卖的是什么货。我们的货属于珍稀物品，不是那种大路货。我姑妈的主顾遍及全国，如果他们想要某种特别的东西，比如哪个年代的桌椅，或是古老的瓷器，就会写信告诉我姑妈。我姑妈会用心去找，功夫不负有心人，总会给她找到，就像这次一样。”

这次？我们很好奇，她就又多说了几句。美国有位鉴赏家小贝克·伍德先生，也收藏微型画。最近市场上出现了一套很有收藏价值的微型画，玛丽的姑妈伊丽莎白·佩恩买下这套画后，写信给伍德先生，对这套画进行描述并报了价。他很快回信，说如果这套画确实如她所述，他可以买下，但要求派人把画带到夏洛克海湾让他亲自验看。达兰特小姐就被派来执行这项任务。

她说：“这些画的确很好看，可是五百英镑，居然有人愿意出这么一大笔钱来买！据说因为是科斯韦创作的，嗯，是科斯韦吧？我不是很清楚这些名字。”

波洛笑嘻嘻地说：“那很自然，你不是刚刚才入行吗，小姐？”

玛丽有些沮丧，“嗯，我的经验很少，谁也不是生来就了解那些古老的东西。我还需要不断学习。”

她叹息了一声，接着突然就吃惊地瞪大眼睛望向窗外，似乎看到了什么非同寻常的东西。她的座位面对窗户，现在她的眼光盯着窗外。她说了句“对不起”，就急忙起身跑出餐厅。过了一会儿，她气喘吁吁地回到桌边，不好意思地说：“对不起，我突然跑掉很不礼貌。刚才我看见有个人把我的箱子拿下了汽车，赶紧过去追他，结果发现他拿的是他自己的手提箱。他的箱子太像我的了。唉，我像个大傻瓜一样追过去，好像他偷拿了我的箱子似的。”

说完了她也笑了。

波洛毫无笑意。“那是个什么样的人，你能描述一下吗？”

“他穿着件褐色西装，很瘦，不好看，岁数不大，好像嘴上留着胡髭。”

波洛颔首。“嗯哼，是他啊，就是我们昨天看到的那位，黑斯廷斯。那么小姐，你认识这个年轻人吗？以前见过他吗？”

“不认识，也没见过。你问这些是什么意思？”

“没什么，就是想知道。”

他随即沉默下来，不再和我们谈笑风生，直到后来，玛丽·达兰特小姐说到什么时他才又开口说话。

“嗯，小姐，你刚才说什么？”

“我说在我返回埃伯茅斯时得多加小心，就像你告诉我的那样，提防碰到坏人。我想伍德先生会用现金买下那套画。如果我怀揣五百英镑现金，岂不有些危险，会有坏人打我的主意。”

她是笑着说的，波洛仍然毫无笑意，只是问她，到了夏洛克海湾准备下榻哪个饭店。

“铁锚饭店。这个小饭店价格不高，但很舒适。”

“原来如此，那真是太巧了，我们这位黑斯廷斯先生一心想住的就是那个铁锚饭店。是不是很巧？”

他促狭地冲我眨眨眼。

“你们要在夏洛克海湾住多久？”玛丽问道。

“就住一个晚上。我是去那里办事的，你肯定猜不出我是干什么的，小姐。”

玛丽猜了若干个职业，也许是出于谨慎，自己又主动推翻了。最后，她猜测说波洛是魔术师。波洛觉得相当有趣。

"魔术师！这想法不错，你觉得我一转手就能从帽子里拿出只兔子？你猜错了，小姐。我和魔术师恰恰相反，魔术师是让东西凭空消失，我呢？是让消失的东西重新出现。"他故弄玄虚地稍稍向前探探身子，大声耳语道，"我通常不告诉别人，但我会告诉你，我是个侦探！"

他向后一仰靠回椅子，欣赏着自己这番话的效果。玛丽·达兰特呆呆地盯着他看。恰在此时，外面空场上高一声低一声地响起了召唤喇叭，大家吃好饭准备上路了。我们的谈话也只好戛然而止。

波洛和我向旅游大巴走去，我说刚才一起吃饭的女孩很迷人，波洛模棱两可地说："不错，是挺迷人，但也够蠢的。"

"怎么蠢了？"

"别动怒啊，一个女孩可以迷人，可以一头棕发，也可以很蠢。她和我们两人陌路相逢，就一见如故地推心置腹，难道还不蠢吗？"

"哦，那是因为她知道我们是好人。"

"亲爱的朋友，这么说你也够蠢的。想打她主意的人自然要扮成好人，难道会龇牙咧嘴地来吗？她说返回时身上带了五百英镑现金要多加小心，其实她现在身上就有五百英镑。"

"你说的是那套微型画。"

"不错，就是那套微型画。与现金相比，价值是一样的。"

"可她只告诉了我们，没有别人知道。"

"不见得吧，能听到的还有侍者和邻桌的人。在埃伯茅斯知道的人更多。达兰特小姐是很迷人，如果我是她姑妈，给这位新助手上的第一堂课就是常识课，告诉她一些待人接物的基本道理。"他停顿一下，用另一种语气说，"你很清楚，在大家都去餐厅吃饭的时候，从旅游大巴上拿走一个手提箱是多么轻而易举。”

“不一定吧，肯定会被人看见的。”

“看见又怎么样？有人在拿他自己的行李，这是光明正大的事情，可以大摇大摆地做，别人管不着。”

“你的意思是——嗯，你是想暗示，那个穿褐色西服的家伙，他拿的不是自己的手提箱？”

波洛皱起眉头。“说不好，反正这事很奇怪。黑斯廷斯，你注意到没有，我们的车刚停在这里时，他没有拿下箱子，而且他也没在这里吃饭？”

“达兰特小姐要不是正好面对窗户坐着，也不会看见。”我边想边说。

“不过那本来就是他自己的箱子，没什么关系。”波洛说道，“好了，我们别为这事伤脑筋了。”

其实放不下的是他，当我们回归自己的座位，继续赶路时，他又忍不住给玛丽·达兰特小姐上了堂常识课，告诉她说话不谨慎是多么危险。她频频点头，但看得出来并不放在心上。

旅游大巴四点钟的时候到达夏洛克海湾，我们运气不错，铁锚饭店还有空房间。这是家迷人的老式饭店，坐落在一条小街上。

波洛打开箱子取出眼前要用的东西，开始用润须膏仔细修整自己的胡髭，准备出门拜访约瑟夫·艾伦斯。这时有人急急地敲着房门，我喊声“进来”，进门的是玛丽·达兰特小姐。她的脸色苍白，含着泪水，让我吃了一惊。

“我特别抱歉来打扰你们，可是出事了，有大麻烦了。我想起你说过你是侦探，对吗？”她问波洛。

“出什么事了，小姐？”

“我打开箱子，发现放微型画的鳄鱼皮公文包出了问题，它本来是锁住的，现在，你看。”

她拿出一个正方形鳄鱼皮小包，包盖松松垮垮地搭着。波洛接过皮包察看一番。显然，有人撬开了锁，用的劲还不小，留下了明显的撬痕。波洛看完了，点点头。

“里面的微型画呢？”他明知故问，好像非要确证一下。

“不见了，被偷了。噢，怎么办呢？”

“别这样，”我说，“我的朋友是赫尔克里·波洛，听说过他的大名吧？如果说有人能帮你找回那些画，那非他莫属。”

“原来是波洛先生，波洛大侦探啊。”

她满怀崇敬的语气大大满足了波洛大侦探的虚荣心。“不错，孩子，”他说，“站在你面前的正是我本人。这事你就交给我吧，我会想办法把画找回来。只是，嗯，我怕你来得太晚了。告诉我，你箱子上的锁是不是也被撬开了？”

她摇摇头。

“请让我看看。”

我们随她去了她的房间。波洛仔细地检查了她的箱子，显然锁是用钥匙打开的。

“这不算什么，这种箱子的锁匙很相似。现在，我们得打电话报警，还要尽快和小贝克·伍德先生取得联系。这事交给我吧。”

我陪他一起去，并且问他“怕来得太晚了”是什么意思。“是这样，我说过我的作用与魔术师截然相反，会让消失的东西重新出现。但前提是没人捷足先登。你没明白？这就让你明白。”

他走进电话亭给伍德先生打电话。几分钟之后，他神情严肃地走出来。“嗯，正像我担心的那样，有人捷足先登了。半小时之前，有位女士带着微型画登门拜访，说自己是伊丽莎白·佩恩小姐派来的。他很中意那套微型画，立刻如约付了现金。”

“半小时之前，我们还在旅游大巴上摇晃呢。”

波洛语焉不详地说：“迅捷公司的大巴的确很迅捷，不过比起小汽车就差远了，比如说，开快车从蒙克汉普顿到这里比大巴至少快一小时。”

“那现在怎么办？”

“亲爱的黑斯廷斯，面对现实吧。我们已经报警了，也为达兰特小姐尽了力，而且——嗯，我知道该怎么办了，我们去见小贝克·伍德先生。”

按照波洛的想法，我们立刻动身去见伍德先生。可怜的玛丽焦虑不安，怕她姑妈生气。

伍德先生下榻在海滨饭店，走在路上，波洛说：“她当然会生气，怎么能不生气呢？你想呀，把价值五百英镑的东西放在箱子里就走开去吃午饭，就这么放心？不管怎样，这案子有几个地方让人捉摸不透。比如说，为什么要撬开那只皮包？”

“好把微型画取出来呀。”

“有这么笨的贼吗？如果那个贼趁大家去吃午饭，在拿自己的箱子时对我们的箱子来个偷梁换柱，直接取出皮包放进自己箱子，扬长而去，不是更省事吗？何必多此一举当场撬锁。”

“他想看看微型画是不是在皮包里面。”

波洛一脸不以为然，但来不及反驳我了，因为我们已经被引进伍德先生的套房。

小贝克·伍德先生一看就令人生厌。

他身材魁梧，长相粗野，穿得像暴发户，手上的戒指镶着颗大钻石。他咆哮着说，不错，他没有怀疑此事有诈，他凭什么要怀疑？那个女人说她带来了微型画，而她确实带来了，品相很好，货真价实，没什么不妥。他有没有那些现金的号码？不，没有。再说了，波洛先生是何许人也，他凭什么来这里用这些问题烦我？

“没有别的问题了，先生。只有一件事，请你描述一下那个送货上门的女人，她很年轻，很漂亮吗？”

“不，先生，她既不年轻也不漂亮，根本谈不上。就是个平淡无奇的中年妇女，个头很高，头发灰白，皮肤发暗，似乎还长了点胡子。不是什么迷人的小妖精。”

离开时，我兴奋地对波洛说：“你听到没有，他说到胡子。”

“谢谢你提醒，我长着耳朵呢，黑斯廷斯。”

“那人看上去就不像好人。”

“他确实不迷人，很不迷人。”

“嗯，我们应该可以抓住那个小偷，”我说，“我们见过他。”

“你怎么这么天真，有这么简单吗？难道你不知道有不在场证明这种说法吗？”

“你觉得他会有不在场证明？”

万万没想到，波洛立刻说：“我打心眼里希望他有。”

“你这人就是有这个毛病，喜欢小题大做，把事情搞得很复杂。”

“你说得对，亲爱的朋友，我不喜欢……嗯……那句话是怎么说的？不费吹灰之力一击就中的目标。”

被波洛说中了。那个穿褐衣西服和我们同车出发的人叫诺顿·凯恩，在蒙克汉普顿下车后他直接去了乔治饭店，整个下午都没有离开。唯一对他不利的证词是达兰特小姐说的那番话，她说我们吃饭时，看见他从车里拿出自己的箱子。

“就算他当时真的在拿箱子，也没什么可疑之处。”波洛若有所思地说。

说完那句话，他继续沉默着出神，懒得和我再讨论此事。我非要他发表一些意见，他就敷衍地说在想我告诉他的胡子问题，让我也一边琢磨去。不过，我发现他晚上一直和约瑟夫·艾伦斯在一起，向约瑟夫·艾伦斯打听小贝克·伍德先生的事，因为他们两人住在同一间饭店，会听到不少闲言碎语。但不管他打听到什么，都守口如瓶，根本不告诉我。

见过警察之后，玛丽·达兰特乘早班火车返回埃伯茅斯。我们和约瑟夫·艾伦斯共进午餐。之后波洛宣布说他已经帮那位经纪人解决了麻烦，现在随时可以打道回府。“但不乘汽车，这次我们要乘火车。”

“你这么怕乘汽车，是怕遇见贼，还是另一位落难少女？”

“非也，黑斯廷斯，这两件事同样也会发生在火车上。我只是想快点回到埃伯茅斯，接着破我们的案子。”

“我们的案子？”

“不错，达兰特小姐当时恳求我帮助她。虽然已经报了警，由警方接管，但我不能因此袖手旁观。我专程来此地是为老朋友帮忙，但对于旅途中落难的陌生人也不能置之不理呀，这不是我赫尔克里·波洛的风格。”他端出大侦探见义勇为的架子。

“我估计你还没来到此地就已经有想法了。”我也摆出洞若观火的样子，“我们去买票时你一看到那位年轻人就露出奇怪的表情。虽然我不知道他有什么值得你注意的。”

“你不知道吗，黑斯廷斯？唉，你应该知道呀。呵呵，不知道也好，你可以接着猜。”

上火车之前，我们和负责此案的警督谈了谈。他已经见过诺顿·凯恩，并毫不介意地告诉波洛，他不喜欢那个年轻人，他对警方前来问话很生气，大发脾气，不承认警方的指控，说起话来却自相矛盾。

“我不知道他身在蒙克汉普顿是怎么捣鬼的，”他承认，“也许他将微型画交给同党，那同党立刻开快车赶过去。理论上可以这样推测，但要将他定罪还需要找到那辆车和那个同党。”

波洛点点头没说话。

“你觉得警督分析得对吗？”在火车上坐定后，我问他。

“不，事情不是这样的，哪里有这么简单，人家干得聪明多了。”

“告诉我吧。”

“再等等，你很了解我，我的确有这毛病，喜欢把我的小秘密保留到最后时刻。”

“最后时刻快到了吗？”

“近在眼前。”

六点刚过，我们就回到埃伯茅斯。波洛立刻乘车赶往“伊丽莎白·佩恩”商店。店铺已经打烊，波洛还是按了门铃。来开门的是玛丽，看见我们她表现出惊讶和兴奋。

“请进来见见我的姑妈。”

她领我们走到店堂后面，去见一位年长的妇女。她白发苍苍，皮肤粉白，眼睛发蓝，像是从微型画中走出来的人物。她的驼背上披着披肩，披肩的饰带古老典雅，看起来相当珍贵。

“这就是大侦探波洛吗？”她说，嗓音低沉悦耳，“玛丽告诉我了，真是难以置信，大侦探要来帮助我们。你觉得我们应该如何去做？”

波洛凝神看了她几分钟，然后鞠了一躬。

“佩恩小姐，嗯，装扮得不错啊，不过你真的应该留胡子。”

佩恩小姐顿时张口结舌。

“昨天你没有开门营业，是不是？”

“早上开门营业时我在这里，后来觉得头疼，就直接回家了。”

“不是吧，小姐，你当时头疼所以想呼吸点新鲜空气，是不是？我们都知道，夏洛克海湾的空气十分新鲜，让人心旷神怡。”

说完这几句话，他抓住我的手臂，拉向门口。临出门时，他停住脚步，回过头来说：“你知道，什么事情休想瞒过我的眼睛。哼，收起你这套把戏吧。”

他看着她们，不怒自威。佩恩小姐脸色惨白，说不出话来，只是点了点头。

波洛对那女孩放缓了语气说：“小姐，你很年轻也很迷人，但做这种勾当就离监狱不远了，你愿意让你的青春和美丽凋谢在高墙后面吗？我，赫尔克里·波洛给你一句忠告，进去你就会追悔莫及了。”

随后他出门走到街上，我跟在他身边，完全莫名其妙。

“我的朋友，现在我可以对你开诚布公了。的确如你所说，从订票开始，我就留心了。那年轻人一说只订到蒙克汉普顿，那女孩突然就开始注意他。这很蹊跷，哪个女人会多看一眼他这样的人？根据我的直觉，旅游大巴上会发生什么事。接着，是谁看见那人从车上拿箱子的？是那位小姐，而且只有小姐。别忘了，她有意挑那个面对窗户的座位坐，一般情况下，女人并不喜欢那样。

“再接着，她来找我们，说她的东西被盗了，有人撬开了皮包。其中不合逻辑的地方我当时就指出来了。

“再往后看，这件事的结果，就是小贝克·伍德先生为这些赃物付了一大笔现金。既然是赃物，那么交易无效，这些微型画会还给佩恩小姐。她可以再卖一次，这样就能从中得利一千英镑，而不是五百英镑。我私下里调查了一下，发现她生意萧条，而且不是一般的萧条，眼看就要破产了。所以顺理成章，我知道了——姑妈和侄女两人是同谋。”

“你从来没有怀疑过诺顿·凯恩吗？”

“因为他的胡子不像样子？罪犯可不是他那样的，他们要么把胡子刮得干干净净，要么弄个完美的假胡子以便随时替换易容。佩恩小姐自作聪明地拿胡子来掩饰身份，你看，她这么一个皱皱巴巴的老太太，身形高大干瘪，皮肤粉白，本来就没多少性别特征，再锦上添花地修饰一下，穿双大号鞋，脸上弄些斑点，上唇加几根稀疏的毛发，就造成了她所希望的双重印象。伍德先生说她是个男性化的女人，而我们则立刻联想到‘一个乔装打扮的男人’。”

“她昨天真的去了夏洛克海湾？”

“那还用说。就像你告诉我的那样，火车十一点钟离开这里，两点钟到达夏洛克海湾。回来的火车时间更短——就是我们返回时坐的那趟。它四点过五分离开夏洛克海湾，到这儿是六点十五分。显然，微型画根本没有放在皮包里，皮包则是出发前就给撬开了。玛丽小姐只要用她的魅力迷倒两个傻瓜就行了。而这两个傻瓜中有一个不傻，他就是赫尔克里·波洛。”

我不爱听这种话，打岔说：“那你说要帮助旅途中落难的陌生人时，是故意骗我。哼，你就这么骗我？”

“我从不骗你，黑斯廷斯，只是允许你自欺欺人。我说的陌生人是指小贝克·伍德先生，他初来乍到，不熟悉这里的风土人情。”他说着脸色一沉，“哼，我还想到汽车公司那么漫天要价，特别是单程票价也和往返票价一样，我就气不打一处来，要为我们游客出口气。你说得对，小贝克·伍德先生确实很讨人厌，也没有同情心，但他是一名游客！作为游客，黑斯廷斯，我们应该站在一起。我的立场是，支持所有的游客。”

贝辛市场奇案

“不管怎么说，没有比乡村更好的地方了，是不是？”警督贾普说着用鼻子深深地吸了一口气，从嘴里缓缓地呼了出来，一副乐不思蜀的样子。

我和波洛对苏格兰场这位警督的话颇有共鸣，深表同感。就是受了他的怂恿，我们才来到这座名叫贝辛市场的乡村小镇度周末。不执行公务时，贾普是一位痴迷的植物学家。他会兴致勃勃地描述各种花朵，流畅自如地说出那些冗长艰涩的拉丁名词，热情高涨远胜于处理案子。

“那里谁都不认识咱们，咱们也不认识别人，”贾普在鼓动我们时说，“多么悠闲自在。”

可惜，事实并非如此。十五英里以外一个小村子的警察碰巧路过这里——他之前曾经因为一起砒霜下毒案与贾普警督打过交道——发现这位苏格兰场的大人物正在此地，便很高兴地和他打招呼，这让贾普自我感觉倍加良好。

这是一个周日的早晨，我们正在乡村酒店的前厅吃早餐。室外阳光明媚，忍冬花的枝蔓垂挂在窗户上，我们神清气爽地坐在那里，品尝着美味的培根和煎蛋，咖啡不是很可口，但还说得过去，至少是滚烫的。

贾普说：“这才是生活。等我退休了，就在乡村找个类似这样的小地方安顿下来，远离犯罪，过过世外桃源的生活。”

“犯罪嘛，哪里都会有的。”波洛边说边拿起一块切得方方正正的面包，不高兴地看看轻快地落在窗台上的那只胆大的麻雀。

我随口念出一首歌谣：

那个小鬼长得俊，
其实是个坏东西。
真的不愿告诉你，
兔子也有虎狼心。

“哎呀，”贾普说着往椅背上一靠，“我想我可以再吃个煎蛋，或者再来两片培根。你还要吗，上尉？”

“我也照样来一份。”我高高兴兴地回答，“你怎么样，波洛？”

波洛摇头说：“一个人不能把胃塞得太满，这样大脑就拒绝工作了。”

“我愿意冒这种风险把胃再塞满一些，”贾普笑嘻嘻地说，“我胃口大。顺便说一句，波洛先生，你有点发胖呢。嗨，小姐，培根煎蛋，再加两份。”

就在这其乐融融的时刻，门口出现了一位威风凛凛的人，是警士波拉德。

“请原谅，先生们，我要打扰一下警督。我很想听听他的意见。”

“我在休假，”贾普立刻说，“别拿工作来烦我。案情是什么？”

“住在利宅院的那位先生——他开枪自杀了——子弹击中

头部。”

“就这样呀，那他们会处理的。”贾普兴趣索然地说，“要么就是欠了谁的钱，要么就是争风吃醋。抱歉，波拉德，我没什么可说的。”

“问题在于，”这位警察说，“他不可能是开枪自杀，至少贾尔斯大夫是这么说的。”

贾普放下杯子，“不可能开枪自杀？你这话是什么意思？”

“贾尔斯大夫是这么说的，”波拉德重复了一遍，“他说这绝对不可能。但是他给不出理由，因为门是从里边锁上的，窗户插销也插得好好的。尽管无法解释，他还是认为那人不可能自杀。”

既然如此，我们还有什么选择吗？第二份培根煎蛋被推到了一边。几分钟后，我们以最快的速度向利宅院走去。贾普边赶路边向警士了解情况。

死者是位名叫沃尔特·普罗瑟罗的中年人，隐居在此。八年前，他来到贝辛市场小镇，租住在利宅院，那是座荒芜破败的老房子。他住在宅院的一角，由随身带来的管家照顾他。管家名叫克莱格小姐，是位不错的女子，大家都很喜欢她。最近，他家来了客人，有对夫妇帕克先生和太太从伦敦到此造访普罗瑟罗先生。今天早晨，克莱格小姐敲门时主人没有应答，门从里面锁着。克莱格小姐很吃惊，打电话叫来了警察和医生。波拉德警察和贾尔斯医生同时抵达，他们合力撞开了普罗瑟罗先生卧室的橡木门，发现他头部中弹，倒卧在地，右手握着一把手枪。显而易见，这是自杀。

然而，贾尔斯医生检查尸体之后就不那么确定了，他把警察拉到一旁，将自己的疑惑说了出来。这时波拉德立即想到了正在本地度周末的贾普。他让医生负责照看现场，自己急急忙忙赶往贾普下榻的酒店。

等波拉德介绍完情况，我们已经走到了利宅院。这是一所老旧的大房子，四周是荒草萋萋无人打理的破败花园。前门开着，我们随即登堂入室，穿过大厅来到有人在说话的小起居室。房间里有四个人，有个男人衣着花哨、表情奸诈，一看就令人讨厌；有位女子与他气质相近，长得不错，但举止粗俗；另外那位女子一身整洁的黑衣，站得离他们较远，我觉得她就是那位管家小姐；还有个穿着花呢运动服的高个子男人，精明强干的样子，一望便知是医生。

“贾尔斯医生，”警察介绍说，“这是苏格兰场的贾普警督，还有他的两位朋友。”

医生向我们打过招呼后又把我们介绍给帕克先生和太太，然后大家一起上楼。波拉德按照贾普的示意留在楼下，他要留意整幢房子。医生领我们走到楼上，经过一个走廊，走廊尽头是个洞开的门道，门框的铰链上挂着些残片。门已被撞开，向内倒在地板上。

我们走进去，尸体还躺在地上。普罗瑟罗先生是位中年人，一脸络腮胡子，鬓角已经渗出星星白发。贾普走过去，在尸体旁边蹲下。

“你为什么不让尸体保持原样呢？”他低声说。

医生耸耸肩。“我们当时没想到这不是自杀。”

“哼，”贾普说，“子弹是从左耳根后打入头部的。”

“确实如此，”医生说，“显然他不可能自己射自己，除非他能把右手从头后边绕过去，但那绝无可能。”

“你发现他是用右手紧紧握住枪的？顺便问问，手枪在哪儿放着呢？”

医生朝桌子一扬头。

“他并没有紧紧握住枪，”他说，“枪是在他手里，但是他的手指抓得不够紧。”

贾普说：“那就是死后才把枪放在手里的，这不难判断。”他检查了一下枪，“只发射了一颗子弹。我们会查验指纹，不过除了你的指纹，很难说会不会找到其他指纹。贾尔斯大夫，他死了有多长时间？”

“昨天晚上死的，我不能确定是哪个时辰，我可不是侦探小说里那些聪明过人的法医。据我估计，他死了有十二个小时。”

到目前为止，波洛还没什么动作，只是沉静地站在我身旁，观看贾普工作，听他提各种问题。不过，他面带疑惑，不时地抽动鼻子，好像在捕捉着什么气味。我也用心抽了几下鼻子，但没嗅到什么异常气味，空气似乎很新鲜。但波洛还是不时抽动一下鼻子，仿佛心里有什么疑团没解开。也许他的鼻子比较灵敏，能嗅出我嗅不到的气味。

贾普从尸体旁站起身来。波洛过去在尸体旁边蹲下来。他并没有检查伤口，最初我以为他在检查那只握枪的手，但很快我发现他注意的是袖口里的一条手帕，普罗瑟罗先生穿的是件深灰色的普通西装。之后，波洛站起来，但是他的目光仍然注视着那条手帕，似乎有什么事让他想不通。

贾普叫他帮忙把门立起来。我抓住机会蹲下，从袖口抽出那块手帕细看。不过是条常见的白纱手帕，上面没有任何斑点或污迹。我把手帕放回原处，摇摇头，承认自己完全摸不着头脑。

这时其他人已经把门板立起来。我意识到他们在找钥匙，但是没有找到。

“这很能说明问题，”贾普说，“窗户是关着的，插销好好的。

凶手从门离开，锁上门后带走了钥匙。他觉得人们会理所当然地认为，普罗瑟罗先生把自己锁起来，然后开枪自杀。人们不会注意到钥匙不见了。你同意吗，波洛先生？”

“是的，我同意。可是如果将钥匙从门底下再塞回房间，那不更省事，也更有说服力吗？这样一来就像钥匙从锁上掉了下去。”

“啊，那倒是。好吧，你不要以为谁的脑瓜都像你那么聪明。要是你打算犯罪的话，那真是太可怕了。那么，现在你有什么发现吗，波洛先生？”

在我看来，波洛有些不知如何启齿。他环顾一下房间，几乎带着歉意地轻声说：“这位先生吸烟很凶。”

确实如此，壁炉里全是烟蒂，大椅子旁边茶几上的烟灰缸里也是如此。

“昨天晚上他吸的烟足有二十支。”贾普说着弯腰察看壁炉里的烟蒂，又瞄了瞄烟灰缸。“全是一个牌子的烟，”他宣布说，“而且是同一个人吸的。除此之外没有什么东西啊，波洛先生。”

“我并没说有什么东西。”我的朋友小声说。

“咦，”贾普叫道，“那是什么？”他一个箭步冲到死者身旁，地板上有枚亮晶晶的东西。“是掉下来的衬衫袖扣。这是谁的？贾尔斯大夫，请你下楼叫管家上来问话，谢谢。”

“帕克夫妇怎么办？他们急着要走，说在伦敦有紧急的事。”

“依我看，他们只好缺席了。照现在案情的发展，这边的事比那边更紧急，更需要他们在场。叫管家上来吧。你和波拉德盯住帕克夫妇，别让他们之中任何一人溜掉。今天早晨这两口子有没有进来过？”

医生回想着说：“没有，我和波拉德进来时他们正站在外边走廊里。”

“肯定吗？”

“毫无疑问。”

医生下楼去执行任务。

“这医生不错，”贾普语带欣赏，“很多热爱运动的医生都不错。唉，不知道是谁杀了这家伙，似乎是住在这里的那三人中的一位。不过那个管家基本上可以排除，如果她想杀他，在这八年里早就杀了。我不知道这两位帕克是何方神圣，这对夫妇可不招人喜欢。”

就在这时，克莱格小姐上楼来了。她身形瘦削，灰白的头发从中间分得整整齐齐，举止十分端庄沉稳，那种井井有条落落大方的态度让人肃然起敬。贾普问了些相关问题。她解释说，她为死者服务有十四年了，他是位慷慨大方做事周全的主人。她第一次见到帕克夫妇是在三天前，他们事先并没有打招呼，她认为他们是不请自到。主人显然并不喜欢见到这两位不速之客。贾普拿给她看的袖扣不是普罗瑟罗先生的，这一点她能确认。至于那支手枪，她说她认为主人是有这样一种武器，一直是锁起来的。几年前，她曾见到过一次，但并不能肯定是否是同一把枪。她昨天晚上没有听见枪声——这很正常，因为这所宅院很大，格局很乱，她的房间以及为帕克夫妇准备的客房都在建筑物的另一端。她不知道普罗瑟罗先生是何时上床的——她九点半离开时他还没睡。他平时不会回到房间就上床，通常会坐到深夜，边看书边吸烟。他烟瘾很大。

这时波洛插进来问：“通常你的主人睡觉时是开着窗还是关着窗？”

克莱格小姐想了想。“通常都是开着的。”

“但为什么它现在关着，你能解释一下吗？”

“不清楚，也许他觉得有风就关上了。”

贾普又问了她几个问题，就让她走了。接下来他分别与帕克夫妇谈话。帕克太太有些歇斯底里，一把鼻涕一把眼泪的；帕克先生则气势汹汹，怨声载道。他否认那枚袖扣属于他，可他妻子之前已经认下了，所以他的否认反而使其嫌疑雪上加霜。他甚至还否认进过普罗瑟罗的房间。这让贾普认为已经有足够的证据申请逮捕令。

贾普留下波拉德负责现场，自己匆忙赶回村子，打电话和总部沟通情况。波洛和我溜达着走回酒店。

“你一直在沉思默想，这可不是你的风格。”我说，“这起案件让你觉得没意思吗？”

“正相反，我觉得非常有意思，不过还有些地方我没想明白。”

“还不知道为什么要杀人。”我琢磨着，“不过显然那位帕克难逃法网。不用说，他的嫌疑最大，只是还没发现他有什么动机，以后会查明的。”

“有没有什么细枝末节是贾普没有留心你却觉得很特别的呢？”

我好奇地望着他。

“你在袖子里找什么，波洛？”

“死者的袖子里有什么！”

“噢，有条手帕。”

“正是，有条手帕。”

“水手会把手帕放在袖子里。”我猜测道。

“想得妙，黑斯廷斯。不过这不是我考虑的。”

“还有什么别的吗？”

“是的，我反反复复去嗅空气中的烟味。”

“我也嗅了，但没嗅到什么气味。”我不以为然。

“我也没嗅到，亲爱的朋友。”

我仔细观察他的表情，拿不准他是不是在开玩笑戏弄我。但我看他完全没有说笑之意，不仅很严肃，而且眉头紧锁。

调查工作进行了两天，更多的证据出现了。一个流浪汉承认他曾经翻墙进入宅院花园，那里的马厩不锁门，他常常在里面过夜。他声称半夜十二点时听见一楼有两个男人在大声争吵，一个索要钱财，另一个愤然拒绝。流浪汉藏在灌木丛后，看到亮着灯的房间里有两个人在走动。他认出其中一人是普罗瑟罗先生，这个宅院的主人，另一个人他明确指认是帕克先生。

现在真相大白，帕克夫妇是来敲诈普罗瑟罗先生的。死者的真名被确认为温德弗，他曾经当过海军中尉，一九一〇年涉嫌参与一级巡洋舰“麦里绍特号”的爆炸事件，当时他的嫌疑似乎很快就澄清了。根据警方推断，帕克先生知道温德弗在爆炸事件中干了什么，他追踪到温德弗隐居之处，要挟他拿出一笔钱，换取他对此事三缄其口，没想到被拒绝了。在争执过程中，温德弗拿出自己的左轮手枪，帕克从他手中夺过枪并打死了他，然后将现场伪装成自杀的假象。

帕克先生被交付审讯，他有权为自己辩护。我们旁听了治安法庭的答辩过程。当我们离开法院时，波洛摇头晃脑地自言自语道：“一定是这样，错不了，一定是这样。我得抓紧时间了。”

他随即走进邮局，写了张纸条叫一个专递员立刻送走。我没有看到纸条是送给谁的。接下来，我们回到曾经度过一个愉快周末的酒店。

波洛有些焦躁不安地在窗前踱步。

“我在等一位客人。”他解释说，“是我猜错了吗？不可能，我不可能猜错。你看，她来了。”

一分钟后，克莱格小姐走进房间，令我大吃一惊。她失去了往日的庄重沉稳，就像刚刚是跑着过来一样喘着粗气。当她看到波洛时，目光中流露出惊恐。

“请坐，小姐。”波洛温文尔雅地说，“我猜对了，是吗？”

她一下子痛哭失声。

“你为什么要那样做？”波洛和和气气地问，“为什么？”

“我非常爱他，”她回答说，“他还是个小男孩时我就是他的保姆了。噢，可怜可怜我吧！”

“我尽力吧。不过你要明白，我不能允许一个罪不至死的人被送上绞刑架——即使他是个令人生厌的浑蛋。”

她坐直身子，低声说：“也许我也是，最终不会听任这样的事情发生。该怎么办就怎么办吧！”

她站起身来，匆匆离开了房间。

“是她开枪打死他的吗？”我完全看不懂了。

波洛微笑着摇摇头。

“他是开枪自杀的。你还记得他把手帕放在右袖子里吗？这表明他是个左撇子。在和帕克先生发生争吵之后，他害怕事情败露，就开枪自杀了。早晨克莱格小姐像往常那样来叫他时，发现他躺在地上死了。正如她刚刚告诉我们的，从他是个小男孩时她就已经认识他了。是帕克夫妇让他死于非命，这使她恨透了他们，认为是他们迫使他选择了自杀这种有损尊严的方式，他们就是凶手。之后她突然意识到可以借机报复，让他们的恶行受到惩罚。只有她一人知道普罗瑟罗是左撇子。她把枪放进他的右手，插好窗户插销，把在楼下房间里捡到的小袖扣丢在地板上，然后锁上门并拿走了钥匙。”

“波洛，”我不由得惊叹道，“你太绝了！你从一条手帕推断出这么多情况。”

“还有香烟的气味。如果窗子是关着的，死者吸了那么多烟，房间里应该充满烟味。然而那里的空气相当清新，所以我立刻推断出窗子一定通宵开着，直到早晨才被关上。这种有趣的矛盾大大启发了我。我想不通一个谋杀者为什么要关窗，让窗子开着对他才有利。如果自杀这一结论不能成立的话，人们可以设想谋杀者是从那儿逃跑的。那个流浪汉的证词进一步证实了我的怀疑。除非窗子是打开的，否则他根本不可能听到争吵。”

“太绝了！”我由衷赞叹道，“现在，咱们喝点儿茶吧？”

“唉，真是英国人。”波洛无可奈何地说，“在这里，我是别想喝到糖浆了。”

蜂窝谜案

约翰·哈里森走到屋外，站在露台上欣赏着自己的花园。他人高马大，面容却有些瘦削憔悴。他平日里总是沉着脸，不过有些时候，比如现在望着花园时，他神色柔和，粗糙的脸上带着笑意，平添了些许魅力。

约翰·哈里森热爱他的花园。八月的黄昏时分，花园景色格外美丽，一派夏日迷情，散发着慵懒的气息。藤蔓上的蔷薇花还在怒放，空气里充满豌豆花的香味。

身后传来熟悉的“吱扭”一声，哈里森迅速回过头去，有人从花园的门进来了，是谁呢？片刻之后，他吃惊地发现，沿小径走来的是一位西服革履的绅士，他万万没想到，会在这个地方见到他。

“太神奇了，”哈里森喊道，“是波洛先生！”

确实是那位著名的赫尔克里·波洛，就是那个誉满全球的大侦探。

“不错，”波洛说道，“就是我。你曾说过‘如果你到这地方来的话，就来看看我。’我接受了你的邀请，所以就来了。”

“谢谢你，”哈里森高兴地说，“请坐，喝点儿什么？”

他热情地指指阳台上摆着各种瓶子的桌子。

“多谢啦。”波洛在柳条椅上坐下来。

“我想，你这里没有糖浆吧？没关系，不要也行。那就来点原味苏打水——不加威士忌。”在哈里森将杯子放到他身边时，他感叹道，“唉，太热了，这鬼天气，我的胡子都搞得软塌塌的！”

“什么风把你吹到我这穷乡僻壤来了？”哈里森坐下来问道，“就是兴之所至？”

“不，我的朋友，是公事。”

“公事？在这么个犄角旮旯？”

波洛严肃地点点头，“不错，我的朋友，犯罪并不总是发生在通衢闹市，你明白吧？”

哈里森笑起来。“我说傻话了。不过你在这里调查什么案子呢？是不是我不该问？”

“你可以问，”侦探说道，“事实上，我希望你问。”

哈里森很诧异，他觉得波洛的态度有些非同寻常。“你的意思是，你到这里是来调查案子的？”哈里森犹犹豫豫地问，“很重大的案子吗？”

“可以说特别重大。”

“你是说……”

“谋杀。”

他说得那么郑重其事，哈里森不由得有些畏缩。侦探紧紧盯住他的眼睛，那是种意味深长的注视。哈里森不知所措地沉默了一会儿，然后说：“我没听说发生谋杀啊。”

“当然，”波洛说，“你不会听说的。”

“谁被杀了？”

“目前还没有人被杀。”赫尔克里·波洛说。

“什么？”

“所以我说你不会听说的，我在调查的是一起尚未发生的案子。”

“原来如此，那不是胡扯吗？”

“绝不是胡扯。与其等谋杀发生再来放马后炮，不如在谋杀没开始之前就进行调查，这样一来，只要举手之劳，就可以阻止谋杀发生。”

哈里森盯着他。“你在说笑吧，波洛先生。”

“我是认真的。”

“你真的相信会有谋杀发生吗？得了吧，这太匪夷所思了。”

赫尔克里·波洛把他的话当作耳旁风，只管说完自己要说的。“那取决于我们是否可以阻止其发生。不错，我的朋友，这就是我想要对你说的话。”

“我们？”

“就是这个意思，我需要你的合作。”

“你就是因为这个来找我的吗？”

波洛再次凝视他。不知道为什么，哈里森感到很惶然。

“我来找你，哈里森先生，是因为我……嗯……喜欢你。”

随后，他话锋一转，换上另一种口吻说：“我知道，哈里森先生，你的花园附近有个蜂窝，你应该除掉它。”

哈里森皱起眉头，不知道波洛为什么忽然转移了话题。他随着波洛的目光看看那个蜂窝，迷惑不解地说：“实际上，我正打算除掉它呢。更确切地说，是兰顿那个年轻人要除掉它。你还记得克劳德·兰顿吗？那次我吃饭碰见你的时候他也在。他今天晚上就来除掉蜂窝，他觉得自己很擅长此道。”

“是吗，”波洛说道，“他打算怎么做？”

“使用汽油和园艺喷管。他会带喷管过来，用他自己的喷管更顺手。”

“还有另一种除蜂方法，对吗？”波洛问道，“使用氰化钾？”

哈里森显得有点惊讶。“是的，但那东西很危险，何必在自己周围搞这种危险的东西。”

波洛神情严肃地点点头。“你说得对，它是致命的毒药。”他等了一会儿，又严肃地重复道：“致人死命的毒药。”

“如果你想除掉的是丈母娘，那肯定有用，对吧？”哈里森笑了一声。

但赫尔克里·波洛仍然绷着脸。“哈里森先生，你确定兰顿先生是用汽油来清除那里的蜂窝吗？”

“当然确定，你为什么这么问？”

“因为我觉得奇怪，今天下午在巴切斯特药店，我买的那种药品需要在毒品记录簿上签名。我签字时发现前面一栏写着氰化钾，签名的是克劳德·兰顿。”

哈里森瞪大了眼睛。“那是挺奇怪的，”他说，“兰顿前几天还对我说他做梦都不会想到用那东西。他还说，本来就不该卖这种东西给打算清除蜂窝的人。”

波洛眼睛望着花园，又轻声问了个问题。“你喜欢兰顿这个人吗？”

哈里森愣了一下，仿佛完全没有想过这个问题，“我……我……怎么说呢……我的意思是，我当然喜欢他，为什么不喜欢？”

“我只是想知道，”波洛平静地说，“你是不是喜欢他。”

哈里森还没来得及回答，波洛接着说：“我也想知道他是不是喜欢你？”

“你到底想知道什么，波洛先生？我不明白你心里到底在琢磨什么。”

“我会直言相告的，哈里森先生。你已经订婚，很快就要举办仪式了。我认识你的未婚妻莫利·迪恩。她很漂亮，富有魅力。她在和你订婚之前，曾经和克劳德·兰顿订过婚，但为了你和他分手了。”

哈里森点点头。

“我不管她为什么这么做，肯定事出有因。不过我告诉你，如果兰顿对此耿耿于怀，并记恨于你，那也很正常，并不过分。”

“你想错了，波洛先生，我向你保证不是这样的。兰顿为人光明磊落，拿得起放得下，像个男子汉。他的宽宏大量让我吃惊——是他自己主动向我示好的。”

“那岂不是超乎常理吗？你用了‘吃惊’这个词，但你好像并不吃惊啊。”

“你想说什么，波洛先生？”

“我想说的是，”波洛口气一变，“一个人可以将仇恨隐藏起来，伺机报复。”

“怀恨在心？”哈里森摇头笑起来。

“英国人总是自作聪明，”波洛说道，“他们以为自己可以瞒天过海欺骗别人，而别人蒙骗不了他们。这人做事一贯光明磊落，是个男子汉大丈夫，怎么能想象他不怀好意呢？他们自以为很勇敢，其实很愚蠢，有时候他们死得很不值。”

“你是在警告我。”哈里森低声说，“我终于明白了——我刚才一直摸不着头脑，原来你在警告我，让我小心克劳德·兰顿。你今天来这里就是为了提醒我……”

波洛点点头。哈里森突然发起了脾气。“你太胡思乱想了，波洛先生，这是在英格兰，我们这里怎么会发生那样的事？失恋的人不会在人背后捅刀子，也不会给人下毒。你这么说兰顿是不对的，他连蚂蚁都不会踩死的。”

“蚂蚁死不死我不管，”波洛平静地说，“你说兰顿先生不会踩死蚂蚁，但你忘了他马上就要杀死一大群黄蜂。”

哈里森没说话。这位小个子侦探站起来走近他的朋友，把手放在他的肩膀上，他非常不安，激动得就差摇晃这个大个子了。波洛贴近他的耳朵轻声说：“打起精神来，我的朋友，打起精神。看看那边，看我手指的地方，看看那边的河岸，看那棵大树。看见没有？黄蜂回家了。一天的时光就这么平静地过去了，可是再过一个钟头，它们就会死于非命。它们对此一无所知，没人警告它们，因为它们之中没有赫尔克里·波洛。哈里森先生，我说过，我来这里是为了公事，谋杀案就是我的公事。预谋谋杀和实施谋杀都是我的公事。兰顿先生什么时候来清除蜂窝？”

“兰顿绝不会……”

“什么时间？”

“九点钟。不过我要告诉你，根本就不像你想的那样，兰顿绝不会……”

“真拿这些英国人没办法！”波洛生气地提高了嗓音。他抓起帽子和手杖走上小径，走了几步又停下来扭头说：“我可不想待在这里和你争辩，免得气着我自己。不过你要知道，我九点钟会回来的！”

哈里森张开嘴，但波洛没容他说话。“我知道你要说什么，兰顿绝不会这样那样。是啊，兰顿绝不会！但不管怎样，我会在九点钟回来的。哼哼，我觉得这事很有意思——要真是那样——我倒很有兴趣看看他怎么清除蜂窝。这是你们英国人的另一项体育运动！”

没等哈里森答话，波洛就飞快地沿小径走出那扇吱扭作响的花园门。来到大路上，他才放松下来，步伐也渐渐沉重迟缓起来。他神情严峻，显得很是忐忑不安。走着走着，他掏出表看看时间，表针指向八点十分。“还有四十五分钟，”他自言自语道，“我是不是还应该等下去呢？”

他愈加放慢脚步，几乎就要掉转身往回走了。可怕的预感在他心头挥之不去，让他踌躇不决，不过他终于克服了这种犹疑，继续往前走去。只是他仍然忧心忡忡的样子，途中有那么一两次，不确定地晃晃脑袋，显得有些心神恍惚。

他重新回到花园门口时，离九点钟还差几分。夜空晴朗，四野静谧，连微风也没有。这静悄悄的黑暗中隐含着什么不祥之事呢，让人觉得就像暴风雨来临前的宁静。

波洛不知不觉地加快了脚步。他突然紧张起来，生怕自己料想成真，心中有点没底。

就在此时，花园门打开了，克劳德·兰顿快步走上大路。他看见波洛时颇为惊讶。

“咦，噢，晚上好。”

“晚上好，兰顿先生。你来得挺早呀。”

兰顿诧异地瞪着他。“我不明白你的意思。”

“你把蜂窝清除掉了吗？”

“没有啊。”

“哦，”波洛轻声说，“这么说你并没有清除蜂窝，那你干什么了？”

“噢，就是坐了会儿，和老哈里森聊了聊天。我现在得赶紧走了。波洛先生，我不知道你还在我们这小地方待着没走。”

“我在这儿有点公事。”

“唔，好吧，你会在露台上找到哈里森。很抱歉我得走了。”

他匆匆而去。波洛望着他的背影，觉得这个年轻人举止局促，长得倒是一表人才，但不太会说话。

“这么说我会在露台上看到哈里森，”波洛自言自语道，“那很难说。”他穿过花园门，沿着小径向露台走去。哈里森僵坐在桌边椅子上，一动不动。波洛走近时，他连头都没有转过来。

“啊！我的朋友，”波洛说，“你还好吗？”

等了好长一会儿，哈里森才开口，仿佛有点奇怪而茫然。“你说什么？”

“我说——你还好吗？”

“还好？哦，是的，我挺好，为什么会不好呢？”

“你没感觉到副作用吗？那就好。”

“副作用？什么副作用？”

“苏打粉的副作用。”

哈里森一惊。“苏打粉？你什么意思？”

波洛举起手表示抱歉。“虽然我现在想是不是有此必要，但当时还是在你兜里放了一些。”

“你在我兜里放了一些？你究竟要干什么？”

哈里森盯着他。波洛面无表情地看着他，声音平缓地开始讲话，就像老师在教导孩子。

“要知道，做侦探有个好处，也可以说是坏处，就是有机会直接接触罪犯，可以从他们那里学会一些很有意思的神奇技能。有一次我碰到个小偷——从某种意义上来讲——他是被冤枉的，所以我放了他一马。他心怀感激，就用他们小偷的那种方式来报答我：向我展示一些偷盗手法中的绝活儿。

“因此我也会偶尔用一用，我对人家的衣袋下手可以做到神不知鬼不觉。我会将一只手放在他的肩膀上，激动地和他说话，使他对我的其他动作丝毫没有察觉。同时我会将他衣袋里的东西掏出来放进我衣袋里，在他袋里换上苏打粉。

“你知道的，”波洛继续自说自话，“如果某人想把毒药迅速放进杯子而不被发觉的话，他肯定会先放在自己右边的外衣兜里，不会放在别处。我就知道肯定会在那儿找到的。”

他将手伸进兜里，拿出了一些白色块状晶体。“多危险啊，”他嘀咕着，“就这么散着放在兜里。”他不慌不忙地从另一个兜里掏出一个广口瓶，将晶体塞进去，走到桌边在瓶子里倒满水，然后小心旋好盖子，摇晃着瓶子直至晶体溶解。哈里森好像着魔般入神地看着他的动作。

制作好溶液后，波洛走到蜂窝边。他打开瓶盖，把头扭向一旁，将溶液倒进蜂窝，然后退后几步观察着。一些兴冲冲回窝的黄蜂落下来，颤了一下就不动了。另一些黄蜂刚从窝里爬出来就死了。波洛看了一会儿，点点头，走回露台。

“死得很快，”他说道，“相当快。”

哈里森终于恢复了说话的能力。“你知道多少？”

波洛眼睛看着前方。“我告诉过你，我在签字本上看见了克劳德·兰顿的名字；我没告诉你的是，在那之后不久，我碰巧遇见了他。他告诉我，是你让他买的氰化钾——要清除一个蜂窝。我不禁大为奇怪，我的朋友，因为我记得在你提起的那顿饭上，你曾经大力推崇汽油，抨击购买使用氰化物的做法，认为没有必要用这么危险的东西。”

“还有吗？”

“还有，我看见克劳德·兰顿和莫莉·迪恩在约会，他们以为没人发现。我不知道那对情人之间曾经闹过什么矛盾以至于一刀两断，还使她转身投入你的怀抱；但我意识到他们之间已经前嫌尽释，莫莉小姐已经重回前任的怀抱。”

“还有吗？”

“还有，我的朋友。几天前我在哈利街看见你从一个诊所出来。我认识那个医生，也知道通常人们找他是看什么病。我还读懂了你脸上的表情。虽然我平生没见过几次这种表情，但那是显而易见的，那是人们面对死神的表情。我说对了，是吗？”

“完全正确。他说我只有两个月好活了。”

“你没看见我，朋友，因为你心不在焉，在想别的事情。从你脸上我还看出了另外的东西——就是我今天下午说的那种不可告人的东西。我看见了恨意，我的朋友。你毫不掩饰那股恨意，因为你觉得不会有人发现。”

“还有吗？”哈里森说道。

“没什么了。我来到这里，就像我告诉你的，是因为碰巧在毒品登记本里看见了兰顿的名字，并碰到了他。我来找你，是想弄清楚到底是怎么回事。在我有意询问时，你不仅没说是你让兰顿去买氰化物，还对此事表示万分不解。刚开始你对我的出现很惊讶，但接着就释然了，这种变化让我更加起疑。兰顿告诉我将在八点半来；而你告诉我是九点钟，心想我来的时候一切都已经结束了。于是我恍然大悟。”

“你为什么要来？”哈里森喊道，“你要不来插手就好了！”

波洛站直身体。“我和你说过，”他说道，“谋杀案是我的公事。”

“谋杀？你是说我想自杀吧？”

“不，”波洛说得响亮而清楚，“我说的就是谋杀——你希望通过自杀嫁祸于人，使兰顿被判死罪——这就是谋杀！你倒是死得轻巧，但为兰顿设计的结局却是最坏的死法，他买了毒药，他来看你，他和你单独相处，你突然死了，在你的杯子中发现了氰化物，杯子上有他的指纹。顺理成章，克劳德·兰顿要上绞架。那就是你的计划。”

哈里森再一次哀鸣起来。“你为什么要来？你为什么要来？”

“我告诉过你了。不过还有一个原因——我喜欢你。听着，我的朋友，你尽管时日无多，又失去了心爱的女孩，但并不能因此就变成另一种人，变成一个杀人犯。现在告诉我，我来了你是感到高兴还是感到遗憾？”

沉默了一会儿，哈里森直起身来，脸上呈现出前所未有的尊严——那是征服了内心魔鬼的表情。他将手伸过桌子。“感谢上帝你来了，”他大声说，“噢，感谢上帝你来了。”

蒙面女人

最近一段时间，我眼看着波洛的情绪波动起伏，他变得那么愤世嫉俗，那么心烦意乱。也是，我们这段时间没有遇到过什么值得出手的案子，我的小个子朋友空有一身破案绝技却没处发挥，怎能不抓耳挠腮呢。今天早晨他“啧”地一声扔掉了手里的报纸。这是他表示厌烦时最常用的感叹词，听起来就像一只猫在打喷嚏。

“他们怕我，黑斯廷斯，你们英格兰的那些罪犯怕我！有猫大人在此，耗子们岂敢轻举妄动，所以它们对奶酪避之唯恐不远。”

“不会吧，我想他们大多数人连你的大名都闻所未闻，更不会知道那位猫大人就在本地呢。”我笑嘻嘻地说。

波洛扫兴地看了我一眼。在他的想象中，他的美名已经传遍天下，人们对他的事迹五体投地奔走相告。他在伦敦确实很有名气，但要认为他能让罪犯们闻风丧胆望风而逃就太过了。

“你要那么说的话，那天在邦德大街不就发生过一起抢劫案吗？光天化日之下就敢出手抢劫珠宝。”我调侃道。

“那活儿干得漂亮，”波洛不无欣赏地说，“但做得如此粗鲁莽撞，不是我喜欢的方式。一个男人拿铅头拐杖打破珠宝店橱窗，抢走了里面陈列的宝石，立刻被见义勇为的市民抓住。警察赶到现场接手，可谓人赃俱获，宝石还在罪犯身上呢。他就这么被押送到警察局，后来才发现那些宝石是人造的，真宝石早已被他转交给同伙——就是当时见义勇为市民中的一位。他将入狱服刑——这倒是动真格儿的——不过刑满出狱后，会有一票银子迎接他。这活儿设计得还算差强人意，要是我来干，肯定更胜一筹。黑斯廷斯，有时候我想自己干吗非得这么道德高尚心地善良，要是做点违法乱纪的事来换换口味，心情肯定大好。”

“你心情快好起来吧，波洛，你清楚得很，在侦探这一行中你是最出类拔萃的。”

“但我这大侦探手头没像样的案子呀。”

我拿起报纸。

“看看这儿！有个英国人，他在荷兰神不知鬼不觉地被杀害了。”我说。

“他们就喜欢那么描述——以后他们又会说，其实他是吃了不新鲜的鱼罐头，死因正常。”

“好吧，你要非这么说，那就接着郁闷去吧。”

“快看！”波洛正在窗边百无聊赖地往外张望，“街上有位女士，用小说语言来说是位‘用面纱把自己遮得严严实实的女士’。她在上台阶，她在按门铃——她是来找我们咨询的，想必发生了有趣的事情。通常像她那样年轻漂亮的人是不戴面纱的，除非有大事发生。”

一分钟后，来访者被领进房间。正如波洛所说，她的脸庞确实被遮得严严实实，在摘下那饰有黑色西班牙花边的面纱前，旁人不可能看清眉目。不过我发现波洛的直觉很准，这位女士的确很漂亮，头发金黄，眼睛蔚蓝。她的服饰简洁却很贵重，显而易见，她肯定来自上流社会。

“波洛先生，”女士的嗓音轻柔悦耳，“我遇到大麻烦了。我也不知道你能不能帮上忙，不过我听说你很了不起，能力过人，所以来求你帮我解决这件特别棘手的事。说实话，你是我的最后一根救命稻草了。”

“棘手的事，我就喜欢解决棘手的事！”波洛说，“请说下去，小姐。”

这位金发美女犹豫了片刻。

“你要对我开诚布公，毫无保留，”波洛补充道，“在任何一点上，都不能藏着掖着让我蒙在鼓里。”

“我信任你。”女孩突然开口，“你听说过沃恩城堡和米利森特小姐吗？”

我顿时兴趣大增地抬起头。米利森特小姐和年轻的绍斯夏尔公爵订婚的消息刚刚宣布没几天。我知道米利森特小姐出身于一无所有的爱尔兰破落贵族，是家里的第五个女儿；而绍斯夏尔公爵却是英格兰最抢手的钻石王老五之一。

“我就是米利森特，”那女孩继续说，“你们可能从报纸上知道我订婚的消息。本来我现在应该是世界上最幸福的女孩，可是，波洛先生，我遇上大麻烦了！有个人，他的名字叫拉文顿，这人很可怕。嗯，我不知道怎样说才好。我曾经写过一封信——在我十六岁的时候。他……他……”

“是写给这位拉文顿先生的吗？”

“噢，不，不是，不是写给他的。当时我是写给一位年轻军人的。我很喜欢他，但他阵亡了。”

“我明白了。”波洛慈祥地说。

“那封信写得很傻气，也很不慎重，但其中并没有什么见不得人的东西，波洛先生。只是信中有些词句可能会引起误解。”

“我明白了，这封信被拉文顿先生得到了？”

“是的。为此他要挟我，说如果我不给他一大笔钱，就要把信交给公爵。他要的钱对我来说是天文数字，根本无法筹到。”

“这个浑蛋！”我忍无可忍地骂了一句，“请原谅，米利森特小姐。”

“为什么不对你未婚夫坦白，那不是更明智吗？”

“我不敢，波洛先生。公爵性情古怪，多疑善妒，容易钻牛角尖，凡事爱往坏处想。与其向他坦白，我宁可立刻解除婚约。”

“哦，原来是这样啊，”波洛做了个夸张的表情，“那么你想要我做什么呢，小姐？”

“你看我能不能让拉文顿先生来府上拜访你。我会告诉他，我聘请你代表我与他谈判此事，也许你能令他不那么漫天要价。”

“他开价多少？”

“两万英镑，这对我来说是天文数字。连一千英镑我都不一定能弄到。”

“就算你打着未来婚姻可期许收益的旗号去借钱，也不见得能借来一半的款项。而且，我明说吧，你根本就不该支付这笔钱。你只管拒付，足智多谋的赫尔克里·波洛自有退敌妙计。叫这位拉文顿先生来见我吧。他会带着信来吗？”

女孩摇摇头。

“我想不会。他很谨慎。”

“也许是我多疑，他不一定真有那封信吧？”

“我去他家时，他把那封信给我看了。”

“你去过他家？这太冒失了，我的女士。”

“是吗？我实在走投无路，以为在我的恳求下他会心软放手的。”

“噢，得啦，得啦。在这个世界上，坏人很难被恳求打动。你去求他，可是正中他下怀呢，这正好说明那封信对你是多么重要。他住在什么地方？”

“在温布尔登的波那威斯达，我是在天黑之后去找他的。”波洛不以为然地哼了一声。“我说实在不行我就报警了，但他听完只是肆无忌惮地一阵狂笑，然后说，‘没问题，亲爱的米利森特小姐，你要报警尽管去报’。”

“是呀，这不是警方能处理的事情。”波洛低声说。

“‘我认为你是个明智的人，不会做报警这种傻事。’他还说，‘看见没有，这就是你那封信，就放在这个小小的中国魔术盒里。他举起那封信让我看看清楚。我企图一把抓过来，却被他躲闪过去。他奸笑着把信叠好放回小盒子。‘它放在这儿很安全，你就放心吧。’他又说，‘我会把这个盒子藏在一个你永远也找不到的地方。’我看看他的小保险箱。他摇着头笑起来。‘我有个比保险箱更保险的地方。’这恶毒的家伙！波洛先生，你觉得你能帮得了我吗？”

“相信老波洛，我会见机行事的。”

我认为这就是波洛在给人家打保票了。不过当波洛服务周到地送这位皮肤白皙、满头金发的委托人下楼时，我已经意识到这事难度很大。波洛回来时，我委婉地说出自己的意见，他懊丧地表示同意。

“你说得对，目前还看不出有什么应对之道。那位拉文顿先生先声夺人掌握了主动，我还没想出智取他的妙招。”

当天下午，拉文顿先生如约来访。米利森特女士说他很恶毒，真的没有夸张。我感觉自己的靴尖在蠢蠢欲动，难以克制地想把他踹下楼去。他盛气凌人，言行倨傲，对于波洛提出的和解建议完全嗤之以鼻，不屑一顾。显然，他认为自己是稳操胜券，谁也奈何不了他。而波洛似乎方寸已乱，应对大失水准，看上去颇为沮丧，以至于束手无策了。

“好啦，先生们，”他边拿起帽子边说，“我们似乎谈不出什么名堂。那就这样吧，我放她一马，少要点钱，谁让她这么年轻，这么迷人呢。”他不屑地瞥了我们一眼，“就这么定了吧，一万八千英镑。今天我要去巴黎处理点事情，周二回来。最晚周二晚上把钱给我，否则别怪我不客气。别和我说米利森特小姐筹不到这么多钱。只要这位美女肯屈尊做点什么，就会有绅士朋友迫不及待地奉上这笔钱。”

我按捺不住，刚要发作，拉文顿话音未落就飞快地离开了房间。

“我的天！”我叫道，“我们不能听凭他作恶，得采取行动。你好像过于迁就他了。”

“你真是心地善良，我的朋友，不过你脑子里的小灰色细胞不好使。我可不想让他知道自己正面对高手，就让他觉得我只有招架之功没有还手之力吧。”

“那为什么？”

“真是奇怪，”波洛想起了什么，低声自语，“米利森特小姐进屋之前，我曾经说到很想干点违法乱纪的事。”

“你会趁他不在家破门而入找信吗？”我吃了一惊。

“嘿，黑斯廷斯，有时候你的脑筋挺灵光的呀。”

“要是他把信随身带走了呢？”

波洛摇摇头。

"不太可能。显然他的房间里有个万无一失的藏信之处。"

"我们什么时候——嗯——行动呢？"

"明天晚上，我们大约十一点钟出发。"

出发时间到了，我早已做好准备，换上了深色衣服，配上深色软帽。波洛温和地对我一笑。"不错，看来你特意换上了合适的衣服。"

他对我说："走吧，我们乘地铁去温布尔登。"

"什么东西都不带吗？比如破门而入的工具？"

"亲爱的黑斯廷斯，赫尔克里·波洛是不用蛮力的。"

我只好闭嘴，把疑问全闷在心里，等着瞧他要如何行动。

午夜时分，我们进入波那威斯达别墅的小花园，整幢房子静静地沉睡在黑暗中。波洛直接走到房子后面的一扇窗户前，轻轻抬起窗框，让我钻进去。

"你怎么知道这扇窗户能开呢？"我小声问，实在太神奇了。

"因为今天早晨我把窗钩锯开了。"

"什么？"

"轻而易举。我拿着一张假证件和一张贾普警督的官方证件到这儿来，告诉他们我受苏格兰场委托，在拉文顿先生离开期间过来帮他们安装新的防盗措施。管家很热情地欢迎我。好像他们最近发生过两起盗窃未遂案——英雄所见略同，想必拉文顿先生的其他客户也想到了我们这种做法——不过没有什么值钱的东西被偷。我检查了所有窗户，做了点小手脚，告诫仆人二十四小时内不要碰这些窗户，因为这些窗户全通了电。然后，我就很有风度地告辞了。"

“啊呀，波洛，真有你的。”

“我的朋友，略施小计而已。好，我们开始工作吧。仆人们睡在顶层，我们基本上不会惊动他们。”

“我想保险柜一定装在墙上。”

“保险柜？得了吧，不用考虑保险柜。保险柜是每个贼首先要找的东西。拉文顿先生不傻，你会看到，他藏东西的地方比保险柜要保险多了。”

之后，我们开始进行系统的搜寻。几个小时后，我们已经把整幢房子仔细篦了一遍，居然一无所获。波洛开始发脾气。

“嗬，真是活见鬼啦！我赫尔克里·波洛会失手吗？永远不会！我们要冷静冷静，再琢磨琢磨，找找原因。我要——嗯哼——好好用用我的小灰色细胞。”

他皱着眉头凝神沉思了一会儿，眼睛一亮，闪动着绿莹莹的光，那是我十分熟悉的表情。

“我真是笨蛋！去厨房！”

“厨房？”我说，“怎么可能在厨房，那是仆人干活儿的地方呀！”

“正是，一百个人中有九十九个人都会这么想！正因为如此，把东西藏在厨房里是最好不过的上上之选，那里都是些家用物品。走，我们去厨房！”

我跟着他，完全摸不着头脑，看他一会儿把手伸进面包机，一会儿拍拍炖锅，又把头伸进煤气炉。我看够了，不想再看，就溜回书房。我相信只有在这儿，在书房里才会找到藏匿的信件。我再接再厉地又搜寻了一遍，忽然发现时间已到四点十五分，天快亮了，赶忙又回到厨房。

我震惊地发现，波洛正站在煤箱里，身上那套整洁的衣服惨不忍睹。他做个怪样说："是呀是呀，这么衣冠不整完全违背我优雅的天性。但事已至此，换作你又会如何呢？"。

"拉文顿不可能把信埋在煤底下。"

"看看清楚，你就会发现我检查的不是煤。"

我这才看见煤箱后面的架子上堆着木柴，波洛正飞快地将木柴一根根拿下来。突然，他低声说："黑斯廷斯，把刀子递给我！"

我把刀子递给他，他好像用刀子在手中的木柴上戳了一下，木柴裂了开来。原来，这根木柴被仔细地锯成两半，中间被掏挖出一个空洞。波洛从空洞中取出一只小小的中国木盒。

"太棒了！"我情不自禁地惊呼起来。

"别激动，黑斯廷斯！小点儿声。走吧，在太阳出来之前我们离开这里。"

他把盒子往兜里一塞，从煤箱里一跃而出，草草整理了一下衣服。我们沿进来的路线离开了这幢房子，快步朝伦敦方向走去。

"真是匪夷所思，谁会想到把东西藏在那里啊！"我仍觉得不可思议，"随时都会有人来用那些木柴的。"

"在七月份这大热天吗，黑斯廷斯？而且它是放在最下面的——藏得好。喂，出租车！现在回家去，好好洗个澡，香香地睡上一觉。"

经过这惊心动魄的一夜，我睡了很久才醒，起床时都快一点了。我溜达到起居室，惊讶地看到波洛已经在那里了。他靠在扶手椅里，旁边放着打开的中国盒子，正心平气和地读着从盒子里取出来的信。

他亲切地对我一笑，拍拍手中的信纸，“那位米利森特小姐说得对，公爵绝不会原谅这些！我还从未见过比这更肉麻的情话呢。”

“是吗，波洛？”我用厌恶的语气说，“我觉得你不应该擅自读人家的信，这是无礼之举。”

波洛冷冷地说：“我读就不是无礼之举。”

“还有，”我说，“我觉得你昨天用贾普的官方证件也不符合游戏规则。”

“我不是在做游戏，而是在办案。”

我耸耸肩，和强词夺理的人是无法争论的。

“有人上楼来了，”波洛说，“是米利森特小姐。”

我们那位金发碧眼的委托人带着焦急的神色走进来，当她看到波洛手中拿着那封信和小盒子时，马上变得容光焕发。

“噢，波洛先生，你真是太棒了！你是怎么做到的？”

“通过旁门左道吧，我的女士，不过拉文顿先生不会计较的。这就是你的信，对吗？”

她迅速看了一遍。

“是的，噢，我该怎么感谢你呢？你真是个奇人。它到底藏在什么地方了？”

波洛告诉了她。

“你太聪明了！”她从桌上拿起那个小盒子，“我将把它作为纪念品。”

“我原本以为，小姐，你会允许我留下它作为纪念品的。”

“我打算送你一个比这更好的纪念品——就在我举行婚礼那天——我不是忘恩负义之人，波洛先生。”

"在我看来，为你服务的愉快胜过支票——所以请你允许我留下这个盒子。"

"噢，得了，波洛先生，我就是想要这盒子，非要不可。"她连笑带嚷地伸出手，可是，波洛的动作比她快，他的手迅速按在盒子上。

"我认为你不能拿走。"他语调一变。

"你这是什么意思？"她的语调也尖利起来。

"不管怎样，请允许我先取出盒子里的其他东西。看见了吧，这个盒子的内部已经改造过了，分为两个部分。上面这层放着那封有伤风化的信，下面这层呢——"

他敏捷地做了个动作，然后摊开手，手掌中躺着四粒闪闪发光的大宝石，还有两粒奶白色的硕大珍珠。

"我认为，这就是那天在邦德大街被抢的宝石，"波洛低声道，"听听贾普怎么说！"

让我大吃一惊的是，贾普从波洛的卧室里走出来。

"我想，你们是老相识了。"波洛温文尔雅地对米利森特小姐说。

"被你抓个正着，也算天意吧！"米利森特小姐的态度现在判若两人，"你这个无所不能的老家伙！"她近乎敬畏地望着波洛。

"好了，格蒂小姐，亲爱的，"贾普说，"把戏该玩儿完了。没想到这么快又见到你。我们已经逮捕了你的同伙，就是到这儿来自称是拉文顿先生的那位。至于真正的拉文顿先生，绰号叫克罗克。我不知道在荷兰用刀子捅死他的人是你们之中的哪位。你们以为他身上带着货，是吧？可他没带。他骗过你们，把宝石藏在了自己家里。你们派过两个家伙去他家找都没找到。之后你们委托这里的波洛先生去找。他的运气惊人得好，居然让他找到了。”

“你真喜欢饶舌，是不是？”假冒米利森特小姐的人说，“现在尘埃落定，放松点，我会乖乖地跟你走的。你得承认我是位善解人意的女士。好啦，再见吧！”

“是她穿错了鞋。”波洛见我还是一副迷惑不解的样子，只好强忍睡意向我解释，“根据我对你们英国人的观察，一位女士，尤其是出身贵族的女士，总是特别留意她的鞋子。她穿衣服可以差不多就行，但穿鞋会很讲究。而这位米利森特女士穿着时髦昂贵的衣服，脚上的鞋却很便宜。咱们两人都不太可能见到真正的米利森特小姐，她很少在伦敦露面。而这个小女人长得与她有点相像，本来光凭外貌还可以乱真。但正如我说，她穿错了鞋，她脚上的鞋首先让我心生疑虑，接着是她讲的故事——还有面纱——是不是有点夸张啊？他们那伙人都知道盒子有夹层，上层放着一封有伤风化的假信，但藏在木柴堆里则是已故拉文顿先生的高招。嗯，黑斯廷斯，提醒你一下，希望你以后不要再像昨天那样伤害我的感情，竟然说那些罪犯不知道我的威名。实际上，连他们自己都干不来的事情还要来找我去干呢！”

海上谜案

“克拉珀顿上校！”福布斯将军说道。

说这个名字时，他似乎是从鼻孔或是牙齿缝里发声的。

埃利·亨德森小姐微微一探身，额前一绺灰白色软发随风飘散。她眨眨眼，乌黑的眼睛闪动着淘气的光。

“这个男人好有军人风度！”她恶作剧般地说，理理额前短发，等着欣赏自己的话产生的作用。

“军人风度！”福布斯将军果然大怒，他拉扯着自己那颇具军人风度的八字胡，气得脸都红了。

“他在近卫团干过，对吧？”亨德森小姐自言自语地说，这才是她真想知道的。

“什么近卫团？根本子虚乌有。实际上，这家伙就是个音乐剧舞台上的戏子！后来当兵去法国混吃混喝，不知捞了多少好处。德国佬乱扔炸弹伤了他的手臂，他就趁机带伤回家了。谁知道他是怎么钻进了卡林顿夫人的医院。”

“原来他们就是这样碰到一起的。”

“确实如此，这家伙把自己打扮成受伤的英雄。那个卡林顿夫人无知无识，却有大把的银子。老卡林顿是个军火贩子。她当寡妇才六个月，就被这家伙勾搭到手。是她替他在国防部谋到的差事。什么克拉珀顿上校！哼！”他不屑一顾地说。

“这么说他在战前是表演音乐剧的。”亨德森小姐说，一边试图在想象中将眼前这位尊贵的满头灰发的克拉珀顿上校与当年那位涂着红鼻子唱歌逗笑的戏子联系起来。

“就是这么回事！” 福布斯将军说道，“我是从老巴辛顿·弗伦奇那儿听说的，他是从老巴杰尔·科特里尔那儿听来的，而老巴杰尔又是从斯努克思·帕克那儿听说的。”

亨德森小姐满面春风地点着头。“哦，那应该错不了。”

他们附近坐着一个小个子男人。亨德森小姐发现，她刚说完最后这句话，那人就微微一笑。她是个感觉敏锐的人，知道微笑说明那人领略到了她话中的嘲弄意味——而将军永远领略不到这种语言的机巧，对她的嘲弄毫无觉察。

将军本人并没留意旁人脸上的微笑。他看看表，站起身说：“锻炼去了。坐船旅行也要注意保持健康。”说完他就从那扇开着的门出去上了甲板。

亨德森小姐瞟了瞟那个微露笑意的男子，这种眼神是一种礼仪，表示她乐意同对方攀谈。

“他真是精力十足啊，对吧？”那小个子男人开口说。

“他要绕着甲板走上四十八圈才罢休。”亨德森小姐说，“他真是个喜欢流言蜚语的老家伙，他们还说我们女人喜欢八卦呢。”

“这真是对女人的冒犯！”

“法国人倒是彬彬有礼很有教养的。”亨德森小姐说——语调有些犹疑。

小个子男人立刻说：“我是比利时人，小姐。”

“噢！您是比利时人。”

“我叫赫尔克里·波洛。乐意为您效劳。”

她觉得这名字听起来有些耳熟，以前肯定在什么地方听过。

她接着又问道："这次旅行感觉好吗，波洛先生？"

"老实说，不好。我有点犯傻，人家一鼓动我就参加了。我不喜欢海洋，总是那么波浪起伏，一刻也平静不下来。"

"嗯哼，你得承认它现在可是风平浪静的。"

波洛先生勉勉强强地说："就算是吧，就这么一小会儿。所以我现在又提起了精神，有兴致注意周围的动静了，比如，您是怎么挥洒自如地对付那个福布斯将军的。"

"您的意思是——"亨德森小姐停顿了一下。

赫尔克里·波洛鞠了一躬，"您轻易就得到了想要知道的八卦消息，手法令人叹为观止！"

亨德森小姐毫不忸怩地哈哈一笑。"您是说近卫团的事吗？我知道这样一说那老家伙就会气急败坏。"她探探身子，毫不掩饰地说："我承认我喜欢八卦，内容越不堪就越有趣。"

波洛凝神看了看她。她身材苗条，保养得当，乌黑的眼睛机敏地闪动着，加上满头的灰发。这位四十五岁的女人对待自己的年龄想必不怎么在意。

埃利突然说："我想起来了，您就是那位大侦探吧？"

波洛鞠了一躬，"您过奖了，小姐。"但他没有否认。

"太棒了！"亨德森小姐说，"您是在追捕罪犯吗，就像书里所说的那样？我们当中藏着一个罪犯吗？我这么问是不是太莽撞了？"

"不不不，很抱歉让您失望了。我和别人一样是出来游玩开心的。"

可他说这话的时候并不开心。亨德森小姐不由得笑起来。

"噢！明天您可以在亚历山大港上岸游玩。以前去过埃及吗？"

"没有。小姐。"

亨德森小姐猛地站起身来，动作有些突兀。

“我想我得和将军那样去活动活动了。”她说。

波洛礼貌地站起身来。

她冲他微微点了下头，就向甲板走去。

波洛不觉有些诧异，过了一会儿，他微微一笑，站起身探出头，朝甲板上望去。果然，亨德森小姐正倚着栏杆在和一位军人风度的高个子男人说话。

波洛笑得更加开心。他慢慢地退回吸烟室，动作就像乌龟缩回壳里，显得有些过分小心。此时，吸烟室里就他一个人，但他觉得这片刻的安静持续不了太久。

果不出他所料，克拉珀顿夫人从酒吧方向走过来。她那精心修剪过的银灰色大波浪头发罩着发网，她穿着时髦的运动套装，显示出按摩和节食呵护出来的体型。她摆出一副趾高气扬的样子，让人一看就知道她有的是钱，可以随心所欲地挥霍。

她进门就喊：“约翰——噢！早上好，波洛先生——您有没有看见约翰？”

“他在右舷甲板上，夫人。要不要我——”

她手一抬制止住他。“我就在这儿坐一会儿。”她在他对面的椅子上款款落座。离得较远时，她看起来像二十八岁。现在近距离一看，却像五十五岁，其实她只有四十九岁。尽管精心化妆，仔细修眉，也遮掩不住她的老态。她的淡蓝色眼睛倒是亮亮的，瞳仁很小。

“很抱歉，昨天晚饭时没见到您，”她说，“当然啦，浪太大了——”

“浪的确很大。”波洛表示同意。

“幸好我是一个很棒的水手，”克拉珀顿夫人说，“我说幸好是因为我心脏有问题，如果晕船，可能会要了我的命。”

“您的心脏有问题吗，夫人？”

“是呀，所以我需要特别注意。可别累着！专家们就是这么对我说的。”克拉珀顿夫人开始喋喋不休地谈起她乐此不疲的话题——她的健康。“约翰，我那可怜的丈夫，总是尽力让我多休息，少做事。生活中我老是绷紧弦卯足劲。您明白我的意思吧，波洛先生？”

“明白，明白。”

“他老告诫我，放松点，懒散点，艾德琳。可我做不到。在我来说，生活就是劳作。打仗那时候，我还是个女孩呢，可把我累坏了。我的医院——您听说过我的医院吧？虽然我手下有护士，有护士长，什么活儿都有人干，可是整个管理重担全压在我身上啊。”她唉声叹气地说。

“亲爱的夫人，您真是精力充沛。”波洛说得那么言不由衷，仿佛受到了催眠。

克拉珀顿夫人像小女孩一样天真地笑了起来。

“大家都说我真年轻！那怎么可能呢。四十三岁就是四十三岁，我可不会假装自己还很年轻。”她大言不惭地说着，“很多人都不敢相信，他们老是说，艾德琳，你真是活力四射啊！说句实话，波洛先生，人若是没了活力，那得成什么样子？”

“死人的样子。”波洛说。

克拉珀顿夫人眉头一皱，觉得这回答很逆耳。她觉得对方是在拿她寻开心。于是站起身，冷冷地说：“我找约翰去了。”

她出门的时候，手提包掉了下来，里面的东西散落一地。波洛赶紧跑过去帮忙捡拾。好一会儿工夫，才将掉落的唇膏、小梳妆盒、烟盒、打火机以及其他零零碎碎装回手提包。克拉珀顿夫人礼貌地向他表示谢意，然后走到甲板上大喊："约翰——"

克拉珀顿上校和亨德森小姐聊得正欢，听见呼唤，立刻转身来到妻子身前，弯下腰来照顾她的需求。他充满关切地询问，她的甲板椅放得是不是合适，要不要换个地方？他如此温柔宠溺地对待她，显然，那位妻子已经习惯于被体贴丈夫这么伺候了。

埃利·亨德森小姐眺望着远方的水平线，似乎对此颇为厌烦。

波洛站在吸烟室门边冷眼观望着。

身后，一个颤颤巍巍的沙哑声音说："我要是她丈夫，早就给她一闷棍了。"船上比较年轻的人都戏谑地称这位老先生为"种植园主的老祖宗"，他刚蹒蹒跚跚地走进屋来。"孩子！"他喊道，"来杯威士忌。"

波洛俯身拣起地上一张撕下来的便条纸，这是从克拉珀顿夫人手提包里掉出来的，刚才被遗漏了。他发现那是张处方的一角，药里有洋地黄。他收了起来，打算过后还给克拉珀顿夫人。

"不错，"那位上年纪的乘客还在说，"这种女人太讨厌。我记得在浦那[①]那个地方就有个女人像她这样。那是一八八七年的事了。"

"有没有谁给她来一闷棍？"波洛问。

老先生悲哀地摇摇头。

"当年她丈夫就郁闷而死了。克拉珀顿应该拿出男人的样子来，不用这么千方百计地讨好她。"

"她掌握着钱包。"波洛正色说道。

"哈哈哈！"老先生笑道，"真是一针见血。掌握着钱包。哈

① Pune，旧称Poona，印度西部城市，素有"德干女王"之称。

哈哈！”

两个女孩冲进吸烟室。一个姑娘脸圆圆的，长着雀斑，海风吹乱了她的黑发。另一个也长着雀斑，不过是栗色卷发。

“救人啊救人！”名叫基蒂·穆尼的女孩喊道，“我和帕姆要去救克拉珀顿上校。”

“把他从老婆那里救出来。”帕梅拉·克里根呼哧带喘地补充道。

“他就像他老婆的宠物……”

“她太讨厌了，处处管制他。”两个女孩七嘴八舌地说。

“他要么和老婆待着，要么就和那个叫亨德森的女人在一起……”

“那女人还行，就是老点……”

她们闹着跑了出去，一路上笑嚷着：“救人啊，救人……”

当天晚上，十八岁的帕姆·克里根走到赫尔克里·波洛跟前，告诉他说她们并非突发奇想，而是真的有个计划要解救克拉珀顿上校。她窃窃私语地说：“你就看着吧，波洛先生，我们要在她眼皮底下弄走他，把他带到甲板上去，在月光下散散步。”

就在这时，他们听到克拉珀顿上校的声音，他在说：“就是一辆劳斯莱斯汽车的钱，但这能用一辈子。现在我的车——”

“我想是我的车，约翰。”克拉珀顿夫人尖刻地大声回答。

对这么粗暴的回答他居然没有生气，要么是他已经习惯了，要么就是——

“要么就是——”波洛沉思默想着。

“确实如此，亲爱的，是你的车。”克拉珀顿若无其事地向妻子鞠了一躬，不再说话。

“真有绅士风度，”波洛想，“但福布斯将军说克拉珀顿压根就不是一个绅士。这里面有点儿问题。”

有人建议打场桥牌。于是克拉珀顿夫人、福布斯将军和一对眼神锐利的夫妇坐了下来。亨德森小姐说了声“对不起”就出门上了甲板。

“是不是让您丈夫也参加？”福布斯将军犹豫着问。

“约翰不打桥牌，”克拉珀顿夫人说，“他这人没什么情趣。”

四个人开始洗牌。

帕姆和基蒂走到克拉珀顿上校跟前，分别抓住他的一个胳膊。

“你和我们一起上甲板吧，”帕姆说，“去赏赏月。”

“约翰，别胡来，”克拉珀顿夫人说，“你会着凉的。”

“跟我们在一起是不会着凉的，”基蒂说，“我们会很热。”

他还是和她们一同走了，一路欢声笑语。

波洛注意到，克拉珀顿夫人在牌局开始叫了两草花之后，就没再叫牌。

他溜达着出门去了上层甲板。

亨德森小姐正站在栏杆边，似乎在等待什么人。他走过去站在她身边，看到是他，她的情绪显然低落了不少。

他们闲聊着，过了一会儿，波洛不说话了，她问：“你在想什么？”

波洛答道：“我正在想我对英语的理解能力是不是有问题。克拉珀顿夫人说‘约翰不打桥牌’，通常不是该说他‘不会打桥牌’吗？”

“我认为，她只是借机羞辱他一下。”埃利哑声说，“他怎么会和她结婚，真够蠢的。”

波洛在黑暗中笑了。“你不认为他们这样也可能过得不错吗？”他试探着问。

“和那样一个女人？”

波洛耸耸肩。“很多令人难以忍受的妻子都拥有忠心的丈夫。大自然这么安排真是令人费解。不过你得承认，无论她说什么，做什么，那位做丈夫的都不生气。”亨德森小姐正在想怎么回答波洛的话，就听到从吸烟室窗户里传出克拉珀顿夫人的声音。

“不不不，我不想再来一局了。这里太气闷了，我得上甲板呼吸呼吸新鲜空气。”

“晚安，”亨德森小姐对波洛说，“我要去睡觉了。”她的身影很快就消失了。

波洛慢慢溜达到娱乐室——里面只有克拉珀顿上校和那两个女孩，没有其他人。他正在为她们表演纸牌魔术。看着他手指灵敏地洗牌、倒牌，波洛想起将军说他曾经当过音乐剧演员的事。

“你虽然不打桥牌，但看来你很喜欢玩牌。”波洛道。

“我不打桥牌是有原因的，”克拉珀顿说道，脸上露出了迷人的微笑，“你们这就知道为什么了。我们来玩一局。”

他飞快地发好牌。“拿起你们的牌看看，嗯，怎么样？”看到基蒂一脸迷惑不解，他笑了。他将手中的牌摊开给大家看，其他人也照做。基蒂手里的牌全部都是草花，波洛的牌是一水的红心，帕姆包揽了方块，而克拉珀顿上校则是整套黑桃。

“看到了吧？”他说道，“如果一个人能够想怎么发牌就怎么发牌，想让自己的队友或对手拿到什么牌就能让他们拿到，那他最后还是不要加入一场联谊性质的牌局。免得手气太好时，人家会说闲话。”

“噢！”基蒂惊叹道，“你是怎么做到的？我们都看着你发牌，没看出有什么特别的呀。”

“敏捷的手法能够欺骗眼睛。”波洛简洁地说。话音刚落，波洛就发现克拉珀顿脸色一变，仿佛他意识到自己一时忘形有失分寸了。

波洛不由得一笑。原来绅士面具后面还藏着个魔术师啊。

第二天天刚亮，船就抵达了亚历山大港。

早饭过后，波洛来到甲板上，看到那两个年轻姑娘正准备上岸。此刻，她们正在和克拉珀顿上校说话。

“我们赶紧走吧，”基蒂催促着，“那个查验护照的人一会儿就要下船了。你不和我们一起去吗？你不会让我们自己上岸的，对吧？那太不安全了。”

“我是不放心，确实需要有人陪你们上岸，”克拉珀顿微笑着说道，“不过不知道我妻子能不能去。”

“她要不能去就太糟糕了，”帕姆说道，“不过她可以留在船上好好休息。”

克拉珀顿上校举棋不定，显然他非常想下去舒活筋骨，但又拿不定主意。他看到了波洛。

“您好，波洛先生——您上岸吗？”

“不上岸。”波洛先生答道。

“那么，我去跟艾德琳打个招呼。”克拉珀顿上校下了决心。

“我们也一起去，”帕姆冲波洛眨眨眼，“没准儿还能叫上她一起来呢。”她又煞有介事地补充说。

克拉珀顿上校对此提议似乎求之不得，一下子就放松了许多。

“那就一起去吧，你们两个都去。”他愉快地说。

他们三个人沿着第二层甲板的通道向舱房走去。

波洛就住在克拉珀顿舱房的对面，出于好奇，他也跟在后面。

克拉珀顿上校敲敲舱门，显得有些紧张。

“艾德琳，亲爱的，你起床了吗？”

里面传出克拉珀顿夫人还没睡醒的声音。“噢，讨厌——怎么啦？”

“是我呀，约翰。咱们上岸玩玩好吗？”

“不去！”里面的声音不容分说地尖叫着，“我昨晚没睡好，今天得补觉。”

帕姆飞快地插了一嘴。“哎呀，克拉珀顿夫人，真是太遗憾了，要是您能和我们一起去多好啊。您真的不能去吗？”

“不能，就是不能！”克拉珀顿夫人的声音愈发尖厉。

上校拧拧门把手，没有拧动。

“干吗呀，约翰？门锁着呢！我可不想让服务员弄醒我。”

“对不起，亲爱的，实在对不起，我只是想进去拿我的旅游指南。”

“算了吧，”克拉珀顿夫人断然拒绝，“我才不会起床给你开门。走开，约翰，让我安静会儿。”

“好吧好吧，亲爱的。”上校离开门口，帕姆和基蒂紧随其后。

“我们现在就走吧，谢天谢地，你还戴着帽子。哎呀，我的上帝——你的护照不会在船舱里吧？”

“事实上，它在我兜里——”上校刚要解释。

基蒂捏捏他的手臂。“太好了，”她喊道，“万事大吉，走喽！”

波洛倚着栏杆目送他们三人。他听见身边有人轻轻抽了口气，转过身来看见是亨德森小姐，她的眼睛正盯着那三个离去的身影。

“他们上岸了。”她漠然说道。

“是的，你要上岸吗？”

他注意到她已经戴好遮阳帽，换上雅致的包和鞋，显然是要上岸。然而，她略一迟疑便摇了摇头。

“不了，”她说道，“我觉得还是留在船上好，还有好多信要写呢。”

她转身离去。

福布斯将军绕甲板运动了四十八圈，结束了上午的锻炼，这会儿气喘吁吁地走了过来。“啊哈！”当他注意到上校和那两个女孩离去的身影时，喊道：“这是玩的哪一出啊！那位夫人在什么地方？”

波洛告诉他，克拉珀顿夫人不想起床，打算安安静静地补觉。

“谁信呢！”这位老军人挤了挤眼，“午餐时你就会看见她——如果那个可怜的家伙未经允许胆敢缺席午餐，她不会饶过他，等着看热闹吧。”

但将军的预测没有应验，克拉珀顿夫人午饭时并没有出现。直到上校和那两个女孩四点钟返回船上，都没看到她的影子。

波洛躺在自己的舱房里，听见这位丈夫带着歉意敲着对面的舱房门。他敲了很长时间，还转动把手试着将门打开，之后，波洛听见他喊服务员。

“服务员，到这儿来，房间里没人答应，你有钥匙吗？”

波洛立刻从床上爬起来，出门来到过道。

消息像野火一样飞快地传遍全船。人们惊愕地听说克拉珀顿夫人死在了她的床上——被一把当地匕首穿透了心脏。在她舱房的地上发现了一串琥珀珠子。

流言满天飞，传得沸沸扬扬。每个上船卖过珠子的小贩都被找来问话！舱房抽屉里丢了一大笔钱！钱已经找到了！钱还没找到！昂贵的珠宝不见了！根本没有什么珠宝！抓到一个服务员，已经认罪了……

“到底是怎么回事？”埃利·亨德森小姐拦住波洛问。

她脸色苍白，心神不定。

“亲爱的小姐，我怎么知道？”

“你当然知道。”亨德森小姐说。

夜深人静，大多数人都已经回到他们的舱房。亨德森小姐带着波洛走到甲板上，在有天棚遮挡的那几把椅子上坐下。“现在可以说了。”她要求道。

波洛若有所思地打量着她。“这案子很有意思。”

“她有一些昂贵珠宝被偷了，是真的吗？”

波洛摇摇头。“不，没有珠宝被偷，抽屉里倒是少了些现金，不过也没多少钱。”

“我再也不会觉得坐船就会安全了，”亨德森小姐哆嗦了一下，“有什么蛛丝马迹吗，是不是那些肤色黝黑的家伙干的？”

“没有线索，”赫尔克里·波洛说，“这个事情相当……嗯……相当蹊跷。”

“你说什么？”埃利惊问道。

波洛两手一摊。“好了好了，让我们看看事实吧。克拉珀顿夫人被发现时至少已经死了五个小时；丢了若干现金，床边地上有串珠子；门是锁着的，钥匙不见了；面向甲板的窗户——注意，是窗户，不是舷窗，是打开的。”

“那又怎么样？”这女人有些急躁。

“你不觉得谋杀现场出现这些特定的情况很古怪吗？要知道，那些得到准许可以上船叫卖明信片、兑换钱币、兜售珠子的小贩，警方对他们都很熟悉，知根知底。”

“尽管如此，服务员手里还有舱房钥匙。”埃利指出。

“是的，那是为了防止小偷小摸行为，但这是谋杀。”

“你究竟在想什么，波洛先生？”她的嗓音听起来有些窒息感。

“我在想那扇锁着的舱门。”

亨德森小姐也想了想。“我看不出这有什么问题。那人从门出去，锁住门，带走钥匙，这样谋杀就不会太快被人发现。真是聪明之举，这件谋杀案到下午四点才被人发现。”

“不，不，小姐，你没弄懂我的意思。我想的不是他怎么出去，而是他怎么进去的。”

“当然是从窗户进去的。”

“有这种可能性，但很难做到——别忘了，甲板上总是人来人往。”

“那就是门。”亨德森小姐有点不耐烦。

“你忘了吗，小姐，克拉珀顿夫人把门从里面锁住了。克拉珀顿上校早上还没离船，她就已经把门反锁起来。他还企图把门打开——所以肯定是反锁住的。”

“那也不算什么，也许门卡住了——或是他把手转错了方向。”

"并不是光凭他说，实际上我们听见是克拉珀顿夫人自己这么说的。"

"我们？"

"穆尼小姐，克里根小姐，克拉珀顿上校，还有我自己。"

埃利·亨德森小姐轻轻顿了下脚，脚上的鞋很好看。静默了一会儿，她带着怒气说："那么——你究竟是怎么推断的？我想的是，如果克拉珀顿夫人可以关门，她也可以开门。"

"正是，正是！"波洛开心地望着她，"你终于和我想到一起去了。是克拉珀顿夫人开门放进了凶手。那么，她会给一个卖珠子的人开门吗？"

埃利不同意。"她也许不知道是谁呢，可能他一敲门，她就起来开门——然后他硬挤进来杀了她。"

波洛摇摇头。"恰恰相反，被杀的时候，她正安静地躺在床上。"

亨德森小姐瞪着他。"那你的意思是？"她问得很突兀。

波洛微微一笑。"呵呵，似乎她认识那个进来的人，难道不是吗？"

"你的意思是，"亨德森小姐说，语音都变了调，"凶手是船上的乘客？"

波洛点点头。"看来是。"

"扔在地上的珠子就是为了掩人耳目？"

"正是。"

"钱的失窃也是？"

"正是。"

沉默了一会儿，亨德森小姐字斟句酌地说："我认为克拉珀顿夫人是个非常讨厌的人，我觉得船上没人会喜欢她，但也没人有什么理由杀她。”

“也许吧，除了她丈夫，别人都不会。”波洛说道。

“你不会真的以为——”她没说下去。

“船上每个人都觉得克拉珀顿上校应该狠狠地给她一闷棍。我认为那只是他们表达看法而已。”

埃利 · 亨德森注视着他，等他说下去。

“不过我得承认，”波洛继续说道，“我本人并没有发现这位好上校有什么生气的表示。更为重要的是，他有不在场的证明。那天他一直和那两个女孩在岸上，直到四点钟才回船。那时克拉珀顿夫人已经死了若干小时了。”

停了一会儿，埃利 · 亨德森柔声说道：“但你仍然认为……是船上的乘客干的？”

波洛点了点头。

埃利 · 亨德森突然笑了——肆无忌惮地笑了。“你的推理很难证明啊，波洛先生，船上这么多乘客呢。”

波洛鞠了一躬。“借用贵国侦探小说的一句话：我有自己的办法，华生。”

第二天晚饭时间，每个乘客都在自己的盘子旁看到了一张打印纸条，要求他们在八点半时到主厅去。人们到齐之后，船长站到乐队表演的小舞台上向大家讲话：“女士们，先生们，你们都听说了昨天发生的悲剧。我相信你们都愿意合作将那个作案者绳之以法。”他停下来清清嗓子，“大侦探赫尔克里 · 波洛就在船上，你们可能都知道，他在破案方面经验丰富。下面请他给大家讲话，请大家注意听。”

就在这时，克拉珀顿上校走进来，在福布斯将军身边坐下。他没有去吃晚饭，看起来充满悲伤，一点儿没有得到解放的感觉。这种表现要么说明他演技出众，要么就是他真心喜欢那位奇葩的妻子。

“请吧，赫尔克里·波洛先生。”船长说着从台上下来，波洛走上去。他笑嘻嘻地望着大家，煞有介事的样子十分有趣。

“女士们，先生们，”他开始了，“感谢你们如此宽容地愿意听我说话。船长先生告诉过你们，我在破案方面颇具经验，他说得对，我的确经验丰富。实际上，经过剥茧抽丝分析案情，此案确实有了一些眉目。”他做了个手势，一个服务员上前，递给他一个用床单包着看不出形状的大物件。

“接下来我要做的事可能会让你们觉得奇怪，”波洛提醒道，“你们可能会受惊，觉得我这人莫名其妙，是不是疯了。请你们相信，我的疯狂之举，就像你们英国侦探小说描述的，是我特有的破案方法。”

他与亨德森小姐目光碰在一起，对视了一会儿。

他开始解开那个大包裹。

“请看这里，女士们先生们，这是一个重要证人，他能证明是谁杀害了克拉珀顿夫人。”他敏捷地将最后一块蒙布揭开，让大家看到里面的物件，那是个约有真人大小的木偶，穿着丝绒套服，衣领上饰有花边。

“现在，阿瑟，”波洛说，他的声音发生了奇妙的变化，不再带有任何外国口音，而是标准的伦敦腔，充满自信，抑扬顿挫，“你能告诉我——再说一遍——你能告诉我任何有关克拉珀顿夫人死亡的事吗？”

木偶的脖子摆了摆，下巴动了动，就听见一个尖利的女高音在说："干吗呀，约翰？门锁着呢！我可不想让服务员弄醒我……"

只听一声惊呼，椅子翻倒，站在旁边的那个男人身体开始摇晃，他用手抓住自己的脖子——试图说点什么——但实在发不出声音……接下来，他突然瘫软，一头栽倒在地。

是克拉珀顿上校。

波洛和船医从扑倒在地的人身边站起来。

"我想他不行了，是心脏病。"医生简单地说。

波洛点点头。"戏法被戳穿，给吓坏了。"

他转身对福布斯将军说："正是您，将军，提示了我，给了我很大启发。您提到过舞台音乐剧，我一直没觉得这与案情有什么关系。后来才联想到，假设克拉珀顿战前是个口技演员，擅长腹语，那么，我们三个人在克拉珀顿夫人已经死了的时候，还能够听到她在舱房里说话，是完全有可能的……"

埃利·亨德森站在他身边，眼神阴沉，充满痛苦。"你知道他心脏不好吗？"她问。

"我猜到了……克拉珀顿夫人说到自己的心脏不好，但我觉得她在故弄玄虚，就是想给人娇弱之感。后来，我捡到一张处方碎片，上面开有大剂量洋地黄。洋地黄是治心脏病的药，但绝不会是克拉珀顿夫人的，因为这种药能使瞳孔放大，我从没有发现她有这种现象——但我一看到他的眼睛，立刻就发现了。"

埃利轻轻地说："所以你很明白……事情可能会……是这种结果？"

"这难道不是最好的结局吗，小姐？"他温和地说。

他看见她眼里涌出泪水。她说："你知道，你一直都知道……我很在意他……但他对我没什么感觉……是那些女孩——是她们的年轻，使他感到自己受奴役的痛苦。他想获得自由，要不然就太晚了……是的，我想是那样的……你什么时候猜到……嗯……猜到是他干的？"

"他很有自制力，"波洛简明扼要地说，"无论他妻子的行为多么令人痛恨，他都无动于衷，逆来顺受。要么他是习惯成自然，漠然置之，要么就是——嗯——我相信是后者……我想得不错……

"后来，他非要表演纸牌魔术给我们看，就在案发前一天，假装一时不慎暴露了自己。但像克拉珀顿这样的人是不会一时不慎暴露自己的，那必然有原因。人们一旦以为他当年是个变戏法的魔术师，就不会想到他其实是个会腹语的口技艺人。"

"我们听到的那个声音——是克拉珀顿夫人的声音吗？"

"有一个服务员的声音和她很像。我让她藏在舞台后面，教给她如此这般说话。"

"原来这是个圈套，太残忍了！"埃利喊道。

"谋杀更残忍。"赫尔克里·波洛说。

花园疑案

赫尔克里·波洛先将桌上的信件叠放成整整齐齐的一摞摆在面前，接着拿起最上面那封，研究了一下信封上的地址，然后拿起早餐桌上备着的专用裁纸刀从信封背面裁开，取出里面的东西。还是一个信封，小心地封着紫蜡，写有“亲启保密”的字样。

赫尔克里·波洛蛋形脑袋上的眉毛微微一耸，嘴里嘀咕着：“别着急，这就来了！”再次拿起那把裁纸刀。这次信封里有张信纸——尖长的字迹颤巍巍的，一些字句下面还画上了重点线。

赫尔克里·波洛打开信纸开始读信。信纸上端再次写有“亲启保密”字样。右边是地址和日期：玫瑰岸，查曼草地，巴克斯；三月二十一日。

亲爱的波洛先生：

是一位尊敬的老朋友把您推荐给我的，他知道我最近处于担心和痛苦之中，但并不知道究竟发生了什么事——我没告诉任何人——这件事要严格保密。

我朋友向我保证说你是个特别谨慎的人——因此我大可不必担心会有警方插手。如果我的怀疑是对的，我目前已经忧心忡忡。当然也有可能根本不是这么回事。这些日子以来我感觉自己脑子有些糊涂——因为我睡眠不好，去年冬天还患过一场重病。弄清楚这件事对我来说有些力不从心，我既没有调查手段也没有调查能力。此外，我还得再强调一下，这是一桩家庭事务，涉及微妙的关系，出于种种原因最好不要张扬。等我弄清楚事实真相，我会自己处理此事，也一定会处理好。我希望在这点上我已经说得很明确了。如果您同意调查此事，那么请您按上面的地址回信告知。

谨此

阿米莉亚·巴罗比

波洛重读了一遍信，他的眉毛又向上耸了耸。

然后他将信放在一旁继续拆阅其他信件。

十点整，他走进机要秘书莱蒙小姐的房间，她正坐在那里等待当天的工作指示。莱蒙小姐四十八岁，相貌平平，缺乏魅力，瘦骨嶙峋的样子有点惨不忍睹。她爱好整洁，这方面几乎可以和波洛本人媲美；虽然具有思考能力，但她很少思考，除非有人要求她这样去做。

波洛将上午的邮件递给她。“小姐，请用适当的话回绝所有这些请求。”

莱蒙小姐将这些五花八门的信件依次浏览了一遍，顺手在上面分别标出莫名其妙的记号。这些记号只有她自己知道是什么意思，完全是她自成体系的标识，比如：“劝诱”、“耳光”、“呼噜”、“简要”等等。标记好后，她向波洛点点头，等待进一步的指示。

波洛递给她阿米莉亚·巴罗比的那封信。她从两重信封里抽出信，读了一遍，探询地望向波洛。

“怎么回复，波洛先生？”她拿好铅笔，随时准备在速记簿上记下波洛的话。

“你对那封信有什么看法吗，莱蒙小姐？”

莱蒙小姐眉头微微一皱，放下手里的笔，重新把信读了一遍。

对莱蒙小姐来说，阅读信件的唯一目的是要按照雇主指示妥善回复，根本就不用开动脑筋。她的雇主很少需要她提供个人意见，通常只要她把秘书该办的事办好就行。所以当波洛这么问的时候，她有些不高兴——她差不多是架完美的秘书机器，对其他俗事毫不关心。她在生活中也有真正的兴趣，那就是发明一种完美的文件归档方法，这种方法出现后，其他文件归档方法就可以从世界上消失了。她连晚上做梦都在琢磨这样的方法。不过，正如赫尔克里·波洛所了解的那样，莱蒙小姐并非不食人间烟火，她对凡事俗务还是相当有心得的。

“嗯？”他再次问道。

“那位老夫人，”莱蒙小姐说道，“有点风声鹤唳的意思。”

“不错！那么你觉得是不是无风不起浪呀？”

莱蒙小姐认为波洛已经在英伦住了这么久，足以理解那些俚语是什么意思，就没有答话，只是扫了一眼那套在一起的双重信封。

“保密意识很强，”她说道，“什么都没透露。”

“是的，”赫尔克里·波洛说，“我也注意到了。”

莱蒙小姐的铅笔再次落在速记簿上等待指示。这次赫尔克里·波洛有指示了，“告诉她，如果她不能到这里来向我咨询，那么我可以在她提出的任何时间去拜访她，这是我的荣幸。不要用打字机，用手写。”

“好的，波洛先生。”

波洛又递给她一些邮件。“这些是账单。”

莱蒙小姐飞快地整理了一遍账单，对波洛说：“除了这两份之外都可以支付。”

“为什么不支付这两份？没有什么不对啊。”

“你才开始和这两家公司打交道。刚开立账户就及时付钱并不是好事，看起来像是你打算日后从他们那儿贷款似的。”

“啊！”波洛低声说，“看来你对英国商人的认识很深刻呀，令我肃然起敬。”

“我对他们了解得很。”莱蒙小姐面无表情地说。

给阿米莉亚·巴罗比小姐的回信及时写好并寄出，却没有得到任何答复。赫尔克里·波洛猜想，莫非这位老夫人已经自己搞清楚了问题。令他感到有点惊讶的是，如果真是那样，不再需要他的帮助，她居然没有客气地写封信来知会一声。

过了五天，莱蒙小姐接受完早间指示后对波洛说：“我们去信的那位巴罗比小姐难怪没有给我们回信。她死了。”

赫尔克里·波洛轻轻地跟了一句：“哦，她死了。”说话的口气听上去不像个问题，倒像个答案。

莱蒙小姐打开手包，取出一张剪报。“这是我在地铁里看见的，就把它撕了下来。”

波洛心下暗暗称赞，虽然莱蒙小姐用的是“撕”这个词，但其实她是用剪刀将它整齐地剪下来的。波洛读着从《早间邮报》的“出生、死亡、婚姻”专栏里剪下来的那则通告，上面写着：“三月二十六日，阿米莉亚·简·巴罗比在查曼草地玫瑰岸猝死，享年七十三岁。特此通告，敬谢鲜花。”

波洛读完之后，轻声嘀咕着：“猝死。”然后他轻描淡写地说道：“请你记录一份口授信稿，莱蒙小姐，好吗？”

没有落笔之前，莱蒙小姐满脑子还在琢磨文件归档方法那错综复杂的细节，听到雇主一声吩咐，她立刻收回神，迅速记录下波洛口授的内容——

亲爱的巴罗比小姐：

我没有从您那里收到回信，但因我星期五要去查曼草地附近，我将于那天拜访您并与您详细讨论您在信中提到的事情。

谨此

赫尔克里·波洛

“请把这封信打印出来。如果立刻寄出的话，今晚可以到查曼草地。”

第二天一早，黑边信封的回信就随第二趟邮件来了。

亲爱的先生：

来信收悉，我的姑妈巴罗比小姐已于二十六日去世，因此您所提到的事情不再重要了。

谨此

玛丽·德拉方丹

波洛心中冷笑。“不再重要了……我们走着瞧吧。出发——去查曼草地。”

玫瑰岸是一幢别墅，还真是个玫瑰盛开的地方——不是什么别墅都可以叫这个名称的。

赫尔克里·波洛沿着小径走向前门，途中停下脚步，欣赏着两边修剪得整整齐齐的花坛。盛开的玫瑰花许诺给人们一个预期中的丰收，同样怒放的还有黄水仙、郁金香、蓝色风信子——离房屋最近的一个花坛用贝壳镶着边，但没镶全。

波洛自言自语地说："那则英国童谣是怎么说的来着？"

玛丽太太，你搞错了吧，
你的花园种的什么呀？
种鸟蛤壳，种银铃铛，
还有那美丽女仆排一行。

"不见得会有一行，"他想，"但至少会有一个漂亮女仆，这个童谣就对上号了。"

前门打开，出现了一个头戴帽子身穿围裙的小个子女仆，这位衣帽整洁的女子用疑惑的眼光打量着波洛，不明白这个小胡子外国人为何在门前花园里大声自言自语。正如波洛所料，她颇有姿色，长着一双蓝色的圆眼睛，脸庞红润可人。

波洛彬彬有礼地举起帽子，对她说："请问，阿米莉亚·巴罗比小姐是不是住在这里？"

小个子女仆张开嘴，瞪大那双圆眼睛。"噢，先生，您不知道吗？她死了。死得很突然，就在星期二晚上。"

她有点迟疑，在两种本能之间犹豫不决。第一种，是不信任外国人；第二种，忍不住想说点什么，在她们这种人看来，议论一下疾病和死亡这种事情总是很有意思。

“这太令人吃惊了，”赫尔克里·波洛言不由衷地说，“我与夫人约好今天见面。不管怎样，我可以见见住在这里的另外一位夫人。”

小个子女仆拿不定主意。“你说的是太太吗？嗯，也许你可以见她，但我不知道她会不会见你。”

“她会见的。”波洛说道，并递给她一张名片。

他威严的语气起了作用。这位脸庞红润的女仆退后两步将波洛让进门，领进大厅右侧的起居室，然后就拿着名片找太太去了。

波洛打量着这间屋子，这是个传统风格的起居室——米灰色粗绒墙纸，印着硕大花朵的装饰布色彩模糊，坐垫和窗帘是玫瑰红，还陈列着不少小瓷器和装饰品。屋里没有什么特别引人注目的地方，也看不出主人的个性品位。

突然间，生性敏感的波洛觉得有道目光落在他身上。他急忙转过身，看到落地窗的入口处站着个女孩——身材娇小，脸色发黄，长着一头黑发，眼神充满警惕。

她迈步走进房间，波洛对她微鞠一躬，她却突兀地喊道：“你来干什么？”

波洛没有作声，只是耸了耸眉毛。

“你是律师——对吗？”她英语说得不错，但没人会把她当成英国人。

“我为什么得是律师呢，小姐？”

女孩气愤地瞪着他。“我觉得你是，我知道你来这里的目的，是不是想说她脑子有问题不明白自己在做什么。我早就听到过这种说法，所谓她被施加了不良影响，他们就是那么说的，是不是？但那么说不对。她就是想让我得到那笔钱，我也会得到那笔钱的。如果需要请律师，我自己也会请。钱是我的，她既然这么写，那就应该这么办。”她面容丑陋，下巴扬起，眼露凶光。

门开了，一个身材高大的女人走进来并喊道：“卡特里娜。”

女孩畏缩了一下，涨红了脸，嘟嘟囔囔地穿过落地窗出去了。

波洛转身面对刚刚进屋的人，她一开口就干脆利落地稳定了局面。她语带威严，音调中略含轻视与嘲讽，但又不失礼貌修养。他立刻意识到这是屋子的主人，玛丽·德拉方丹来了。

“是波洛先生吗？我给你写信了。你不可能没有收到我的信。”

“啊呀，我一直不在伦敦。”

“哦，是这样，我明白了。容我自我介绍一下，我叫德拉方丹。这是我丈夫，巴罗比小姐是我姑妈。”

德拉方丹先生进来时脚步静悄悄的，几乎让人难以察觉。他个子很高，头发花白，举止得体，看不出有什么个性，但他用手指摸下巴的动作暴露了内心的紧张。他不时瞟妻子一眼，显然，他很想让自己的妻子主导谈话。

“你们现在正在悲伤之中，很遗憾我来得不是时候。”赫尔克里·波洛说。

“这不是您的错，我明白，”德拉方丹夫人说道，“我姑妈星期二晚上去世，这事发生得非常突然。”

“非常突然，”德拉方丹先生接道，“打击太大了。”他眼光一直注视着刚才那外国女孩走出去的落地窗。

“对此我很抱歉，”赫尔克里·波洛说道，“那我告辞了。”

他向门口的方向移了一步。

“等等，”德拉方丹先生说，“你提到，你……呃……和阿米莉亚姑妈约好见面，是吗？”

“是这样。”

“那你也不妨和我们谈谈，”他的妻子说，“看看我们能做点什么——”。

“这是个秘密，我不能泄露。”波洛说。“我是个侦探。”他淡淡地补充了一句。

德拉方丹先生正要伸手去拿一个小瓷人，却猛地碰倒了那瓷器。他的妻子则一脸迷惑不解的样子。

“侦探？你和我姑妈有个约会？这太令人诧异了！”她定定地望着他，“能不能解释一下，波洛先生？这……这很匪夷所思。”

波洛沉默了一会儿，然后字斟句酌地说：“夫人，你让我为难了。”

“听着，”德拉方丹先生说道，“她有没有提及俄国人？”

“俄国人？”

“就是，你知道——就是布尔什维克，红军什么的。”

“别胡说八道，亨利。”他的妻子说。

德拉方丹先生立刻退缩回去，赶紧说：“对不起……对不起……我只是有点好奇。”

玛丽·德拉方丹直视着波洛，她的眼睛很蓝——勿忘我花朵的蓝色。“如果您能对我们坦言相告，毫无保留，那么，波洛先生，我会很高兴的。我向您保证我——我这么做是有原因的。”她说。

德拉方丹先生一脸惊愕地望着妻子，目光流露的意思显然是：“当心点，老婆，要知道这可能是个陷阱。”

妻子再次用眼神克制住他。“行吗，波洛先生？”

赫尔克里·波洛神情严肃地慢慢摇着头，虽然流露出遗憾之感，但仍然没有点头。“此时此地，夫人，”他说，“我想我只能说无可奉告。”

他鞠了一躬，拿起帽子，向门口走去。玛丽·德拉方丹陪他走过大厅。在门阶上他停下来看着她。

“我想您很喜欢您的花园，夫人？”

“啊？是的，我在这上面花了很多时间。”

“很美，我非常赞赏。”

他再次鞠躬致意，然后向大门走去。当他走到门外向右转弯的时候，回头扫了一眼，眼光到处，留下两个印象——有个脸色发黄的人从一层的窗户内看着他，还有一个腰板挺直富有军人风度的男子在街道对面徘徊。

赫尔克里·波洛看在眼里，心中暗暗盘算。“毫无疑问，”他对自己说，“这洞里有老鼠！那么猫下一步该怎么办？”

他想了想，拿定了主意。他走进附近的邮局，打了两个电话，结果似乎很合他的意。接下来他转身去了查曼草地警察局，在那儿他要求会见西姆斯警督。

西姆斯警督身材魁梧，非常热情。“是波洛先生吗？”他说，“我想就是你，局长刚打电话来谈起你，他说你会来的。到我的办公室去谈吧！”

关上门后，警督伸手请波洛落座，自己在另一张椅子上坐下来。他注视着客人，忙不迭地开始了谈话。

“你这么快就发现了目标，波洛先生，我们刚开始觉得情况可疑，你就找上我们了，是什么惊动了你的大驾？”

波洛取出他收到的第一封信，递给警督。警督急切地读起来。

“这里有情况，”他说道，“但问题是，不知道是什么样的情况，可能性太多了。可惜她说得不明确，不然会有助于我们了解情况。”

“她要知道得很清楚就不用请我帮助调查了。”

“你的意思是？”

“那她就会还活着。”

“你这么想吗？嗯……有一定道理。”

“警督，请你把你知道的情况告诉我，我还什么都不知道呢。”

“没问题。是这样的，星期二晚上老夫人吃过晚饭后感觉很难受，当时的情景令人惊恐，她又是惊厥，又是痉挛的。他们叫了医生。但医生赶到的时候，她已经死了。医生认为她是痉挛而死。不过，他觉得从发病到死亡的过程很蹊跷，他心存疑惑，所以推三阻四地不肯出具死亡证明。对这家人来说，这就成了个问题，只得让法医验尸，等验尸结果出来再说。我们比他们了解得更多一些。出诊医生是和法医一起做尸检的，他立刻就把解剖结果告诉了我们，果不出所料，老夫人确实是非正常死亡——她死于大剂量士的宁。”

“啊哈！”

“是啊，如果不解剖就很难弄清楚。问题在于，是什么人喂她吃的？这种毒药吃下去要不了多久就会发作，所以，我们首先想到的是晚饭，是晚饭吃的食物——但说实话，这个推测不大靠谱。晚饭时他们吃了鱼排、苹果馅饼，还有洋蓟汤——那是用砂锅端上桌的。

“吃晚饭的人有巴罗比小姐、德拉方丹先生和德拉方丹夫人。巴罗比小姐有保姆——是个有一半俄国血统的女孩——但她不和这家人同桌吃饭。等他们吃完从餐厅出来后，她去打扫战场吃残羹冷饭。家里还有个女仆，但那天晚上是她的自由活动时间，她出门前将汤放在炉子上，鱼排放在烤箱里，苹果馅饼是冷吃的。他们三人晚饭吃的食物都一样。不仅如此，我想士的宁这种毒药任何人都没法沾嘴，那东西味道奇苦，像胆汁一样。听医生说即使溶解在一千倍的水里，或是别的什么东西里，都可以尝出苦味。”

“咖啡怎么样？”

“咖啡倒是有点可能性，但老夫人从不喝咖啡。”

“我明白了。要想神不知鬼不觉地让人吃下士的宁确实很困难。她晚饭喝了什么饮料？”

“水。”

“那更不可能了。”

“相当令人费解，是不是？”

“老夫人她有钱吗？”

“很富有，我想。不过我们并不清楚她到底有多少钱。根据我们掌握的情况，德拉方丹一家没什么钱，主要靠老夫人的钱来维持这个家。”

波洛笑道：“那么你对德拉方丹一家是不是有所怀疑，会是哪一位呢？”

“很难说他们之中哪一位会干这事。但众所周知，他们是她唯一的近亲，她的死将使他们得到一大笔钱足以摆脱财务困境，这是确凿无疑的事实。我们都清楚人具有什么样的本性！”

“有时候人是没有人性的——是呀是呀，那倒是不假。那老夫人没有吃喝别的东西吗？”

“嗯哼，实际上——”

“啊哦！原来如此，就如俗话所说，你已经心中有数，胸有成竹了，还和我扯什么汤啦鱼排啦苹果馅饼啦，啊呸！现在我们说说有用的东西。”

“我也拿不准是什么。不过据我所知，每次吃饭之前她总要吃一个扁囊。你明白，不是真的胶囊也不是药片，只是一种用米纸包装的药粉——某种有助于消化的无害粉末。”

“妙哇，没有什么比这更巧妙的了，只需在扁囊里替换进士的宁，喝口水，毒药就顺着喉咙冲下去了，舌头不会尝到苦味的。”

“可不就是这样。问题在于是那个女仆把这东西给她的。”

“那个俄国女孩？”

“是的，卡特里娜。对巴罗比小姐来说她就是个使唤丫头。可以想见，她是怎么被巴洛比小姐呼来唤去的。给我拿这个，给我拿那个，给我拿另一个，给我捶捶背，把药递给我，去跑趟药房，诸如此类。你也知道伺候这些老妇人会是什么情形——她们看着慈眉善目，但是需要黑奴一样的仆人供其驱使！”

波洛笑了。

“要知道，”西姆斯警督继续说，“怀疑女仆不太合乎常情。这个女孩干吗要毒死她呢？巴罗比小姐一死，她就失业了。她找工作可不大容易，她没有受过训练或是其他教育。”

“不仅如此，”波洛提出，“如果那盒扁囊平日里就随便乱放，随手可得，那屋里任何人都可能有机会作案。”

“这些情况我们都会调查的，当然是要悄悄地进行。这你能理解吧。比如上次配药的时间啦，药盒通常放在什么地方啦，等等。这需要很多的耐心，很多的准备，要搞清楚我们想要了解的情况很不容易。我还要对付巴罗比小姐的律师，明天就要和他见面。还有她的银行经理。需要做的事情简直数不胜数。”

波洛站起身。“请帮我个小忙，西姆斯警督。事情有什么进展麻烦告诉我一声，我不胜感激。这是我的电话号码。”

“噢，当然当然，波洛先生，两人联手总好过一人独斗。而且，既然老夫人写信求助于你，你对此也是义不容辞的。”

“你真好，警督。”波洛很有礼貌地和他握手告别。

第二天下午有电话找他。“是波洛先生吗？我是西姆斯警督。事情有了进展，看起来与你我预料的相当吻合。”

“是吗？快告诉我。”

“嗯，第一个进展——这可是个很大的进展啊。巴罗比小姐只给她侄女留了一小笔遗产而将其余的全部留给了卡特里娜，以回馈她平日照顾的善意和周到——遗嘱上就是这样写的。这就使事情复杂化了。”

波洛脑海里立刻浮现出一幅画面，脸色发黄的女孩情绪激动地说：“钱是我的。她这么写的，也就应该这么办。”获赠遗产对卡特里娜来说并不出乎意料——她在此前就已经明了。

“第二个进展，”警督继续说，“除了卡特里娜之外，并没有别人动过扁囊。”

“你肯定吗？”

“那女孩自己也没否认呀。你怎么看？”

“挺有意思。”

“我们还要再找到一件相关证据，证明她是怎么弄到士的宁的。那应该不会太难。”

“但目前尚未找到那类证据，是吗？”

“我还没开始找呢。今天早上才开始讯问。”

“讯问得如何了？”

“延期一周再继续。”

“那位年轻女士卡特里娜呢？”

“她涉嫌犯罪，已经被我拘留了。我可不想出什么纰漏。她在这个国家里可能会有一些不那么安分守己的朋友把她弄走的。”

“不会的，”波洛说，“我想她在这里没有朋友。”

“是吗？你为什么这么说，波洛先生？”

“这只是我的一个想法。还有别的进展吗？”

“没有特别值得一提的。巴罗比小姐的股票账户近来起起落落，好像损失不小。这都是些暗箱操作的勾当，我看不出它和案情有什么关系——目前没有。”

“目前没有，也许你说对了。嗯，非常感谢，谢谢你给我打电话。”

“不必客气，我是说话算数的人。我看得出你对这个案子很有兴趣。谁知道呢，在结案前你也许真能助我一臂之力呢。”

“那是我的荣幸。没准儿我真能帮上你的忙，比如说，要是我能抓住那个女孩卡特里娜的一个朋友的话。”

“你刚刚才说她没有朋友，是不是？”警督西姆斯惊异地问。

“我说错了，”赫尔克里·波洛说道，“她有一个朋友。”

没等警督继续追问，波洛就挂了电话。

他神情严峻地走进莱蒙小姐的房间。她正坐在打字机旁打字，看到雇主进来，就把手从键盘上移开，探询地望着他。

“我想让你，”波洛说，“设身处地地推断一下事情发生的经过。”

莱蒙小姐万般无奈，只好把手放到膝上，等波洛发话。她就喜欢打字、付账、将文件归档，还有登记约会。让她设身处地把自己摆放在什么假想的情境当中体验感受，那真是太无聊太没意思了。不过既然雇主吩咐，那作为秘书也只好从命了。

“你是个俄国女孩？”波洛开始道。

“是的。”莱蒙小姐虽然嘴上应答着，但从神态到口音仍是个地道的英国人。

“你在这个国家里形单影只，没有朋友，出于某种原因不想回俄国。你的工作是伺候一位老太太，陪伴她，照顾她。而且你逆来顺受，从不抱怨。”

“是的。”莱蒙小姐毫无异议地顺着说，尽管她怎么也不会对天底下随便哪个老太太逆来顺受。

“老太太对你很满意，决定将她的钱遗赠给你。她是这么对你说的。”波洛停了下来。

莱蒙小姐又说了一个“是的”。

“后来老太太发现了什么事情，可能与钱有关，也可能觉得你对她不够忠诚，或者更严重——药的味道很奇怪，食物吃下去也不舒服。不管她发现了什么，她开始对你起了疑心，并为此给一个很著名的侦探写了封信——好吧，给最著名的侦探写了封信——就是我！我很快就要去拜访她。事情开始变得紧急，正像俗话说的，油要浇到火上了。这时候最重要的是赶快动手。于是，在大侦探到来之前，老夫人死了。钱就到了你手里……现在，请告诉我，这个过程对你来说是不是合情合理，顺理成章？”

“合情合理，”莱蒙小姐说道，“我的意思是，对一个俄国人来说合情合理。我个人是绝不会做人家保姆的。我喜欢职责分明的工作。当然我做梦也想不到要去杀人。”

波洛叹了口气。“我真是想念我的朋友黑斯廷斯啊，他想象力丰富，浪漫多彩，虽然他的推测判断总是不对，但那错误本身就给人莫大的启发。”

莱蒙小姐没应声。她盯着打字机上刚打了一半的那张纸，恨不得立刻就把手放上键盘继续工作。

“那么你认为刚才那种情形的发生很正常。”波洛沉吟道。

“你认为不是吗？”

“我就怕是这样。”波洛叹息道。

电话响了，莱蒙小姐走出房间去接电话，回来报告说：“又是西姆斯。”

波洛急忙跑到电话前。“你好，你好。你说什么？”

西姆斯重复道：“我们在女仆卧室发现了一包士的宁——就藏在床垫下面。警佐刚刚回来通报了这一消息。我认为这样一来基本上就可以结案了。”

“是的，”波洛答道，“我想是可以结案了。”他的语调变了，突然充满了信心。

他挂上电话，在写字台边坐下，心不在焉地整理着桌面，一边喃喃自语着：“有什么东西不对劲呢？我已经察觉到了，不仅是察觉到，一定是我看见了什么。我的灰色小细胞开动起来，好好想想，好好回忆一下。是不是所有的东西都那么合乎逻辑，都那么理所当然？那个女孩，她谈到钱时的激动，德拉方丹夫人，她的丈夫，他提到俄国人——这个笨蛋，他确实是个笨蛋；那个房间；那个花园……啊！是的，就是那个花园。”

他坐直身体，静默了一会儿，眼睛里闪着绿光。接着他跳起来，走进隔壁房间。

“莱蒙小姐，请停下你手头的工作，出去替我做个调查好吗？”

“调查什么，波洛先生？我担心我不是很擅长——”

波洛打断了她。“你说过你对商人了如指掌。”

“我是那么说的。”莱蒙小姐自信满满地说。

“那事情对你来说就很容易了。你去趟查曼草地，找一个鱼贩子。”

“鱼贩子？”莱蒙小姐惊奇地问。

“对，就是卖鲜鱼给玫瑰岸别墅的鱼贩子。你找到他后问他一个问题。”

他递给她一张纸条，莱蒙小姐接过来毫无兴趣地瞟了一眼，然后点点头，合上了打字机的盖子。

“我们一块儿去查曼草地，”波洛说。“你去找鱼贩子，我去警察局。从贝克街去只要半小时。”

到了警局，西姆斯警督惊讶地迎过来，“你来得好快啊，波洛先生。我给你打电话才过去一个小时！”

“我有个请求：请你让我见一见女孩卡特里娜，她全名是什么？”

“卡特里娜·列格。好的，我不反对你去见她。”

这个叫卡特里娜的女孩看上去脸色比上次更加蜡黄，而且怒气冲冲。

波洛温和地对她说：“小姐，我希望你相信我不是你的敌人，我只想让你告诉我事实。”

她挑衅地瞪着他。“我已经告诉了你们事实，并且告诉了所有的人！如果老太太是被毒死的，那也不是我下的毒。整个事情全都不对，你们就是不想让我得到那笔钱。”她语不成调，听起来尖厉刺耳，在波洛看来，就像一只走投无路的可怜小鼠。

“那些药除了你没别人动过吗？”

“我已经说过了，不是吗？就是那天下午在药店配的，我装在包里带了回来——正好要开晚饭了。我打开盒子，倒了杯水，一起递给巴罗比小姐。”

“除了你没有其他人碰过吗？”

“没有！”她像一只走投无路的小鼠那样尖声叫着——真是勇气可嘉。

“巴罗比小姐晚饭只吃了我们听说的汤、鱼排以及馅饼吗？”

“是的。”说这话时，她极其沮丧——黑黑的眼睛里充满了绝望和无助。

波洛拍拍她的肩膀。“鼓起勇气来，小姐。没准儿你会获得自由的，不错，还有那些钱，从此过上悠闲自在的生活。”

她看看他，眼神里全是怀疑。

她走出去的时候，西姆斯对他说：“电话里你说的话我没听明白——你说这女孩有一个朋友。”

“她是有一个朋友，就是我！”赫尔克里·波洛说，没等警督反应过来他就离开了警局。

在绿猫茶屋，莱蒙小姐没有让她的雇主等待过长时间。

她言简意赅地报告了调查结果：

“那个男人的名字叫拉奇，住在海伊街。你说得太对了，确实是十八只。他的话我都记了下来。”她递给他一份记录。

“哼哼。”他满意地低哼着，像猫咪得到了食物一般。

赫尔克里·波洛向玫瑰岸走去。当他到达门前花园时，夕阳正在他的身后徐徐落下，玛丽·德拉方丹走出来迎接他。

“波洛先生？”她的声音听上去很是诧异，“您又回来啦？”

“是的，我又回来了。”他停了停说道，“当我第一次来这儿时，夫人，我就想起了一首童谣。

“玛丽太太，你搞错了吧，

你的花园种的什么呀？

种鸟蛤壳，种银铃铛，

还有那美丽女仆排一行。

“只不过不是鸟蛤壳，是不是，夫人，那是牡蛎壳。”他抬手一指。

他感觉到，她一下子屏住呼吸，呆若木鸡地站在那里，但她的眼神问了一个问题。

他点点头。“不错，我都知道了！女仆是将晚饭准备好才下班的——她会发誓证实这点，卡特里娜也会发誓证明你们吃的晚饭就是这些准备好的食物。只有你和你丈夫知道你买回家十八只牡蛎——打算小小款待一下姑妈。将士的宁混进牡蛎当中是如此容易得手，因为人们吃牡蛎都是囫囵吞下去的。不过还有牡蛎壳需要处理——它们不能放在垃圾桶里，女仆会看见的。因此你就想用它们来围花坛，但数量不够多所以没有围完整，没想到这样反而弄巧成拙，破坏了原来的精致对称，迷人的花园出现了瑕疵。就是那几个牡蛎壳让我觉得不对劲——第一次看到它们时就使我感到很别扭。”

玛丽·德拉方丹说道：“我想你是从信上猜出来的。我知道她在信上写了——但不知道写了多少。”

波洛语焉不详地说道：“至少我明白这是件涉及家庭隐私的事务。如果是卡特里娜的问题，老太太就不会要求保密了。我想，是你或者你的丈夫私自操控巴罗比小姐的股票账户为自己牟利，被她察觉了——”

玛丽·德拉方丹点点头。“我们已经这样干了很多年——这里弄点钱，那里弄点钱。哪里想到她还那么机敏，竟会察觉出来。后来我得知她在找侦探，还发现她居然把钱都留给了卡特里娜——那个卑劣的小东西！”

“于是就将士的宁栽赃到卡特里娜的头上？要不是我发现了事实真相，你和你丈夫就可以逍遥法外，让一个无辜的女孩替你们承担谋杀之罪。你就没有一点怜悯之心吗，夫人？”

玛丽·德拉方丹耸耸肩——她那勿忘我般的蓝色眼睛紧紧盯着波洛的眼睛。他想起第一天他来的时候她的完美演技和她丈夫的拙劣表演。一个不平凡的女人——却没有人性。

她说：“怜悯？对那个卑劣哄人的小耗子？”她的轻蔑溢于言表。

波洛慢慢说道：“我想，夫人。生活中你只在乎两件东西，一个是你的丈夫。”

他看见她的嘴唇在颤抖。

“而另一个——是你的花园。”

他环视着周围的花坛，好像要用目光为他所做的和将要做的事情向花草说声对不起。

图书在版编目（CIP）数据

蒙面女人/(英) 阿加莎 · 克里斯蒂著；于婉青译. -- 2版. -- 北京：新星出版社，2022.7

ISBN 978-7-5133-3805-9

Ⅰ.①蒙… Ⅱ.①阿… ②于… Ⅲ.①侦探小说－英国－现代 Ⅳ.①I561.45

中国版本图书馆CIP数据核字（2022）第090190号

蒙面女人

[英] 阿加莎 · 克里斯蒂 著；于婉青 译

责任编辑：曹晓雅
统筹编辑：王　欢
责任校对：刘　义
责任印制：李珊珊
封面插图：宣　和
装帧设计：周伟伟

出版发行：新星出版社
出 版 人：马汝军
社　　址：北京市西城区车公庄大街丙3号楼　100044
网　　址：www.newstarpress.com
电　　话：010-88310888
传　　真：010-65270449
法律顾问：北京市岳成律师事务所

读者服务：010-88310811　service@newstarpress.com
邮购地址：北京市西城区车公庄大街丙3号楼　100044

印　　刷：北京美图印务有限公司
开　　本：910mm × 1230mm　1/32
印　　张：9.625
字　　数：137千字
版　　次：2022年7月第二版　2022年7月第一次印刷
书　　号：ISBN 978-7-5133-3805-9
定　　价：42.00元